AtV

Erwin Strittmatter wurde 1912 in Spremberg als Sohn eines Bäckers und Kleinbauern geboren. Bis zum 17. Lebensjahr Realgymnasium, danach Bäckerlehre. Arbeitete als Bäckergeselle, Kellner, Chauffeur, Tierwärter und Hilfsarbeiter. Im zweiten Weltkrieg Soldat, desertierte er gegen Ende des Krieges. Ab 1945 arbeitete er erneut als Bäcker, war daneben Volkskorrespondent einer Zeitung und seit 1947 Amtsvorsteher in sieben Gemeinden, später Zeitungsredakteur in Senftenberg. Lebte seit 1954 als freier Schriftsteller in Dollgow/Gransee. Er starb am 31. Januar 1994.

Romane: Ochsenkutscher (1951), Tinko (1955), Der Wundertäter I–III (1957/1973/1980), Ole Bienkopp (1963), Der Laden I–III (1983/1987/1992), Vor der Verwandlung. Aufzeichnungen (Hg. von Eva Strittmatter 1995). Erzählungen und Kurzprosa: Pony Pedro (1959), Schulzenhofer Kramkalender (1966), Ein Dienstag im September (1969), 3/4hundert Kleingeschichten (1971), Selbstermunterungen (1981), Lebenszeit (1987). Aus Tagebüchern: Wahre Geschichten aller Ard(t) (1982), Die Lage in den Lüften (1990). Dramen: Katzgraben (1953), Die Holländerbraut (1959).

»Der Entschluß, den WUNDERTÄTER III ohne Rücksicht auf parteipolitische Konvention und so zu schreiben, daß er einzig der Wahrheit dient (oder dem, was ich für die Wahrheit halte), leitete einen neuen Abschnitt in meinem Leben und in meiner Arbeit ein. Dieser neue Abschnitt ist jenem zu vergleichen, der für mich begann, als ich zu Brecht kam, nur, daß ich mich damals wohl aus einer künstlerischen Verengung, die mir die Doktrinäre aufgehalst hatten, nicht aber ganz und gar von der marxistischen Kunst-Doktrin befreite.

Man kanns auch so sagen: Jetzt kehrte ich nach vielen, vielen Irrwegen zu den Positionen Tolstois zurück, die mich schon erregten, da ich als Vierzehnjähriger ins Reich der Literatur einzog.«

Erwin Strittmatter, 21. Mai 1976

Erwin Strittmatter

Die Lage in den Lüften

Aus Tagebüchern

Aufbau Taschenbuch Verlag

Mit einem Interview Heinz Plavius – Erwin Strittmatter (1980)

ISBN 3-7466-5416-5

1. Auflage 1996
Aufbau Taschenbuch Verlag GmbH, Berlin

Umschlaggestaltung Bert Hülpüsch unter Verwendung eines Fotos von Harald Mohr
Druck Elsnerdruck, Berlin
Printed in Germany

Januar 1973

Bald nach Neujahr begannen wir mit Eva die Fabel für den dritten WUNDERTÄTER zusammenzusetzen. Wir fragten einander gegenseitig ab und versuchten dialektisch zu bauen, versuchten Selbstbetrug auszuschließen. Es gibt allerdings auch Doppelselbstbetrug, aber nicht so häufig.

19. Januar

Dieser Fabel-Aufriß für den Roman WUNDERTÄTER III umfaßt einundzwanzig Schreibmaschinenseiten. An den Rand einer jeden Seite klebte ich ein leeres Blatt für Erweiterungen. Ein Fabelwesen von einer Fabel entstand. Jedenfalls sind wir seit TINKO nie wieder so sorgsam mit einer Fabel umgegangen.

25. Januar

Ich probiere Roman-Anfänge. Gestern versuchte ich es mit dem zweiten. Nach jedem Anfang muß ich etwas warten, bis er mir mißfällt.

28. Januar

Ich las Eva die zweite Variante des Anfangs vor. Sie war nicht unzufrieden, aber auch nicht zufrieden. *Eine* Möglichkeit. Es werden noch bessere kommen.

31. Januar

Nach den Experimenten mit dem Anfang machte ich einen Anlauf für die Handlung. Die Schilderung einer

Lokalredaktion in einem Braunkohlen-Ort in den fünfziger Jahren.

Zunächst versuche ich diesen Roman im Präsens zu schreiben. Er scheint mir dadurch mehr Tempo und Gegenwärtigkeit zu erhalten.

1. Februar

Nicht viel weitergekommen, mußte mit Evchen in den Dorfkonsum fahren. Habe deshalb bisher nur an dem vorhandenen Text herumkorrigiert.

2. Februar

Wieder ein Stück auf Band diktiert, auch ein Stück vom Band abgeschrieben. Das Gespräch, das Stanislaus mit der Frau eines alten Genossen auf der Redaktionstreppe führt. Der Inhalt der Urfaust-Rezension, der Auftritt des Mephistodarstellers in der Redaktion. Alles noch wenig pointiert und geschmeidig.

Obwohl man weiß, daß noch mehrmals umgearbeitet wird, daß Passagen, die nicht passen, später wegfallen, hat man anfangs beim Schreiben eines Romans die Vorstellung, etwas Endgültiges, Unabänderliches zu tun. Eine unangenehme Hürde, die man täglich nehmen muß.

3. Februar

Nur eine Schreibmaschinenseite Band handschriftlich korrigiert.

Die Szene mit dem Mephisto-Darsteller behagte mir noch nicht. Im Gange des Tages traf ein Verbesserungseinfall ein. Die neue Methode fängt mir an zu gefallen. Man hat eine gesicherte Fabel. Man kann sich Zeit, viel Zeit lassen. Ein gutes Gefühl.

4. Februar

Mit dem Roman eine Seite weitergekommen. Ein Einfall: Der Redaktionskurier, ein ausgedienter Eisenbahner, verlangte in das Ensemble der neuen Romanfiguren aufgenommen zu werden. Ich war ihm zu Willen.

Daß gleiche Gedanken über bestimmte Phänomene und Gegenstände bei mir und bei anderen gleichzeitig oder nacheinander auftauchen, sollte eigentlich beweisen, daß es eine Gedankenlandschaft gibt, in der wir pflückend umhergehen, und daß einer pflückt, wo auch schon ein anderer pflückte.

9. Februar

Zwei Seiten ins Rohe geschrieben. Es geht langsam, aber die Seiten des Anfangs sind bei mir immer die schwierigsten, weil ich möchte, daß sie das Stadium der Endgültigkeit erreichen.

10. Februar

Die erste Seite wieder dramaturgisch umgestellt. Den nächtlichen Auftritt des Redaktions-Kuriers szenisch bearbeitet und an den Anfang des Romans gestellt.

Mann o Mann, wie rinnen dir die Tage unter den Füßen weg, und immer die Frage, ob du sie genügend nutztest, Erkenntnisse zu machen.

11. Februar

Ich las L. und J. ein paar Seiten vor und bemerkte, welch ein Wunder immer wieder!, beim lauten Vorlesen die Schwäche des bisher Geschriebenen. Es wird zu lang geschildert, ohne daß die Schilderung von Handlung unterbrochen wird. Ich muß also wieder zertrümmern und Handlung und Schilderung mischen.

Sich stets vergegenwärtigen, daß alle Dinge, Zustände und Menschen eine Innen- und eine Außenseite haben.

14. Februar

Zwei Tage keinen Strich am Roman gemacht, aber in Gedanken bin ich gar oft in dem neuen Arbeits-Zuhause.

15. Februar

Mit Mühe die ersten fünf Seiten umdiktiert und abgeschrieben. Dann mußte ich in den Konsumladen ins Dorf. Evchen mußte Kuchen holen für einen Besuch, der sich angemeldet hat.

21. Februar

All die Tage nichts am Roman getan. Ein Interview mit Plavius machte sich wichtig. Auch das Redigieren eines Diskussionsbeitrages in Sachen Literaturkritik, schließlich ein Nachdruck der BLAUEN NACHTIGALL, der durchgesehen werden mußte für die Aufnahme in eine Anthologie.

Aber ist das eigentlich stichhaltig? Hätte ich nicht auch diese Art von Abhaltungen beiseite geschoben, wenn ich mit dem Roman schon im Schwunge gewesen wäre?

23. Februar

Seit zwei Tagen hämmere ich wieder am Roman. Wieder sieht es so aus, als ob an den ersten vier Seiten nichts mehr zu bessern wäre. Bis übermorgen vielleicht.

24. Februar

Der Anfang des Romans, wie er nun dasteht, hält schon den zweiten Tag stand. Ich kann weitergehen und neue Szenen erfinden. Der Fehler der bisherigen

Anfänge war: Handlung und Milieubeschreibung waren zu wenig kontrapunktisch.

Die leisen Erschütterungen, die meine Holzschuhe der Erdoberfläche beibringen, können nicht verloren sein. Wenn wir annehmen, daß sie doch verloren sind, lassen wir uns von der Masse, die der Erdball ist, zu Denkfehlern verleiten. Schwingungen, ob groß, ob klein, ob laut, ob leise, setzen sich fort.

25. Februar

Endlich aus dem Buddel des Anfangs heraus. Nun kann es fließen und muß auch.

Soeben wirds hell. Es liegt eine dünne Schicht Schnee auf dem gefrorenen Erdreich, mehr grau als weiß. Im Hochwald erwacht die Amsel, zetert eine Weile und singt dann. Die erste Amsel dieses Frühlings.

26. Februar

Hab erwogen, ob ich den Roman nicht wieder mit einem Vorspiel beginnen lasse. Für ein erstes Kapitel wird die Einführung zu umfangreich, jedenfalls ein Stückchen weitergekommen.

Wie eng die Erde dem Menschen auch mit der Zeit werden möge – für Gedanken wird immer noch Platz sein.

28. Februar

Ein Stück weitergekommen. Den Anfang werde ich doch Vorspiel nennen. Morgen wird das Vorspiel fertig sein. Die erste kleine Etappe! Ich habe die Braunkohlenstadt in Gedanken so auf- und ausgebaut, daß das Kulissenmachen einfach sein dürfte.

Das merkt euch: Ein Sechzigjähriger hats mit nichts mehr eilig, sogar mit dem Sterben nicht.

2. März

Das Vorspiel Eva und den Jungen vorgelesen. Dabei entdeckte ich einige Längen und kleine dramaturgische Ungeschicklichkeiten. Ich ging an die Arbeit.

Die beiden vorabgedruckten Passagen des WUNDERTÄTER II in der NDL beginnen in der Öffentlichkeit zu wirken.

Verfolge dein Ziel Tag für Tag beharrlich! Mögen die Worte, mit denen das gesagt wird, konventionell wirken, es gibt nur diesen Weg, zu dir selber zu kommen.

3. März

Jetzt stehen die ersten fünfzehn Seiten. Es kann sich nur um einzelne Worte handeln, die hie und da ausgetauscht werden müssen. Ich war zufrieden, als ich mir den Text vom Band entgegenspielte.

Sobald du einen Weg betrittst, bist du mit allen Wegen, die die Erde wie ein Netz überziehen, verbunden.

8. März

Einige Tage nicht am Roman gearbeitet. Das Vorspiel befriedigt mich noch immer.

Mit dem Diktieren des ersten Kapitels begonnen. Von jetzt an will ich nicht mehr selber vom Band abschreiben, sondern ein Band besprechen und es in Berlin abschreiben lassen. Die erübrigte Zeit will ich nutzen, um Briefschulden abzutragen.

Die Erde ist ein Wandelstern, und nur Grobgesinnte können behaupten, ein Tag sei wie der andere.

9. März

Ein Stück weiter diktiert. Bevor ich mit dem Diktat beginne, weiß ich nicht, wie die Handlung weiterläuft. Dann aber ists, als ob ich mit scharfen Gedanken das Reservoir anbohre, in dem sich der Roman (im Weltraum) befindet.

10. März

Am Tage nicht zum Schreiben gekommen. Plötzlich gabs starke Zahnschmerzen bei Jakob, mit dem Auto am halben Vormittag in die Poliklinik nach Gransee. Dafür diktierte ich abends noch ein Stück. Das strengt mich mehr an als ein Diktat am Morgen. Ich konnte nicht einschlafen, mußte damit rechnen, daß auch die *Produktion* des nächsten Tages ausfallen würde. Ich nahm ein Schlafmittel.

Was ich am Abend diktierte, kam mir allzu sachlich vor. Ich weiß kein anderes Wort. Der Passus vom Abend wies wenig interessante (oder originelle?) Ekken auf.

11. März

Ein Stück Roman auf Tonband diktiert. Sobald ich mir den Apparat über die Schulter hänge und rundum im Zimmer zu gehen beginne, fließt heran, was ich für den Fortgang der Handlung benötige. Es ist jetzt mein Spaß, auf das neugierig zu sein, was da kommt.

Man kann Stunden seiner Lebenszeit damit verbringen, verfahrene Zustände und Mängel zu kennzeichnen, aber das ist, als ob man überhöhte Preise von Waren nennt, die man sich sowieso nicht kaufen kann.

15. März

Ich las zwölf Seiten vom Band Abgeschriebenes. Es kam mir gespreizt und umständlich vor. Ich ging sogleich mit Bleistift und Radiergummi hinein und hatte erst Ruhe, als drei Seiten so waren, wie ich sie mir wünschte. Zunächst natürlich.

16. März

Ein Stück weiter diktiert. Aris *Flaschenhalsabtrinken*, die Beschäftigung der Redakteure mit dem Faust.

Seite sechs bis neun vom ersten Kapitel nach der Abschrift korrigiert. Es geht langsam, aber es geht weiter.

Es gibt Kräfte, die wir nicht benutzen können, wenn wir uns verkrampfen und Willen demonstrieren. Der wirkliche Wille ist das Zusammenklingen unserer Absichten mit unbekannten Kräften. Wenn wir uns ihnen entspannt und mit etwas Geduld überlassen, gelingt uns manches.

17. März

Etwas weiterdiktiert. Ich fürchtete, alles dreht sich zu sehr auf der Stelle.

Die Befürchtung erwies sich als unberechtigt. Drei Seiten Abschrift gestrafft und korrigiert.

Ich sehe nicht mehr, daß der Mensch die Erde beherrscht, sondern sehe nur, daß er sich in seiner Überheblichkeit in die Funktionen der Erde einmischt und deren Ablauf stört. Die Erde ist weiser als wir. Eines Tages wälzt und schüttelt sich dieses weise Ungeheuer und zerquetscht seine menschlichen Parasiten.

18. März

Weiter auf Band diktiert. Drei Seiten Abgeschriebenes korrigiert. Die Arbeit strengte mich an. Ich war müde. Das Herz arbeitete zu langsam. Föhnwind.

Noch mehr auf die stillen Kräfte aus sein, sich dazu stille und wartend verhalten. Der Wille soll nur reden, wenn das nächste geistige Ziel deutlich erkannt ist.

20. März

Weiter diktiert. Versucht, den Unterschied zwischen Durchgeistigung und Intellektualisierung in der Romanhandlung sichtbar zu machen, gutes Gefühl in bezug aufs Gelingen. Die Ärztin in Kohlhalden macht sich zu einer wichtigeren Figur, als vorgesehen war.

Wir geben viel halbgare Gedanken mit unserem täglichen Geschwätz aus. Man sollte jedesmal, wenn man den Mund zum Reden öffnen möchte, erwägen, ob sich nicht von allein versteht, was man sagen will.

21. März

Ein Stück weiterdiktiert. Leise Zweifel, ob nicht alles zu intellektuell wird. Eine knappe Seite Tonbandabschrift korrigiert.

Denk nicht, das Leben käme ohne dich aus. Es ist nicht gewohnt, mit Lücken zu arbeiten. Aber ob du etwas mehr bist als ein Lückenfüller, liegt an dir. Da liegt deine Freiheit.

22. März

Weiterdiktiert. Das erste Erscheinen des Meisterfauns im dritten Band. Eine Episode ergibt sich aus der anderen, wie es zu sein hat. Wichtig ist, sich Leichtigkeit zu bewahren und daran zu denken, daß alles ausstreichbar ist.

Im Tierreich kann es keinen Teufel geben. Nur der Mensch ist mit Fluch und Segen versehen.

23. März

Weiter diktiert. Mir ist unbehaglich. Die Handlung scheint auf der Stelle zu stehen. Stanislaus muß jetzt einen Roman schreiben. Die Handlung muß von den Redakteurs-Alltäglichkeiten weg. Ich weiß noch nicht, wie das umzusetzen sein wird und wie man in diesem Falle Zeit macht.

 Die Hauptsache: Jetzt nicht zum Stillstand kommen. Nicht Vorwände suchen und finden, die Arbeit liegenzulassen.

Man darf Wunder vom Leben erwarten. Allerdings sehen sie nicht so aus, wie man sie sich in der Jugend vorstellt. Wenn man nicht schweigend aufmerkt und auf sie paßt, kanns geschehen, daß sie uns ganz und gar entgehen.

24. März

Weiter diktiert. Ich hoffe, die drohende Erstarrung zerbrochen zu haben. Beim Diktieren des zweiten WUNDERTÄTERS benötigte ich für das Besprechen eines Stundentonbandes vier Tage. Jetzt lasse ich mir Zeit, höre mir das am Vortage Diktierte an und gehe auch während des Diktats immer mal wieder zurück. Mithin benötige ich für das Stundentonband an vierzehn Tage.

Ein Buch soll wie ein Blitz sein, die in vielen Tagen, Wochen, Monaten und Jahren komprimierte Energie eines Menschen, die als Zündfunke in die Menge der Leser fährt.

27. März

Die Tonbandaufnahmen vom 25. und 26. März waren auf dem kleinen Tonband nicht auffindbar. Der Apparat muß versagt haben.

Ironie: Es war auch ein kleines Loblied auf eben diesen Apparat unter den Diktaten. Er tat jetzt zwei Jahre Dienst, ohne zu versagen.

Die ersten Seiten des ersten Kapitels zu Ende korrigiert und auf Band gesprochen, weil der korrigierte Text, den ich zum Abschreiben nach Berlin schickte, verlorengehen könnte.

28. März

Das erste Mal (in diesem Jahr) im Wald diktiert. Ich hatte das kleine Taschen-Tonbandgerät bei mir. Wildtauben gurren dazu, und die Heidelerche säumt jeden Satz mit Gesang. Daheim umdiktiert, aufs größere Band. Zufrieden.

Wenn die Räume zwischen den Himmelskörpern von Antimaterie gefüllt sind, bewahrheitet sich, was ich als Junge schon dachte: Das Weltall ist ein Gewebe, und Kontakte, die wir noch in den Bereich der Metaphysik verweisen, sind erklärbar. Die Dummheit besteht darin, daß man erst glauben darf, wenn die Wissenschaft es gestattet.

29. März

Wieder im Wald diktiert. Unterwegs sah ich zum ersten Male den Paarungstanz der Buntspechte. Ich diktierte die Passage, in der sich Stanislaus eine Kaninchenhöhle gräbt. Von dort aus beobachtet er die Tiere. Ich konnte den Paarungstanz der Buntspechte, den ich zum ersten Mal im Leben gesehen hatte, gleich in die Handlung hineinnehmen. Das Umdiktieren von Band zu Band läßt sich nicht übel an.

Die meisten unserer Pflichten sind eingebildete. Mit ihrer Hilfe (oder unter ihrem Schutze) weichen wir unserer Hauptpflicht, Erkenntnisse zu machen, aus.

30. März

Trotz Abhaltungen eine halbe Spule Tonband volldiktiert. Es müßte etwa drei Schreibmaschinenseiten ausmachen. Mit der Übertragung aufs größere Band macht es sich nach wie vor gut.

Am Abend Eva das bisher Vordiktierte vorgespielt. Nicht schlecht. Über den endgültigen Charakter der Doktorin Sawade habe ich noch keine Klarheit.

Sie prognostizieren dies, sie prognostizieren das, bestimmen im voraus, wieviel Getreide sie 1985 ernten werden und wie viele Autos zu dieser Zeit unsere Landstraßen unbegehbar gemacht haben werden. Aber ein paar Hagelstürme, ein Erdbeben, und ihre *Prognostik* war nichts als ein Beschäftigungsspiel, doch sie behaupten weiter: Wir werden auch die Gewitter in die Hand bekommen. Aber, was sie in der Hand haben: Das Gewitter in ihrem Nachttopf.

31. März

Weiterdiktiert und umdiktiert. Ich denke tagsüber oft an kleine, in der Fabel nicht aufgeführte Details des Romans. Das tat ich früher nicht. Ich begann erst zu konzipieren, wenn ich vor der Schreibarbeit saß.

1. April

Trotz der üblichen Sonnabendfahrt in den Dorfkonsum mein Pensum diktiert und umdiktiert.

Abends die am Vormittag diktierten Passagen aus der Kindheit abgespielt. Die Handlung läuft gut.

Erwogen, ob man nicht mit drei bis fünf Sätzen das gleiche aussagen könnte.

Die Absicht verworfen. In dieser Verkürzung ginge den Episoden ihre Beweiskraft verloren.

3. April

Weiter diktiert. Stanislaus sucht Lesepublikum. Er liest der Wetterzeube, Ramona und Frau Doktorin Sawade vor.

Erst am Abend zum Umdiktieren gekommen, weil ein Freund ins Diktat hineinplatzte.

Meine Achtung vor den Vertretern der Wissenschaft wird geringer und geringer. Diesen oder jenen Wissenschaftler achte ich zwar als Persönlichkeit, aber den meisten ist jene dummerhafte Überschätzung ihres Tuns eigen, und die meisten liefern ihre Forschungsergebnisse ab, ohne sich darum zu kümmern, in welcher Weise sie in der Wirtschaft oder im Kriegswesen mißbraucht werden. Da kann man doch keinen Respekt mehr haben.

3. April

Weiter diktiert. Die Jugendweihe der Enkelkinder bei den Steils. Das Gefühl gehabt, eine Spinne zu sein, die ihr Netz webt, die ihre Strebfäden nach allen Seiten ausspannt und die nun diese Strebfäden mit dem ersten Rund verbindet.

Flecke auf der Sonne lösen Wirbelstürme auf der Erde aus. Wirbelsturm entwurzelt einen Baum. Der entwurzelte Baum erschlägt einen Menschen. Wieso hatte der Stern Sonne nichts mit dem Schicksal des erschlagenen Menschen zu tun?

8. April

Nichts am Roman getan. Die Figuren werden sich meiner entwöhnen.

Ein eigenes Innenreich haben, in dem man herrscht, dennoch menschenfreundlich sein, anderen die Einreise in dieses Reich nicht verwehren, aber durch Ignorieren annullieren, was stört.

9. April

Knapp eine Seite Bleistiftkorrektur, nur daß ich die Arbeit einmal berührte, um den Kontakt nicht zu verlieren.

Draußen: Klassischer Apriltag mit allen Niederschlags- und Windformen eines Vorfrühlings. Das Plus: Niemals ists am Himmel so lebendig, nie sind die Wolkenkonstellationen so mannigfaltig wie an solchen Tagen.

Die erste Morchel.

10. April

Zwei Seiten Bleistiftkorrektur. Tagespensum auf Tonband diktiert. An eine matte Stelle gekommen. Es wird ein Schnitt nötig sein.

Picasso gestorben.

Nichtstun und Unterhaltung strengen mich an; bei der Arbeit ruhe ich mich aus, sagte er einmal.

Das dürfte in jedem Falle so sein, in dem Beruf und Berufung zusammenfallen.

Je mehr wir uns der Pseudozivilisation verschreiben, desto weniger werden Beruf und Berufung der Menschen aufeinanderfallen. Daraus resultiert das Unbehagen der Jugend.

11. April

Etwa eine Seite Bleistiftkorrektur. Das Pensum vom Vortag vom kleinen auf den größeren Tonbandapparat umdiktiert. Die Fabel vorgenommen und über den weiteren Lauf der Handlung nachgedacht.

Im Nachruf der Kommunistischen Partei Frankreich für Picasso heißt es: Es wird der Partei immer zur hohen Ehre gereichen, daß ihr ein Mann und ein Künstler wie Picasso angehörte. Kurt Hager in einer Sitzung zu Schriftstellern: Ihr müßt bedenken, daß ihr alles, was ihr seid, durch die Partei seid.

Das erste – klassischer Kommunismus.

Das zweite – Stalinismus.

15. April

Mein Pensum abdiktiert, dabei über die Kahlschläge hinter den Dorfwiesen gewandert und nebenbei Morcheln gesammelt, einen Milan gesehen. Am Abend umdiktiert.

16. April

Nichts am Roman getan, Sonntag gefeiert, Beethoven-Klaviersonaten gehört, das Pflichtbewußtsein abgeschaltet.

Man sagt, der Sozialismus hat das Stadium der Utopie verlassen, man hätte ihn in die Wissenschaft erhoben. Aber wo kämen unsere Oberfunktionäre hin, wenn das stimmte?

17. April

Tagespensum im Wald diktiert. Abends umdiktiert. Wenn ich auch die strenge Übersicht dadurch, daß das Unabgeschriebene unterwegs ist, ein wenig verlor, neues Material, das man weiter bearbeiten kann, kommt doch jedesmal beim Diktieren dazu.

Eine Studentenfrau aus Magdeburg schrieb: Sie und ihr Mann wären Studenten im dritten Studienjahr, drei Jahre verheiratet, beide Verehrer meiner Bücher. Nunmehr hätten sie sich veruneinigt, der Mann hätte sie noch gern, doch er hätte Prinzipien, wolle nichts mehr mit ihr zu tun haben. Nur eines könne ihre Ehe wieder glücklich machen, schreibt die Studentin, wenn sie ihrem Mann den zweiten Teil des WUNDERTÄTERS vorzeitig verschaffen könne. Im Monat Juli, wenn der WUNDERTÄTER II im Verkauf wäre, käme er wahrscheinlich zu spät.

Liegt hier ein Trick von Geheimdienstleuten vor, an ein Manuskript zu kommen?

20. April

Korrektur gelesen, aber vom WUNDERTÄTER II. Am Frühabend brachte ein Autobote die ersten einhundertachtundzwanzig Seiten Fahnenabzug vom Verlag. Der größere Rest soll nach Ostern, das heißt, am fünfundzwanzigsten April folgen. Am zweiten Mai aber wollen wir nach Ungarn. Leider, leider habe ich es übernommen, für die Akademie dort hinzureisen. Ich weiß nicht, ob ich die gesamte Korrektur vor der Ungarnfahrt schaffe.

Mit welcher Macht dich auch der von Menschen veranstaltete Wirrwarr umbrandet, erhalte dir im Innern eine stille Stelle, von der du nicht weichst, von der aus du dem Wirrwarr entgegentrittst und ihn geistig überwältigst.

21. April

Den ganzen Tag an den Korrekturfahnen für WUNDERTÄTER II gesessen. Viele Druckfehler, die Arbeit vieler unqualifizierter Setzer. In der Polygraphie fehlen die Leute. Wir bildeten keine aus, Planfehler. Ein Planfehler nach dem anderen. Die Parteigelehrten fangen an zu beweisen, daß die Planfehler (das heißt, die Unfähigkeiten) zum Sozialismus gehören. Stark!

22. April

(Ostern.) Mit den vorläufig vorhandenen Korrekturfahnen des WUNDERTÄTER II fertiggeworden. In den Wald gegangen und das Pensum für WUNDERTÄTER III diktiert. Am Abend umdiktiert. Großes Bedauern, daß ich nun nach Ungarn fahren muß und daß die Arbeit am Roman mindestens einen Monat ruhen wird.

26. April

Weitere Druckfahnen sind vom WUNDERTÄTER II eingetroffen. In den nächsten Tagen werde ich vor diesen Fahnen sitzen und den Druckmaschinen meine Opfer bringen.

27. April

Müde von der strapaziösen Autofahrerei am Vortage schlafe ich beim Korrigieren ein. Druckfehler über Druckfehler. Man arbeitet in der Polygraphie mit ausländischen Hilfskräften, heißt es.

Vorwärts zum Sieg des Sozialismus!

28. April

Den ganzen Tag vor den Korrekturfahnen vom WUNDERTÄTER II gesessen. Wenn der Schlaf kam, schnell etwas anderes getan.

29. April

Druckfahnen korrigieren. WUNDERTÄTER II. Die Welt verschwindet hinter Buchstaben, der Inhalt des Buches aber hält stand. Nun kommts drauf an, selber standzuhalten, wenn die Kritiker anfahren werden.

30. April

Mit der Durchsicht der Druckfahnen für WUNDERTÄTER II fertig geworden. Überanstrengt, zanksüchtig.

Allen geistigen Schwingungen nähere dich, allen ungeistigen Schwingungen entziehe dich. Alles andere regelt sich von selber.

26. Mai

Im NEUEN DEUTSCHLAND besprach Dr. Simon die Mainummer der NDL. Das Interview, das ich Dr. Plavius in Sachen Literatur und Kulturpolitik gab, wurde nicht erwähnt. Es hat also Mißfallen erregt. Sie verschweigen mich schon wieder.

5. Juni

Am 20. Juli soll nun endlich der Auslieferungstermin für den zweiten WUNDERTÄTER sein, wurde mir geschrieben.

6. Juni

Auch ohne Romanschreiben vergeht die Zeit, die man noch zu leben hat. Sie fliegt in kleinen Fetzen davon. Langsam kriechen die Vorwürfe heran: Gibst du deine schönen letzten Jahre nicht zu billig aus?

Es eilig haben, heißt eine Sache überbewerten, heißt sein Leben falsch führen.

14. Juni

Wovon soll ich schreiben, da ich nicht schreibe? Soll ich davon schreiben, wie mir beim Morgengang mit dem Hund die Frische durch die weißblau gestreifte Packerjacke dringt und daß Frische etwas anderes ist als Kühle? Wie der Tau an den Grasknospen hängt und die Halme herunterzieht? Wie leichtes Reifgrau über den Wiesen liegt und daß es dem verletzlichen Grau gleicht, das reifenden Hauspflaumen im Frühherbst eigen ist? Wie meine Hände sich wohlfühlen, wenn sie in die Grashaufen auf der Tenne fahren und das Gras in den Korb aus Weidenruten packen und portionsweise an die Kaninchen verfüttern? Wie ein kleiner Rosenstrauch, einer von den Hunderten der Hecke, mich morgens bei den Freiübungen auf sich aufmerksam macht und zu sich lockt, weil er überschüttet ist von kleinen, vergänglichen Rosensternen? Wie die Krähen das Anwesen kontrollieren und sich davonmachen und nicht wiederkommen, wenn ich morgens als erster aus der Haustür trete und in meinen holländischen *Klompen* durch den zweiten auf den ersten Hof gehe? Alles das geschieht jeden Tag, und jeden Tag ein wenig anders, und es wird noch zu beschreiben sein, wie es im Pferdestall ist, wenn man morgens hineingeht.

25. Juni

Ich sah nach Monaten wieder in den dritten WUNDERTÄTER hinein. Am Vorspiel nichts auszusetzen. Am ersten Kapitel werden Straffungen nötig. Die folgenden Seiten müssen umdiktiert werden. Ein entscheidender Tag.

26. Juni

So ist es immer: Sobald ich mich aufs neue in die Arbeit bohre, entdecke ich unelegante Stellen. Jetzt entdecke ich eine im Vorspiel, das mir gestern noch gefiel. Jedenfalls versuche ich die Stellen, die mir nicht mehr zusagen, auf die erforderliche Eleganz zu bringen. Man kommt aus der Übung, wenn man längere Zeit aus der eigentlichen Arbeit heraus war.

27. Juni

Mich in den Roman hineingebohrt. Elegantere Wendungen für holprige Stellen und Passagen fallen mir schon wieder schneller ein. Die Arbeit fängt an zu schmecken.

In den Sitzungen, an denen ich teilnehme, bin ich der Mensch, der ich vor fünfundzwanzig Jahren war.

30. Juni

Ein wenig gefeilt und gestrafft, noch mal zum Anfang vorgegangen, aber das war beim zweiten Band auch so. Wie oft habe ich da den Anfang umgeschrieben!

Das Adjektiv *lihmig*, das wir in der Heimat verwendeten, wenn wir ausdrücken wollten, eine Flüssigkeit sei trüb oder undurchsichtig, heißt hier an der Grenze Mecklenburgs löhmerig. Man erkennt die Ableitung von lehmig, eine mit Lehm versetzte Flüssigkeit also.

Das Adjektiv steht weder im DUDEN noch im DORNSEIF. Ein solches Totschweigen plastischer Wörter, weil sie aus Mundarten stammen, macht mich unglücklich, beunruhigt mich.

2. Juli

Feil-Arbeit am Roman. Bin in kurzer Zeit ein großes Stück weitergekommen, weil ich mich nicht verkrampfe. Nachmittags eine Weile Romankorrektur abgeschrieben.

Trachte, daß dein Panzer gegen das Uneigentliche täglich stärker wird!

Ich suchte im zweiten WUNDERTÄTER nach einer Passage zum Vorlesen in Weimar und wurde mir nicht schlüssig. Eva half mir. Sie las laut vor, und wenn sie liest, werde ich zu einem wirklichen Zuhörer. Die Verfremdung wird vollkommen. Ich erlange Objektivität meiner Arbeit gegenüber. Wir einigten uns fürs Vorlesen auf jene Stelle des Romans: Stanislaus' Drama DEIN LÄCHELN ROSARIA wird aufgeführt.

Ferner fanden wir den Anfang des dritten WUNDERTÄTERS, den wir gleichfalls fürs Weimar-Vorhaben überprüften, nicht mehr in Ordnung und beschlossen, ihn vom Präsens ins Imperfekt zu übertragen.

Dabei waren wir uns vor Monaten darüber einig: Der dritte WUNDERTÄTER sollte im Präsens geschrieben werden, um ihn in eine aktuelle Sphäre zu transponieren. Aber nun fanden wir mit eins wieder: Das Imperfekt produziert mehr epischen Charakter, und was erzählt wird, gerät politisch unanfechtbarer, weil es besonders für Literaturunkundige in der Vergangenheit liegt und den Autor gegen Dummschlaue schützt.

16. Juli

Wieder mit dem Romananfang begonnen. Auf Evas Ausstellungen eingegangen. Ich versuche, wenigstens jetzt, am Anfang, etwas weniger knapp zu sein. Vielleicht gelingts, das Aussehen von *Ungemachtheit* zu erlangen.

Ich lasse mich treiben und versuche die Leichtigkeit zu gewinnen, die man an Ferientagen produziert.

17. Juli

Die ersten drei Seiten des WUNDERTÄTER III scheinen mir nunmehr die Haltung auszudrücken: Geht her, setzt euch, ich will euch was erzählen.

Mit den folgenden Seiten wird nur nötig sein, sie ins Imperfekt zu übertragen. Das Merkwürdige daran: Wie viele Male ging nun schon Befriedigung von den Seiten dieses Vorspiels aus, und sie währte doch niemals lange.

19. Juli

Mit dem Roman ein Stückchen weitergekommen. Die Arbeit fängt an, wieder Spaß zu machen. Ich glaube Eleganz zu erkennen. Die Frage: Wie lange?

Eine der größten Denkverkehrtheiten im Menschenleben, zu glauben, keine Zeit zu haben: nicht warten können.

23. Juli

Aus der Arbeit am Roman wurde nicht viel, aber an sich fängt mir die Arbeit immer mehr an Spaß zu machen. Das Vorspiel ist gründlich überarbeitet.

Er sagt zwar, was er denkt, aber er denkt nicht, was er sagt.

24. Juli

Wenn Gedanken, die man anderen einpflanzen möchte, erst einmal von diesen anderen besichtigt werden sollen, müssen sie sprachlich logisch formuliert sein. Ihr Wortkleid muß die Hand des Aussenders verraten. Überdies sollen sie entweder durch Kürze und Prägnanz überraschen oder mit Musikalität bestechen. Von diesen Forderungen kann ich mich (noch?) nicht lösen, obwohl ich weiß, daß für große Gedanken solche Äußerlichkeiten nicht erforderlich sind. Auch Jakob Böhme, der Görlitzer Schuhmacher, stammelt, spricht zuweilen gespreizt und wenig deutlich, aber wer sich müht, kommt doch hinter seine Gedanken und seine inneren Erlebnisse.

Vielleicht ist die Arbeit, die ich an meine Schreibereien wende, ein Zugeständnis an die Zeit, in der ich lebe, ein Trick, eine Falle, um die hastenden Menschen unserer Überzivilisation erfolgreicher auf das aufmerksam zu machen, was ich zu sagen zu haben glaube.

26. Juli

Jetzt sind das Vorspiel und das erste Kapitel des Romans überarbeitet. Ich spüre, daß sie unterderhand die Diktion der BLAUEN NACHTIGALL-GESCHICHTEN annahmen. Die Diktion, die ich schon in den zweiten WUNDERTÄTER hinübernehmen wollte, aber ich war damals bereits zu weit in diesem Wundertäterteil drinnen, der war schon *selbstherrlich* und ließ nicht zu, daß ich etwas von dem Schmetterlingspastell der BLAUEN NACHTIGALL-GESCHICHTEN auf ihn übertrug.

Jetzt beginnt das Neusichten und Neuanordnen des Materials, von dem schon neunzig Seiten vorliegen, und ich stecke in dem Zustand, in dem ich, wo ich auch bin und was ich auch tue, am Roman arbeite. Die herrliche, qualvolle Zeit! Der Zustand, der stets auch von der Eifersucht überlagert ist, dieses Im-Roman-Sein nicht durch dumme Tagesforderungen zu verlieren.

27. Juli

Ein entscheidender Tag: Das Vorspiel, das erste Kapitel und die ersten Seiten des zweiten Kapitels sind überarbeitet. Eva las am Abend vor. Meine erste Überprüfungsmöglichkeit. Die Melodie ist gefunden. Der Stoff schien wirklich die Melodie der NACHTIGALL-GESCHICHTEN zu verlangen, oder es ist die Melodie meiner jetzigen Lebensperiode.

Glücksgefühl für einige Stunden.

28. Juli

Zwei Seiten an der Romanhandlung weitergebaut, das Rohmaterial verwendet, das ich vor Monaten diktierte. Es war wirklich nur Rohmaterial, wie sich herausstellte.

Du wirst an vier Blumengärten nicht mehr Freude haben als an einem. Freude entsteht, wenn du dich innig auf die Dinge einläßt, die sie dir geben sollen.

29. Juli

Die am Vortage umdiktierten zwei Seiten perfekt gemacht. Dabei fiel mir ein, daß man den Meisterfaun wieder einmal auftreten lassen könnte. Er sollte jetzt die Figur eines Genossen mit Schlips, Kragen, Maßanzug und Parteiabzeichen annehmen und Stanislaus im Sinne eines Funktionärideals belehren. Das wäre das Rechte für Stanislaus' innere Verfassung, denn er ist in der Partei, ist Tugendwächter, sitzt in der Redaktion der Parteizeitung, und sein Ideal ist: Der vollkommene Genosse.

28 **31. Juli**

Wundertäter II. Ich machte mir ein Vergnügen daraus, das neue Buch mal hier und mal dort aufzuschlagen und mich ein Stück hineinzulesen. Es hielt stand. Ich fand (noch) keine Stelle, die ich heute anders gemacht hätte.

Ich weiß noch nicht, ob ich die Kraft haben werde, die Kritiken in Zeitungen und Zeitschriften ungelesen zu lassen. Am besten wärs, ich ließe es bleiben. Ich bin von der Notwendigkeit all des, was ich schrieb, überzeugt. Das sollte mir genügen. Wenn der und der sich getroffen fühlt, so wars so, daß ich ihn treffen wollte.

2. August

Zwei Seiten weitergekommen. Den Meisterfaun wie geplant zum Meisterfunktionär gemacht. Es scheint sich anzulassen.

Viele große, aber auch kleine Ereignisse meines Lebens bekommen jetzt schon nach einigen Tagen oder Wochen einen poetischen Schimmer. Wirkt da die Wehmut des alt werdenden Mannes, der erkennt, wie alle seine Erlebnisse letztmaliger werden?

3. August

Ein zerstörerischer Dämon geht in mir um. Ich weiß noch nicht, ob ich es verhindern kann, daß er ausbricht. Ich weiß auch nicht, wo er sein Nest hat, ob die falsche Konzeption einer Figur (Doktorin Sawade) im dritten Wundertäter der Grund ist . . . Jedenfalls will der Dämon mich zwingen, etwas Frevelhaftes zu tun, fortzureisen oder mich zu betrinken, mich auf ein fremdes Weib zu werfen oder Selbstmord zu verüben. Dies hier ist ein Versuch, diesen dämonischen Wirbel zu bannen.

4. August

Den Dämon paralysiert und seine Kraft mit einigem Erfolg in die Fabel des Romans geleitet.

Ich werde versuchen, die Doktorin Sawade zwiespältig anzulegen. Ihre Jugend verlief musisch und ihr Studium entpoetisierend rationalistisch. Sie vermag beide Haltungen zur Welt nicht in sich zur Harmonie zu bringen.

5. August

Mit Eva beim Frühstück über die beabsichtigte *Veränderung* der Doktorin Sawade gesprochen.

Nun kommts auf den Versuch an. Mir schien, daß die Fabel insgesamt vereinfacht werden müßte. Eva will sie sich noch einmal daraufhin ansehen.

8. August

Endlich angefangen, die Doktorin Sawade *umzukonstruieren.* Der innerliche Widerstand gegen derlei Manipulationen ist nicht leicht zu überwinden. Man muß sich erst zu einem *stinkenden Faultier* erklären, ehe man sich an die Arbeit heranbekommt.

9. August

Mitten in der *stinkenden Tätigkeit* wurde ich ans Telefon gerufen. Lektor Günter Schubert teilte mir aus Berlin mit, es stünde ein großer Tag vor mir. Das Zentralorgan und die Berliner Zeitung (unsere Iswestija) hätten wohlwollende Rezensionen über den Wundertäter II veröffentlicht.

Eva schickte Matthes zur Post um die Zeitungen. Sie wollte den Briefträger nicht abwarten und tat, als ginge es um ihre eigenen Angelegenheiten. So teilnehmend ist sie in bezug auf mein Werk. Bin ichs nicht? Doch, ich bins wohl auch. In der Kunst gibt es kein ich und kein du.

Es wurde mir für ein paar Stunden leicht, nicht, weil die hauptstädtischen Rezensenten den Roman wohlwollend besprachen, sogar lobten, nein, aber ich hatte diese Tatsache für unmöglich gehalten. Da war eine Kraft am Werk, wohl die Kraft der Kunst selber. Sie hat den Rezensenten die Augen mit einer Gazebinde bedeckt, hat die Burschen in Ratlosigkeit versetzt. Sie waren (wie zwei Verabredete) darauf aus, in dem Roman des Königs sozialistische Kleider zu sehen.

Nun will mir scheinen, es wird auch möglich sein, den dritten Teil meines Romans zu meinen Lebzeiten herauszubringen.

Dankbar ging ich am Nachmittag auf den Wegen im Wald, rechts vom Thörnsee, spazieren, auf denen ich vor zwei Jahren energisch anfing, am WUNDERTÄTER II weiterzuarbeiten. Dort ging ich damals umher und diktierte und ahnte und glaubte nicht, daß ich das fertige Buch schon nach zwei Jahren in der Hand halten würde.

18. August

Endlich den Stau durchbrochen: Eine neue Doktorin Sawade *hergestellt*, sie auch in eine neue Umgebung gesetzt. Weil ich zweimal unterbrochen wurde, flüchtete ich vor dem Abendbrot in die Wiesen und diktierte dort die Sawade-Szene zu Ende.

Wenn es soweit ist, entsteht, was entstehen soll, unter allen Umständen.

19. August

Ein Stück weitergekommen. Die Arbeit am Roman kommt in Fluß. Die Hypnoseszene mit Lothar Rosendorn gemacht. Der Roman fängt wieder an, meine Gedanken zu beherrschen, und es werden weniger Nebengedanken produziert.

Das Kranichpaar aus den Woz-Wiesen macht Übungsflüge. Es hat dieses Jahr zwei Jungvögel aufgezogen. Zum ersten Male hörte ich, daß die Jungen während des Fluges piepen wie Gans-Junge. Die Alten knurren ihnen etwas Beruhigendes zu.

20. August

Mit der Arbeit ein Stück weitergekommen. Wie befriedigt man ist, wenn man das vermerken kann. Ein paar Seiten neu konzipiert, nun werde ich die erst gängig machen.

22. August

Zwei Seiten Umdiktat vom kleinen Tonband abgeschrieben. Damit war die Arbeit am Roman schon zu Ende. Unverzüglich stellte sich die Unzufriedenheit ein. Der Dämon hob seinen Kopf: Im linken Arm und im linken Bein – das Kribbeln der Blutleere. Ich mußte mitten in der Arbeit am Roman aus dem Zimmer, wo die Fenster meiner Stube geputzt werden sollten, aber vorher mußte ich die Schraubverschlüsse der Doppelfenster lösen.

Ich ritt davon, doch der Hengst spürte meine innere Unausgeglichenheit und nahm jeden Dreck zum Anlaß, um zu scheuen. Das plötzliche Auftauchen von Pilzsuchern brachte mich fast aus dem Sattel.

23. August

Ein Stück umdiktiert, dann mußte ich Chauffeur sein und nach Gransee zum Zahnarzt fahren.

Also muß ich meinen Tagesablauf wieder umstellen und darf nicht zuerst am Morgen Tagebuchaufzeichnungen machen und Post erledigen. Zuerst Roman! Wenn die Leser wüßten, wie man sich wenden und drehen muß, wie viele Äußerlichkeiten dagegen sind, daß man einen Roman schreibt!

24. August

Das zweite Kapitel zu Ende gebracht, es durch alle Korrigiergänge gefahren. Hier und da wird noch ein Wort, ein Satz auszuwechseln oder zu streichen sein. Im ganzen erscheints wie fertig.

Wenn man nur jeden Tag einen kleinen Sieg erringt, kann man sicher sein, daß mit den kleinen Siegen unbemerkt auch ein großer Sieg geschieht.

28. August

Das Haus ist wie aufgerissen und laut. Ich flüchte in das kleine Grastal hinter der Waldpferdchenkoppel und diktiere dort auf das kleine Tonband.

Es macht sich nötig, in den dritten WUNDERTÄTER Proben aus Stanislaus' erstem Buch hineinzugeben. Im zweiten Band genügten die Groschenhefteintragungen. Es mußte die Linie (Erzählung innerhalb der Erzählung) fortgesetzt werden, die mit der *Fischzucht am Bach in der Kindheit* in den zweiten Band aufgenommen wurde. Ich denke dabei an Kindheitserlebnisse, aus denen Stanislaus in seinem Buche Erkenntnisse keltert.

10. September

Eine Menge gearbeitet, nur am Roman nicht. Ein Nachwort zu Galsan Tschinags Erzählungen nachmittags im Walde aufs kleine Tonband diktiert.

Daß ich in der letzten Zeit mit der Hauptarbeit nicht weiterkam, beunruhigt mich erstaunlicherweise nicht so sehr wie sonst. Der zweite WUNDERTÄTER scheint nun langsam doch Bewegung auszulösen. Die innere Haltung, die ich mir anempfahl, beginnt sich als richtig zu erweisen. Ein Christ würde sagen: Gott hat mein Gebet erhört und tut seine Wunder an mir.

Obwohl sonntags keine Briefpost ausgetragen wird,

erhielt ich einen Brief, einen Eilbrief. Die Redakteurin der Berliner Illustrierten Zeitung hats mit eins eilig, das Interview mit mir zu machen, das bereits für den Juni vorgesehen war und von dem ich annahm, es wäre mit Absicht, oder auf Weisung, vergessen worden. Das andere Wunder: Zur halben Nacht rief der Redakteur vom Kulturmagazin des Fernsehens an und bat mich, vor den Zuschauern aus dem Wundertäter II zu lesen. Mein Verlagsleiter meldete sich und erklärte, es wäre nötig, daß ich die Jubiläums-Leseveranstaltung beim Zentralen Kulturbundklub in Berlin am 27. September übernähme.

Na gut, na gut, aber keine Hoffart bitte, alter, gerüttelter und geschüttelter Mann, der du bist!

20. September

Mit dem Wundertäter III doch ein Stück weitergekommen. Der Kampf Stanislaus' um die Selbstkritik, auch eine Szene aus seiner Kindheit, der Kirschendiebstahl, sind fertig, das heißt, druckreif.

Es scheint sich beim Schreiben diesmal die Methode herauszubilden, daß ich jede Szene nach der Niederschrift gleich (in mehreren Arbeitsgängen) druckreif mache.

25. September

Nun muß ich doch ein Wort suchen, meine derzeitige Faulheit in Sachen Wundertäter III zu entschuldigen:

Wenn der Roman auch nicht sichtbar wächst, unsichtbar tut er es, denn immer habe ich zwischendurch am Tage mit ihm zu tun.

Eine Weile bei Laotse eingekehrt. Jeder seiner Sätze ist die Summe von einem langen Denkprozeß.

26. September

Entscheidend ist, daß ich den WUNDERTÄTER III um zwei Seiten weitergetrieben habe. Wie genügsam man wird! Ich las beim Kulturbundklub in Berlin. Es war die fünfundzwanzigste Leseveranstaltung, die dieser Klub abhielt. Die erste (es war wohl 1964) bestritt ich mit dem OLE BIENKOPP.

Die beiden Veranstaltungssäle waren voll Menschen, aber sie waren nicht überfüllt wie damals bei der BIENKOPP-Diskussion.

Die Televisionisten kurbelten, der Rundfunk schnitt mit. Ich las das Vorspiel zum WUNDERTÄTER III, also Uraufführung! Die Zuhörer lachten an Stellen, an denen ich es nicht erwartete, und an Stellen, wo ich es erwartete, blieb das Lachen aus.

Die Diskussion war *lebhaft*, wenn man der Berichterstatterin der BERLINER ZEITUNG glauben kann. Es waren nur Verehrer und Freunde im Saal, Fans, wie der Verlagsdirektor sagte. Jedenfalls waren keine Gegner da, die mit Schaum vor dem Mund diskutierten, wie damals beim BIENKOPP.

Und doch ist der WUNDERTÄTER III politisch, kritisch und philosophisch viel *gefährlicher* (für die Dummköpfe), als es der BIENKOPP war. Gibt es wirklich ein *Tauwetter* in der Kunst bei uns, und sehen gewisse Politiker nur zähneknirschend zu, oder haben sie die Unsinnigkeit des Dogmatismus in Sachen Kunst erkannt?

4. Oktober

Eine Besprechung des WUNDERTÄTER II kam von Marianne Schmidt. Es ist die eingehendste Besprechung vom WUNDERTÄTER II bisher. Freunde, wie Wellm, Beseler und andere, wissen über diesen Roman nichts zu sagen oder wollen nichts sagen. Der einzige, der etwas schrieb, war Hermann Kant. Das soll veranschlagt sein.

26. November

Endlich gehe ich an die wirkliche Arbeit. Ich sehe alles Geschriebene vom WUNDERTÄTER III von vorn an durch. Ich bin erstaunt über die Längen, die ich vorher nicht sah, und bin erstaunt, welche Möglichkeiten für Änderungen sich ergeben. Von da aus gesehen hat sich die Schreibpause gelohnt.

27. November

WUNDERTÄTER III weiter durchgesehen, flüssig gemacht und korrigiert.

Ruhigere Tage, Gleichmaß und fester Arbeitsrhythmus ziehen wieder bei uns ein.

Befriedigung über das täglich bewältigte Pensum wirklicher Arbeit.

Den dritten Tag liegt Schnee. Jede Nacht kommt eine dünne Schicht hinzu. Die Schneehelle strahlt in unser Haus hinein und läßt die honiggelben Holzwände leuchten. Das Haus meines Lebens, das Haus meines Todes.

28. November

Mit dem Durcharbeiten des zweiten Kapitels fertig geworden. Alles wird genauer, künstlerisch richtiger.

An Galsan Tschinag geschrieben. Ihm den Stand der Verhandlungen über sein Buch mitgeteilt.

In der Morgendunkelheit treffe ich im Schneetreiben Jakob. Er hat seinen Schulweg abgebrochen und ist umgekehrt. Das kleine Fahrrad zwischen den Beinen, wirft er sich mir an die Brust: Papa, ich kann nicht weiter, es tut mir so weh beim Atmen.

36 **6. Dezember**

Zwei Seiten Wundertäter III neu diktiert und vom Tonband abgeschrieben.

Müde, abgeschlagen, eine leichte Rippenfellreizung, weil ich geschwitzt aus dem Auto stieg und mir in Heiligendamm den Seewind um die Brust peitschen ließ.

7. Dezember

Die gestern geschriebenen zwei Seiten Wundertäter fertig gemacht. Wenn ich bedenke, komme ich jetzt auch auf das Pensum, eine Seite pro Tag, die dann fast fertig ist.

Ganz früher (Wundertäter I) schrieb ich zehn Seiten am Tag. Später (Ole Bienkopp) fünf Seiten. Damals sah ich das jedoch statistisch und kalkulierte die Zeiten nicht ein, die zum Korrigieren und Ablagern nötig waren.

Also dürfte ich auch früher nicht mehr als eine Seite pro Tag geschrieben haben. (Etwas, worüber ich mich im Falle Thomas Manns belustigte.)

8. Dezember

Zwei Seiten neu diktiert.

Hermann Kant blieb nach einem Auto-Unfall noch immer ohne Bewußtsein, weiß nicht, wie ihm geschah, und kämpft um sein Leben.

10. Dezember

Zwei Seiten Wundertäter III korrigiert und so gut wie fertig gemacht.

Eva die letzten zehn Seiten vorgelesen, einigermaßen befriedigt. Sie fand zwei Stellen heraus, an denen man anders hätte schneiden müssen. Ich hatte diese Stellen bisher nicht entdeckt.

Die Dichter müssen systemlos philosophieren, sobald sie einem System anhangen, verraten sie die Kunst.

2. Januar 1974

Endlich wieder WUNDERTÄTER III. Natürlich gleich mit Streichen begonnen, ins zweite Kapitel gekrochen. Ob viel, ob wenig gemacht, man ist zufrieden, weil man am *Eigentlichen* ist.

Eigentlich brauchte man im Alter nur die einundachtzig Traktate des alten Chinesen Laotse als Lesestoff. Ein Buch in der Stärke eines Diariums. Es enthält die Antworten auf alle Fragen, auf die der wache Mensch in seinem Leben stoßen kann.

3. Januar

Am zweiten Kapitel des WUNDERTÄTER III herumgedoktert. Es ging nicht vorwärts, aber der Arbeitsvormittag verging doch.

War es nicht jedesmal so: Die ersten hundert Seiten eines Romans wälzte ich ein Jahr und länger herum. Im Unterbewußtsein bereiteten sich unterdessen die übrigen fünf Sechstel der Arbeit vor, und ich schrieb sie später verhältnismäßig schnell herunter.

Die Festtage haben die Schiebekästen im Schreibsekretär wieder mit Post gefüllt.

5. Januar

Den ganzen Vormittag WUNDERTÄTER III, immer noch im zweiten Kapitel. Hoffentlich zerschreibe ich es nicht. Nächste Woche muß und will ich aber heraus aus dem fixierten Anfang! Hinaus ins Unbekannte des Stoffes!

7. Januar

Immer noch das zweite Kapitel. Nun bin ich schon neugierig, weshalb ich mich solang dabei aufhalte, denn ich arbeite den ganzen Vormittag und komme doch nur um ein paar Seiten voran.

8. Januar

Angefangen, das dritte Kapitel zu überarbeiten. Ich muß mirs wieder versagen, jede korrigierte Seite selber auf der Maschine abzuschreiben. Es geht dabei Zeit verloren. Andererseits genieße ichs, wenn der Text ohne Korrekturgekritzel rein über die Seite fließt.

9. Januar

Drittes Kapitel zu Ende durchgesehen und umgearbeitet.

14. Januar

Am vierten Kapitel gearbeitet.

Ich sprach mit dem Tankwart über seinen verstorbenen Kollegen. Mit dem Magen das wär noch gegangen, aber die Leber, die Leber, sie war hin, sagte er. Er ist so lang, daß ihm die gelieferten Tankwart-Hosen nicht bis auf die Schuhe reichen und er deshalb Schaftstiefel tragen muß. Er sprach von seinem toten Kollegen wie von einer Sache. Vielleicht zuviel gesoffen, vielleicht vom Benzingeruch hier, sagte er. Ich kannte ihn nur nüchtern, und ich kannte ihn lange, sagte ich.

Dann hat er vielleicht ganz davor gesoffen. Der lange Kollege, dem die Frau weglief, bestand auf dem von ihm diagnostizierten Säufertod. Es ist übrigens schon ein Neuer da, tröstete er mich, einer von der Kreisleitung der Freien Deutschen Jugend.

15. Januar

Anscheinend den Käfig zerbrochen, in dem ich mich in der letzten Zeit mit der Arbeit befand.

Das Theaterstück gefunden (OTHELLO), in dem der vom Lispeln befreite Rosendorn auftreten kann. Begegnung: Sawade – Stanislaus, im Theater.

Jeden Tag eine Weile in der Landschaft stehen wie ein Baum! Ich gehe an den Torfwiesen entlang und denke mir aus (vielleicht bilde ich mir nur ein, daß ichs mir ausdenke), wie das Wesen der Doktorin Sawade im Roman sein soll. Rätselhaft muß sie wirken, denke ich.

Später werden Leser mit dieser literarischen Figur bekannt werden, die nie eine Torfwiese sahen.

16. Januar

Im vierten Kapitel gearbeitet. Was ich sonst noch am Roman tat, erinnere ich mich nicht.

19. Januar

Am vierten Kapitel gearbeitet, es geht langsam, aber es geht, und es macht Spaß. Drei Seiten weitergekommen. Das Kreuzrheuma plagt mich. Trotzdem reite ich hinaus. Das Aufsitzen ist schmerzhaft. Im Sattel ist mirs wohl. Große Stille in den Wäldern. Es ist mir bewußt, daß in ihr die größten Ereignisse stattfinden.

21. Januar

Am vierten Kapitel gearbeitet. Da ich zur Zeit, sobald ein oder zwei Seiten geschrieben sind, sogleich redigiere bis zur vorletzten Möglichkeit, scheint es, als ob ich mit der Arbeit auf der Stelle stünde.

Gestern fesselten mich die am Morgen begonnenen drei Seiten so, daß ich auch abends dran arbeitete und sie auf den vorletzten Perfektionsstand brachte.

Politiker und Dichter, die zu ihrer Lebzeit von sich reden machen, werden nach ihrem Tode in der Regel vergessen; die Politiker meist auf immer, die Dichter, wenn sie gut waren, werden zuweilen von ihrem Volke zu einem zweiten Leben erweckt.

22. Januar

Den ganzen Vormittag am vierten Kapitel geblieben. Auch am Abend noch ein wenig dran gearbeitet.

Die Arbeit am Roman schmeckt jetzt so, daß ich nichts anderes mehr tun möchte. Ich weiß jedoch, daß dieses ungetane *Andere* in kurzer Zeit zur Belastung wird und mich unzufrieden werden läßt.

23. Januar

Mit dem fünften Kapitel angefangen.

Die Schrift des Vaters, die vorübergehend zittrig war, ist wieder steil und fest geworden. Sein Verhältnis mit der Frau des Enkels scheint nicht nur Gerücht und Gerede erbsüchtiger Schwiegertöchter zu sein.

Was mich betrifft, so bin ich in dem Alter, in dem ich meine, man sollte nicht darüber lächeln. Ich würde die Kraft, hätte ich sie mit fünfundachtzig Jahren noch, als eine Gnade betrachten und würde sie in eine Schreiberei fließen lassen.

24. Januar

Weiter am fünften Kapitel gearbeitet. Stanislaus schreibt wieder Kindheitserinnerungen.

Jetzt bin ich richtig in der Arbeit. Nun genügt mir das Pensum nicht (täglich ca. drei Seiten bis zum vorletzten Schliff). Ich werde unglücklich, wenn Abhaltungen kommen. Auch hier das verdammte Pflichtgefühl!

25. Januar

Weiter am fünften Kapitel gearbeitet. Die Fieberträume des Stanislaus in der Kindheit.

Natürlich wie immer und täglich die Tiere versorgt. Man rechnet das, weil es sich zwangsläufig wiederholt, schon nicht mehr zum Getanen.

26. Januar

Ein Stück Text vom Band abgeschrieben, einen kleinen Nebenaufriß gemacht.

Man sollte sich üben, damit zu rechnen, daß alles zu jeder Zeit möglich ist: Vorfrühling im Januar und die Temperatur am Kältepol nur wenige Minusgrade. Aber auch alles, alles andere, was wir für unmöglich halten, ist möglich. Wir übertragen unsere begrenzten Menschen-Möglichkeiten auf den Kosmos.

27. Januar

Es werden Leserstimmen laut. Sie besagen, der zweite WUNDERTÄTER sei schwerer zu lesen, zu erfassen als der erste Teil.

Die das klagen, dürften Leser sein, denen die Parallelerlebnisse zum gegebenen Lesestoff teilweise fehlen. Sie folgern, wie der Durchschnittsmensch eben folgert, nicht ihnen, aber mir fehle was.

Soll ich diese primitiven Einwände berücksichtigen? Ich bin sechzig Jahre vorbei, und auch wenn mir die sogenannte Volkstümlichkeit abhanden gekommen sein sollte, ich kann nicht zurück.

Wenn Frieden in dir selber ist, darf die Umwelt schon anbranden.

28. Januar

Am fünften Kapitel weitergearbeitet. *Zeit* gemacht, die Industriestadt wächst.

Reso Karalaschwili, der Hesse-Spezialist aus Tbilissi, schrieb nachdenklich und verständnisvoll zum WUNDERTÄTER II. Er versucht die Mach-Art zu analysieren, und er kommt über das ganze Buch zu Schlüssen, die auch zu meinen Schlüssen gehören. Aber darf ichs laut werden lassen? Goethe durfte sagen: Nur die Lumpe sind bescheiden. Wenn ichs öffentlich sagen würde, würde man mich mit Worten und Gebärden steinigen. Nur ja nicht zeigen, daß ich kein Lump bin, müßte man bei uns sagen. Unbescheidenheit wird nur führenden Politikern verziehen. Stalin und Mao sind in dieser Hinsicht nicht leicht zu übertreffen.

29. Januar

Zügig am fünften Kapitel weitergearbeitet. Neu, unter anderem, eine Szene mit dem Meisterfaun.

Es gibt Anzeichen, daß eine Zeit heranrückt, in der der wissenschaftliche Mensch sich weniger *heldisch* vorkommen wird als heute, wenn er um eingebildeter Erfolge willen in die Naturgeschehnisse eingreift. Er wird sich zurückhalten und hüten, das Gleichgewicht in seiner Umwelt zu stören. Solch einen Gedanken nennt man heute noch reaktionär, weil er den Ansichten der Zeitgenossen zuwiderläuft. Aber sogenannte Zeit-Strömungen beruhen auf Massen-Suggestion und verkehren sich sogleich und strömen in die umgekehrte Richtung, sobald die Menschheit in einen Abgrund gesehen hat.

31. Januar

Das fünfte Kapitel zu Ende gebracht. Damit ist es, meine ich, so fertig, daß nur noch geringfügige Korrekturen vonnöten sein werden.

Eigenartig, daß sich jedes Werk bisher nicht nur

 seine eigene Melodie, sondern auch die Technik, in der es bearbeitet sein wollte, erzwang. Wie das zusammenhängt, sehe ich noch nicht.

1. Februar

Doch wieder am fünften Kapitel gearbeitet. Ich las Eva das vierte und fünfte Kapitel vor. Sie war nicht unbedingt begeistert, aber ich halte das Vorhandene diesmal von der Melodie, überhaupt von verschiedenen Seiten her, für fertig und gehe auf Abwehr. Die Mappe mit dem Fabelaufriß zu Rate gezogen und versucht, das sechste Kapitel zu konzipieren. Jeder hat seine eigene Hölle und sein eigenes Paradies.

2. Februar

Mit dem sechsten Kapitel angefangen. Aus dem Rohtext heraus diktiert. Drei Seiten abgeschrieben. Es fiel mir schwer, das Kreuzrheuma plagt mich, doch mein Pensum schaffte ich.

4. Februar

Weiter am sechsten Kapitel gearbeitet, dabei viel Schmerzen, aber das Pensum schaffte ich.

Im Televisor die Chronik des Ostseeortes Bansin, von einem westdeutschen Schriftsteller geschrieben. Er zählt die Unzulänglichkeiten des Kaiser- und des Dritten Reiches auf, unterschlägt aber auch das Verhalten der Russen, ihren Einmarsch nicht. Er läßt die Frauen-Vergewaltigungen und andere Untaten nicht aus.

Wir ostdeutschen Schriftsteller sind gehalten, diese Tatsachen zu verschweigen. Man nennt das klassenmäßiges Verhalten, aber da halte ich es mit Tolstoi und werde es stets mit ihm halten: Untat bleibt Untat!

5. Februar

Sechs Seiten vom sechsten Kapitel durchkorrigiert, neu diktiert: Stanislaus mit dem Meisterfaun in der S-Bahn.

Über mein Rheuma in einer sogenannten RHEUMA-FIBEL nachgelesen. Es ist unheilbar, aber man kann bei entsprechendem Verhalten und Gegenmaßnahmen verhindern, daß es schlimmer wird oder zur Invalidität führt.

7. Februar

Weiter am sechsten Kapitel. Eva dieses Kapitel, soweit vorhanden, vorgelesen. Es trieb mich. Als ich aufsah, weinte Eva. Die Familienszene bei Elsbeth, mit der Ankündigung des Todes von Mutter Lena, hatte sie ergriffen. Da wußte ich, daß ich gut geschrieben hatte.

8. Februar

Am sechsten Kapitel weitergearbeitet. Stanislaus besucht Katharina, die Frau seines Bezirkssekretärs, um ihr Reinholds Sommerstrümpfe zu übergeben. Ich war müde, die Arbeit fiel mir schwer.

Der große Irrtum, daß wir hier sind und daß der Kosmos dort ist.

9. Februar

Immer noch beim sechsten Kapitel, immer noch die Katharinaszene, wenig vorangekommen.

Nächste Woche hoffe ich mit dem Roman so weit zu sein, daß ich wieder im Laufen diktieren kann, damit ich meinen Rheumaschmerzen davonlaufe.

Solange ein Künstler fühlt, daß er Mittelmaß hat, kann er sich noch retten. Sobald er es nicht mehr fühlt und darauf pocht, daß sein Mittelmaß gewürdigt wird, ist er verloren.

11. Februar

Noch immer Arbeit am sechsten Kapitel, allerlei Sitzhaltungen ausprobiert, um den Rückenschmerzen zu entgehen, von Zeit zu Zeit durchs Zimmer gewandert.

12. Februar

Weiter am sechsten Kapitel. Katharina will Stanislaus einen Kuß abjagen, Reinhold kommt dazu. Seit langem das erste Mal wieder draußen in den Torfwiesen im Laufen diktiert. Nebenbei spähe ich nach der Wasser-Amsel. Sie kommt nicht.

13. Februar

Folgende Szene auf Band diktiert: Stanislaus schreibt wieder am Roman. Er schreibt über das Schicksal und erhält eine briefliche Einladung von der Doktorin. Er muß erkennen, was die Wahrheit für eine Macht ist, und sollte wissen, daß sie gerade dann sichtbar wird, wenn es den Menschen, die sie unterdrücken, am unangenehmsten ist.

14. Februar

Im Roman an folgender Szene gearbeitet: Stanislaus liest bei Frau Doktor Sawade.

Starke Rheumaschmerzen. Ich weiß nicht, wie ich sitzen soll. Beim Diktieren von Neutext wandere ich im Kreis in der Stube umher.

15. Februar

Im Roman an der folgenden Szene gearbeitet: Stanislaus auf dem Liebeslager bei der Doktorin. Ferner eine Definition: Was sind Volkskorrespondenten? Kulturredakteur Rustin kommt nach Kohlhalden.

Täglich diktiere ich zuerst das am Tag zuvor auf den kleinen Bandapparat Diktierte auf den Kassettenrecorder um, dann kommt das Neudiktat.

Am Spätabend spielte ich für Eva eine halbe Stunde neu Diktiertes vom Recorder ab.

An Evas Verhalten beim Zuhören kann ich ermessen, ob, was ich schrieb, die Welt erreichen wird, oder nicht.

Es war eine schöne halbe Stunde, obwohl mich die Schmerzen plagten und plagten, aber es war trotzdem Freude da. Freude über das, was mir in den letzten Tagen gelang.

20. Februar

Am Nachmittag in den Torfwiesen, dort, wo die Sonne hinstemmt, diktierend hin und her gegangen. Eine Volkskorrespondentenversammlung geschildert. Stanislaus übergibt Rustin seinen Roman.

Die Rheumaschmerzen treten, nachdem ich nur noch die halbe Tablettenmenge einnahm, sogleich wieder nach vorn. Cagliostro riet mir telefonisch, auf die alte Menge zurückzugehen.

21. Februar

Roman vom Taschen- auf das Kassettentonband diktiert. Dabei natürlich gleich etwas korrigiert. Am Nachmittag Neudiktat, Stanislaus' Romananfang wird im VOLKSBLATT abgedruckt.

Kriechende, krankmachende Kälte, kein Bedürfnis hinauszugehen. Das Rheuma fängt an mich zu befehligen. Auch geritten bin ich seit fünf Tagen nicht mehr. Die Schmerzen nahmen trotzdem nicht ab.

23. Februar

Arbeit. Stanislaus wird bei Erscheinen seines Romans von seinen Bekannten geehrt. Die Doktorin kommt zu ihm und bleibt über Nacht.

Am Nachmittag sogleich umdiktiert. Ich fühlte mich zufrieden.

 Von Zeit zu Zeit sich einbilden, der Tod käme in einem Monat, das hilft weiter.

25. Februar

Jeder Handgriff muß gegen Schmerzen durchgesetzt werden. Die getane Arbeit – als Ergebnis unzähliger Überwindungen – zeitigt schließlich doch was wie Zufriedenheit. Mit dem Roman weitergekommen. Rustin liest Stanislaus' Roman und reicht ihn an den Arbeiterdichter Lekasch weiter, und wie der zweite Leserbrief von Stadtrat Grün eintrifft, und wie sich Stanislaus mit dem Stadtrat auseinandersetzt.

Den neuen Text auf Kassettenrecorder umdiktiert.

26. Februar

Den Roman gefördert: Die Unzufriedenheit der Leser über Stanislaus' Roman wächst an, weshalb sich Hajo Auenwald hinter Stanislaus' Rücken entschließt, gegen den Roman vorzugehen.

Von einem, der sich Wissenschaftler nennt, aber behauptet, er glaube nur an Bewiesenes, kann man wissen, daß er nicht mehr ist als ein wissenschaftlicher Hilfsarbeiter.

27. Februar

Folgende Romanszenen auf Band diktiert: Auenwald läßt die Korrespondenten auf Stanislaus' Roman los. Auenwald bewegt Chefredakteur Umbruch, den Roman abzusetzen.

28. Februar

Diktat von Tonband zu Tonband. Neues Diktat: Arbeiterdichter Lekasch bringt einen Verleger, der Stanislaus' Roman drucken will.

Konzentration ist ein Zustand, den man nicht genug pflegen kann. Wenn man sich nur eine Minute lang beobachtet, bemerkt man, wie vielerlei Gedanken das Hirn beschäftigen, ohne Nutzen für unser Wohlbefinden oder unsere eigentliche Arbeit. Andererseits weiß man, was man gewinnt, wenn man die Kräfte, die man mit unkontrollierten Gedanken verschwendet, vor eine Arbeit spannt, sie zum Beispiel in ein Romankapitel hineinsteckt.

1. März

Diktat von Tonband zu Tonband: Traktat über die Naivität. Stanislaus wieder bei Frau Doktor Sawade.

Cagliostro bringt Tablettennachschub, hat aber keine Lust, mich zu untersuchen. Wozu auch? Er knabbert Keks, ißt eine Birne, genießt die Schulzenhofer Ruhe. Er kann schlecht zuhören; am besten, man läßt ihn dozieren.

Mein Rheuma ging in den letzten Tagen etwas zurück; die Schmerzen sind sachter.

4. März

Von Band zu Band diktiert: Begegnung mit dem Meisterfaun. Stanislaus zerschlägt die Zimmereinrichtung der Frau Broesicke. Stanislaus als Haspler im Braunkohlentiefbau.

5. März

In Berlin scheint man sich langsam daran zu gewöhnen, daß ich krank bin. Das kommt meinem Roman zugute.

Cagliostro untersucht mich. Er prüft meine Gelenke, wie man die Scharniere eines knarrenden, klemmenden Gartentores untersucht.

6. März

Neudiktat: Stanislaus poetisiert seine Arbeit als Haspler beim Braunkohlentiefbau. Die Bergmannswitwe

 Lenka Meurer beschrieben. Stanislaus hütet wieder Ziegen, wie in der Kindheit.

7. März

Neues Diktat: Die Geburtstagsfeier bei Reinhold und Katharina.

Ich diktiere das erste Mal wieder beim energischen Gehen auf Waldwegen. Ich weiß wohl, welchen Weg ich nahm, aber sonst ist außer dem Geplärr einer Krähe nichts zu mir vorgedrungen. Ein glückseliger Zustand, obwohl er andererseits Anspannung verlangt. Man beschreibt, wie ich gestern, eine Familienfeier, die erfunden ist, und man befindet sich als Beschreibender zwischen den erfundenen Gestalten. Außerdem war das *stramme* Gehen zugleich ein Experiment mit meinem linken Hüftgelenk.

8. März

Diktat von Band auf Band. Neudiktat: Lebenslauf des Dichters Lekasch, der *künstliche* Streit zwischen Reinhold und Stanislaus.

Das Rheuma plagt mich wieder etwas mehr, aber die Hauptsache, es geht mit dem Roman weiter.

15. März

Neu diktiert: Stanislaus und der Meisterfaun nach Katharinas Geburtstag, Zusammentreffen mit Rosendorn, Nachricht vom Tod der Mutter Lena.

Mit Söhnchen Jakob, der Liliput-Stute Beere und Assan am Thörn-See; sehen Brand-Enten und Stock-Enten, sprechen über Himmel und Erde, verstehen uns aber auch ohne Worte. Eine Weile denke ich an den Tod und bin ganz an ihn verloren. Jakob spürt meine Abwesenheit. Er schiebt seine harte Jungenhand von hinten in die meine. Ich schaue zu ihm hinunter; eine kleine Sonne lacht mich an.

18. März

Diktat von Band zu Band. Bis dann beim Gehen im Wald aufgenommen: Totenfeier für Mutter Lena.

Viel Schmerzen; nicht ergründbar, ob vom Wandern beim Umdiktieren im Zimmer, oder ob vom Wandern im Wald beim fortlaufenden Diktieren, oder ob vom Regenwetter.

19. März

Neues Diktat beim Gehen im Walde, in der Nähe des Zeuthen-Sees.

Am Nachmittag das neu Diktierte auf den Kassettenrecorder umdiktiert.

Mit dem Rheuma gehts auf und ab. Luftdruckveränderungen lassen die Schmerzen in der linken Hüfte immer wieder aufflammen. Am Frühabend liege ich mit einer der berühmten Piešt'any-Kompressen und nutze die halbe Stunde allemal für Konzentrations- und Atemübungen.

21. März

Diktat im Freien: Meditation über Winter und Kälte.

Der Frühling zeigt sogleich, was er kann. Jakob brachte mir erste Huflattich-Blüten; Spatzen und Krähen bauen ihre Nester, und abends hörte ich beim Hund-Ausführen Schnepfen.

22. März

Neues Diktat: Die verschiedenen Gäste bei Stanislaus in der Hasplerbude. Die Krankheit stößt mich wieder auf die Suche nach Klarheit: Wer bin ich? Was bin ich? Was soll ich hier?

25. März

Es riecht säuerlich in meiner holzenen Arbeitsstube. Der Grippe-Virus, der sich mir nach zwei Jahren mit diesem gärig sauren Gestank verrät, ist im Hause, ist jetzt auch in meiner Stube, doch bis jetzt halte ich mich. Das am Freitag Vordiktierte umdiktiert. Ich geriet in eine Verknäuelung, hatte Bedenken, doch weiß ich nicht, ob sie endgültig zerpflückt sind. Jedenfalls stockt die Arbeit ein wenig.

Auf dem Schinkelplatz ist die Ausgedingerin vom Sarggeschäft mein Beobachtungsobjekt. Sie scheint ihr Abendbrot zuzubereiten, doch zwischendrein tritt sie ans Fenster, schiebt mit Hilfe einer Schleuderstange die weiße Tüllgardine zurück, öffnet das Fenster, beugt sich hinaus, sieht nach rechts und nach links und stellt fest, wer sich zur Zeit auf dem Bürgersteig unter ihrem Fenster befindet. Nach einer Viertelminute zieht sie den Kopf wieder ein, schließt das Fenster, schleudert die Tüllgardine vor die Scheiben und verschwindet im Innern ihrer Stube, um nach kurzer Zeit wieder ans Fenster zu treten und die Gardine wegzuschleudern. Das tut die Bürgerin mit dem sauber hochgesteckten grauen Haar wohl an die zwanzig Male in der Zeit, da ich auf dem Parkplatz warte. Eva sagt mir daheim, die Frau wäre geisteskrank. Wir beobachten oft die gleichen Vorgänge, sind Jäger mit den Augen.

26. März

Neu diktiert: Stanislaus wird in der Hasplerbude von einem Mann des Geheimdienstes besucht.

Allmählich scheine ich aus der Verknäuelung herauszukommen. Draußen diktiert und deshalb nichts gesehen.

27. März

Von Band zu Band diktiert und dann den am Vormittag skizzierten Text erheblich beim Umdiktieren erweitert. Damit ging der Vormittag hin.

28. März

Besuch zweier Lektoren vom Aufbau-Verlag. Sobald der Verlags-Tratsch und der Literatur-Klatsch verausgabt sind, entstehen Löcher in den Gesprächen, in die man bis über den Kopf verschwindet. Nutze die Gelegenheit, ein Stück WUNDERTÄTER III vom Band abzuspielen, das auch, um selber etwas zu hören und um festzustellen, was an einer Textstelle, die man vor zehn Wochen schon für *in etwa* fertig hielt, doch noch zu tun ist.

2. April

Von Band zu Band diktiert. Das war wohl die einzige Beschäftigung mit dem Roman in dieser Woche. Macht nichts! Ist sicher gut, einen Stau anzulegen.

5. April

Beim Gehen im Wald diktiert: Stanislaus erlebt den Winter und den Frühling als Haspler auf der Grube bei Finkenhain. In der Klemm-Mappe stecken jetzt einhundertfünfundsiebzig Seiten Roman-Rohfassung.

8. April

Neues Diktat (im Wald): Was Stanislaus alles aufstellt, als er sein erstes Buch zugeschickt kriegt.

Eva reiste nach Jugoslawien. So sind wir allein, sagte ich zu den Jungen. Das werden wir auch noch überleben, sagte Matthes tröstend. Auf jeden Fall, antwortete Jakob.

11. April

Im Wald neu diktiert: Chefredakteur Umbruch kommt zu Stanislaus und will ihn verleiten, die Unwahrheit über die Arbeit am Roman drucken zu lassen. Traktat über die Partei.

Am Nachmittag in der Köpernitzer Feldeinsamkeit

und am Dollgower See. Dieser Zauber, der entsteht, wenn der See zwischen einem und dem wahrlich nicht sehr reizvollen Dorf Dollgow liegt! Wenn man die Dorfkaten am jenseitigen Steil-Ufer des Sees liegen sieht, scheint seit Ludwig Richter, nicht einmal seit Breughel, Zeit vergangen zu sein. Man könnte Idyllik benutzen, die Relativität von Zeit zu beweisen.

13. April

Ohne den vordiktierten Text umdiktiert zu haben, diktierte ich im Wald weiter, weil ich flüchten mußte, damit meine Arbeitsstube österlich gereinigt werden konnte: Stanislaus und Umbruch trennen sich zerstritten. Stanislaus kauft sich die Tages-Rundschau mit der Romanbesprechung und setzt sich ins Wartezimmer bei Frau Doktor Sawade.

17. April

Von Band zu Band diktiert, dabei umdiktiert, was mir nicht mehr gefiel, auch ergänzt, wo ich es für nötig hielt.

Ich muß mich von dem Pflichtgefühl befreien, täglich große Mengen eigentlicher Arbeit fertigstellen zu wollen. Ich darf die Muße nicht mehr so geringschätzen wie in den letzten Jahren, sonst verbrauche ich mich wie eine Silvesterrakete.

Ich bin überzeugt (eigentlich war ich es schon lange, aber nicht fest), daß ich alles, was mir auferlegt zu sein scheint, auch schaffe, wenn ich mir Muße nehme.

Was man in Verkrampfung macht, muß man mehrmals machen, damit es gut wird und den eigenen künstlerischen Vorstellungen entspricht.

18. April

Ich diktierte in den Torfwiesen: Der Vorabdruck von Stanislaus' Roman wird im Volksblatt fortgesetzt.

Stanislaus fährt nach Friedrichsdamm, sich bei Reinhold zu beschweren, und wird von Katharina zu Zwetschgenknödeln eingeladen.

Leichter und nicht so verkrampft wie sonst diktiert. Ich muß mich innerlich verhalten wie ein ausgebreitetes Fischnetz. Ein Netz, an dem von zwei Seiten gezerrt wird, spannt sich, wird zu einem Tau. Wie soll in ein Tau etwas hineinschlüpfen?

Ich sah einen Fischotter. Ich war nicht darauf aus, ihn zu sehen. Ich diktierte. Er hatte sich am Bachrand gesonnt und ließ sich ins Wasser fallen, als ich mich dem Bachrand näherte. Ich glaubte, ein starker Hecht wäre gesprungen. Der Fischotter wartete im Wasser, ob ich näher kommen würde. Ich tat es unbeabsichtigt, da schwamm er bachabwärts, und ich sah und erkannte ihn.

19. April

Meine literarischen Pläne: Den WUNDERTÄTER III zu Ende schreiben und in der Rohfassung liegenlassen.
Das Buch DER LADEN schreiben. Er soll vor dem WUNDERTÄTER III herausgegeben werden.
Dann vielleicht KLEINGESCHICHTEN oder noch einige NACHTIGALL-GESCHICHTEN.

Das Buch WAS ICH VON PFERDEN WEISS soll hintergründig meine Ansichten und Erfahrungen mit der Kunst behandeln.

Das BUCH OHNE ANFANG UND OHNE ENDE soll schließlich mein letztes Buch sein. Es wird ohne Ende sein, aber ich will daran bis zu meinem Tode schreiben, und wenn die Hände nicht mehr können, wenn ich vielleicht vor lauter Rheuma nicht mehr sitzen kann, dann will ich es diktieren. Wenn es aber ein Buch der Altersgeschwätzigkeit werden sollte, soll Eva das Manuskript verbrennen.

Vom 2. bis 30. Mai war ich zu einer Rheumakur in

 Piešt'any. Auf ein Taschentonband diktierte ich in den ersten drei Wochen die Erzählung: Wie sich Winds Karle wieder und wieder abfesselte.

Möglicher Schlußsatz für Wundertäter III: Wir verwandeln uns wie alles um uns sekündlich, ob wir es wollen oder nicht, ob wir es anerkennen oder nicht. Wohl dem, der es zur Kenntnis nimmt und sich darauf einstellt.

7. Juni

Gearbeitet habe ich in diesen Tagen trotz Schmerzen und schlechter Verfassung, glaube ich. Ich diktierte die Erzählung von Karle Wind auf den Kassettenrecorder um und schickte sie zum Abschreiben. Dann nahm ich den Wundertäter III her in der Absicht, ihn, oder das, was von ihm schon vorhanden ist, nachdem ich es eine Weile nicht sah, mit frischen Augen und Ansichten zu überarbeiten.

Natürlich stellte ich fest, daß das Vorspiel dramaturgisch dilettantisch gebaut war, und ich vertiefte mich darin, und ich werde nicht ablassen, drin zu bleiben und dran zu arbeiten, bis es mir wieder gefällt. Das war bisher bei jedem Roman so und kündigt die Vorstufe zum endgültigen Fertigschreiben des Buches an.

12. Juni

Stallarbeit die ganze Woche, nebenbei das erste Kapitel, auch den letzten Teil des Vorspiels vom Wundertäter III bearbeitet. Bis einschließlich Montag, dem 17. 6., beschäftigte ich mich mit der Überarbeitung des Romans. Ich begann ganz von vorn und, wie ich glaube, mit gutem Erfolg für die Dichte und die Musik der Arbeit. Dann wurde die Bandabschrift der neuen Erzählung von Charlie Wind geliefert, und ich beschäftigte mich an den Tagen, an denen ich in Schulzenhof war, mit der Überarbeitung dieser Erzählung und gewann inzwischen Sicherheit darüber, daß sich die Arbeit in die NACHTIGALL-GESCHICHTEN hineinpassen wird.

1. August

Über WUNDERTÄTER III nachgedacht. Mir ists, als hätte ich gefunden, wie er nun fortgesetzt werden muß. Ohne es mir bewußt zu machen, hatte ich mich in eine Sackgasse hineingeschrieben.

Die Reaktion ist in der Regel eine Krankheitsphase. Nun, nachdem ich weiß, wie ich es machen werde, wird sich voraussichtlich meine Gesundheit wieder einstellen. Ehe ich jedoch wieder in den Roman hineingehe, will ich die zwei NACHTIGALL-GESCHICHTEN niederschreiben, die in mir umgehen.

2. August

Es zeigt sich schon, daß der Waldgang vom Vortage mir gutgetan hat. Ich dachte beim Schlendern über den Roman und meine Geschichten nach. Pilze hob ich nur auf, wenn sie mir *in die Augen* fielen. Angefangen, die Geschichte mit dem Arbeitstitel WIE ICH SCHREIBEN LERNTE niederzuschreiben. Sie soll die NACHTIGALL-GESCHICHTEN fortsetzen.

6. September

Wieder im Roman. Durchsicht des Vorspiels und des ersten Kapitels, mit der Überarbeitung des zweiten Kapitels angefangen.

Der Dorftischler unterbricht das Sprengen seines Vorgartens, als er mich sieht, und geht ins Haus. Er will nicht befragt werden. Schon über ein Jahr hat er versprochen, Bücherregale für Evas Stube zu bauen. Ich hätte ihn nicht befragt. Man gewöhnt sich an die Vertröstungen und die Lügen der Handwerker. Es sind nicht ihre Lügen. Unser Wirtschaftssystem zwingt sie ihnen auf.

9. September

Meine Stimmung bessert sich. Ich denke viel an den Roman. Es fallen mir gute Details ein. Ich bin ganz sicher, daß er anders wird als der zweite Band, nicht nur stilistisch.

10. September

Die Arbeit am Roman verschafft sich Raum. Das Bedauern über *verlorene Zeit* nimmt zu.

Aber die Vormittagsstimmung in der Nachurlaubszeit auf einem kleinen Stadtbahnhof einzufangen, ist auch nicht von der Hand zu weisen: Die Verreisestimmung zu erleben, den leeren Ostseestrand, an den man reisen wird, die kühlen Abende dort, an denen man in einer Bürgerschenke hockt und den ersten Grog des Jahres trinkt, und dann doch nicht zu verreisen – eine Stimmung von besonderem Reiz. Und irgendwo wird man das dann auch benutzen und literarisch verwerten. Man wird sich vielleicht ein wenig darüber wundern, woher man das hat, und sich nicht erinnern, daß man den Vormittag damals, als man ihn durchlebte, als einen verlorenen ansah.

11. September

Mein Interview für das Hauptblatt abgeschrieben. So, wie es jetzt ist, mags bleiben. Wenn sie es nicht drucken, dann drucken sie es eben nicht.

Beim Anfertigen dieses Interviews zeigte sich, wo die Ansatzpunkte liegen, mein Außen- und Innenleben zu verändern. Da ist immer noch zuviel von dem falschen Respekt vor der Hierarchie, der einem dreißig Jahre lang suggeriert wurde. Man muß diese Suggestion bei jedem Satz, der auf die mangelnde Wahrheitsliebe der Berufsfunktionäre stoßen könnte, erst durchbrechen, bevor man ihn hinschreibt und dann auch stehen läßt.

Beim Roman überwindet sich jene Suggestionsbarriere leichter. Man weiß, daß das, was man niederschreibt, weil man es für die Wahrheit hält, nicht heute und nicht morgen vor den Zensoren liegen wird.

12. September

Mit der Arbeit am Roman weitergekommen. Nun arbeite ich ihn wieder von vorn an durch. Ich bemerkte, daß er an manchen Stellen, die ich überarbeitete und überarbeitete, so verknappt ist, daß er als zerschrieben gelten kann. Ich versuche wieder Leichtigkeit und etwas fontanische Behaglichkeit hineinzubringen. Noch habe ich den Eindruck, daß mir das gelingt.

Mit dem Überarbeiten des zweiten Kapitels fertig geworden. Die Kapitalisten verkrüppeln die Mitmenschen mit Hilfe ökonomischer Macht, und die Christen und die sogenannten Marxisten tun es mit Hilfe der Ideologie.

17. September

Obwohl es am Vormittag Störungen gab, überarbeitete ich das dritte Romankapitel, diktierte es um und schrieb es in einer neuen Fassung nieder.

Erneuter Rheuma-Anfall am Abend. Ich nehme in meiner Verzweiflung wieder das Mittel KETAZON. Es sollte ein Wunder geschehen! Es müßte ein Wunder geschehen! Ich will mich so entspannt halten, daß mir ein Wunder geschehen kann.

19. September

Am Roman gearbeitet. Es geht gut, als ob ich erst jetzt reif genug wäre, ihn zu schreiben.

20. September

Das vierte Kapitel so durchgearbeitet, daß es mir für den Augenblick wie fertig erscheint.

Sobald etwas Neues, vom Menschen Angefertigtes, in die Welt gestellt wird, kann dort, wo es steht, nichts anderes mehr stehen. Es finden unsichtbare Verschiebungen statt, die wir nicht überblicken können.

30. September

Ich sitze an einem kleinen Rolltisch, aus dem man mit einer Schraubendrehung ein Pult machen kann. Er trägt den kleinbürgerlichen Handelsnamen ROLLI.

Ich setze mich sehr weit nach hinten in einen alten Sessel hinein, den ich von Eva auslieh. Ich ziehe das Pult bis dicht vor meine Brust, lege beide Arme auf die Pultplatte und schreibe. Das ist jetzt (man weiß nie, wie lange) die günstigste Haltung für meine Wirbelsäule und die schmerzende Hüfte. Ich weise die Gedanken zurück, daß ich mit diesem Leiden nun bis an mein Lebensende beflucht sein werde. Ich weigere mich, das zu glauben, ich knüpple meine Gedanken nieder, sobald sie mir davon reden.

So arbeite ich also derzeit am Roman, wie gesagt, ich arbeite ihn von vorn an durch. Es ist ein Zwang, unter dem ich augenblicklich stehe: Ich habe erst Ruhe und Genugtuung, wenn sich der Text so liest, als ob er bereits gedruckt und in einem Buche stünde.

2. Oktober

Ich arbeite am Roman wie am Vortage. Nun kommt die Zeit der Schulzenhofer Wiesennebel, und ich achte eifrig darauf, daß die Schmerzen im Hüftgelenk nicht wuchern in der naßkalten Witterung. Ich halte sie mit konzentrierten Gedanken nieder, ich übe mich darin.

Ich will nicht, daß sie meiner eigentlichen Arbeit Platz entziehen. 61

3. Oktober

Gemächlich, aber intensiv am Roman gearbeitet. Es macht Freude. Ein Stoß Briefsachen liegt seitab, er bleibt wieder einmal liegen.

Es ist still in den Wäldern, und gleich hinterm Hause beginnt die Ewigkeit. Ich arbeite mit Mitteln, ganz, ganz alten, an der Gesundung meiner linken Hüfte. Ich richte mich auf ein Jahr ein, aber schaffen muß ich es.

Die politischen Ängstlinge vom Rundfunk gaben mir Gelegenheit, mich in Gelassenheit und Vertrauen auf die Weisheit aus tief innen zu üben. In der Programmzeitung war unser Familienfoto mit dem Hinweis zu sehen, daß die Rundfunkbenutzer am dritten Oktober um zwanzig Uhr ein Werkstattgespräch hören würden. Das Gespräch wurde nicht gesendet. Den Hörern gegenüber verhielt man sich so, als hätte nichts über ein Werkstattgespräch mit Strittmatter in der Funkzeitung gestanden.

Natürlich hat den Hosenscheußern beim Rundfunk mein Werkstattgespräch nicht gefallen. In meinem Falle handelte es sich nicht um die Angst eines Abteilungsleiters, sondern um alle, die mit dem, was ich sagte, zu tun haben. Der öberste Lakai schließlich spricht das Sendeverbot aus. Was ich sagte, war ihnen wahrscheinlich zu bissig, zu wenig sozialistisch-realistisch und paßte nicht in die allgemeine Euphorie zum fünfundzwanzigsten Jahrestag. Die Früchte ihrer Anti-Wahrhaftigkeit werden heranwachsen.

4. Oktober

Am Roman gearbeitet, das Nachspiel von der Heldenanfertigung (Aktivist Kimme) vertieft.

 Beim Reiten gestürzt. Die Araberstute Suleika kam mit einem Vorderbein in ein Bohrloch der Ölsucher, die vor Jahren, auf Befehl von Meister Ulbricht, die Wälder verwüsteten. Merkwürdig, was man alles noch denken kann, bevor man sich endgültig überschlägt. Wieso wird das Pferd vorn niedriger und niedriger, dachte ich. Wenn es knien würde, wie nach einem Stolpern, müßte es höher sein, aber es legte Hals und Kopf flach auf die Erde. Das hast du bei einem Sturz nie erlebt.

Das Bohrloch war getarnt; ich konnte es nicht sehen, die Stute konnte es nicht sehen. Ich wurde ein verspätetes Opfer von Ulbrichts Ölsuche. Die Stute blieb stehen und wartete, bis ich mich wieder aufgerappelt hatte. Alles ging gut ab.

1. November

Mit dem Roman ein tüchtiges Stück weitergekommen.

2. November

Das achte Kapitel des Romans zu Ende umdiktiert. Die Arbeit macht mir wieder Spaß. Nach einem halben Jahr stellt sich beim Wiederlesen heraus, wie viele Sätze man zuviel schrieb. Das Straffen und Streichen ist wie eine Genugtuung und als weise man jenen Kerl zurecht, der man damals war, als man das alles so breit niederschrieb, weil man den Willen der Leser, mitzuarbeiten, unterschätzte.

13. November

Mit dem Roman gut vorangekommen, und zwar bei der werweißwievielten Fassung des ersten Kapitels, aber nun fühle ich, wie die Sätze und das Gefälle unwiderruflich werden.

Zweiundzwanzig Damen, Bibliothekarinnen aus Greifswald, kommen im Reise-Omnibus. Unsere

Diele muß zum ersten Male beweisen, was sie wirklich kann. Es wird sogleich flott gefragt. Die Damen trinken ein Schnäpschen, auch einen Kaffee, und sie essen Vorweihnachtsstollen dazu. Manche Fragen müssen wir zum hundertsten Male beantworten. Manche sind etwas weniger abgegriffen. Wohltuend ist trotzdem das allgemeine literarische Verständnis. Draußen wurde es inzwischen blau-dunkel. Der Himmel hielt auch diesen Tag durch, ohne seine Wasserlöcher zu öffnen.

14. November

Am Roman von hinten nach vorn gearbeitet. Jetzt erst glaube ich den Punkt gefunden zu haben, dem sich jeder Absatz und jedes Romanteilchen unterordnen muß.

Wieder Wolken am Himmel. Wir überwachen sie. Es sollte nicht regnen. Matthes hatte den Wagen gewaschen; ich wollte ihn unschmutzig nach Berlin in die Werkstatt, zur ersten Garantiedurchsicht, bringen. So schwach ist man bei allen geistigen Übungen immer noch: Das Äußere eines Autos vermag einem Sorgen und Befürchtungen aufzuerlegen. Man könnte die Waffen strecken, alle Meditationsübungen, die einen in Ruhe befestigten Menschen aus einem machen sollen, aufgeben, wenn man nicht wüßte, daß hinter der Überwindung solcher Zweifel und Schwächepunkte die ersten Erfolge stehen.

In Berlin hat man die Verkehrsampeln durch weiß bemäntelte Polizisten ersetzt. Tito in Anmarsch auf Wandlitz.

15. November

Bis gegen Mittag am Roman gearbeitet. Das glückte mir in den letzten Jahren in der Berliner Wohnung selten.

 Das Korrigieren, das Einstimmen von Romanteil nach Romanteil auf die Melodie, die ich nun ständig im Ohr habe, macht Spaß, schafft Befriedigung. Jeder geglückte Absatz eine kleine Erlösung.

18. November

Ein stiller Tag. Eva und ich arbeiten am Vormittag gut, ich natürlich am Roman. Auf Mittag liest mir Eva zwei Gedichte vor. Sie sind noch nicht ganz fertig, aber man spürt schon – gute Gedichte.

19. November

Sogar am Abend noch am Roman gearbeitet.

Mit den Stuten, das Fohlen bei Fuß, unterwegs in den Köpernitzer Wäldern. Die vielen Schonungen, die in den letzten zehn Jahren dort wuchsen, wo man die schönen Buchen abholzte, machen die Gegend charakterlos.

22. November

Noch immer bewege ich mich im Roman innerhalb der ersten hundert Seiten hin und her. Diese ersten hundert Seiten müssen so fertig sein, daß es kaum möglich ist, ein Wort zu entfernen oder auszuwechseln.

Weshalb das zu meinem Wohlbefinden beim Schreiben gehört, weshalb von diesen ersten einhundert Seiten ab das Romanschreiben leichter und weniger umständlich wird, kann ich noch immer nicht ergründen.

23. November

An den bewußten hundert Romanseiten gearbeitet.

Hinter Hildchens Waldarbeiterhaus hat man den Hochwald gefällt. Die Motorsägen knatterten den ganzen Tag. Es entstand ein Loch im Wald. Der Himmel legte sich hinein.

26. November

Die letzte Korrektur am Roman sitzt. Gemeint sind noch immer die ersten hundert Seiten. Frau Z. schickte zwei frisch abgeschriebene Kapitel. Sie waren so zerkorrigiert, daß das Lesen und Zusammenfinden des Textes arg Mühe gemacht haben dürfte. Bis auf Kleinigkeiten sind die Kapitel fertig.

27. November

Mit der Romanarbeit gehts gut. Ich fühle mich wohl und überarbeite nicht nur die ersten hundert Seiten, sondern erfinde zwischendrein kleine Episoden. Sie verstärken die Lebendigkeit.

Jeden Morgen bin ich am See, und das schon um halb sechs. Jetzt im Novembernebel ahne ich den See nur. Heute, zwei Tage vor Vollmond, drang genug Licht durch die schweren Wolken, und ich sah den See schimmern. Also sind die uns umgebenden Dinge erst vollständig da, wenn auch der Gesichts-Sinn sie bestätigt. Ein Blinder muß die Dinge, die er nicht betasten kann, glauben. Weshalb nicht an Dinge glauben, die nicht betastbar sind?

Vielleicht hat der See noch andere Dimensionen, die uns nicht sichtbar sind, zum Beispiel sein Zusammenhang mit dem Weltmeer oder mit den Wolken. Unsere Behauptungen über Wesen und Dinge unserer Umgebung müßten mit der Einschränkung versehen sein: Soweit ich durch meine fünf Sinne unterrichtet und benachrichtigt bin.

28. November

Ein normaler Tag, wie immer am Roman gearbeitet. Am Abend nahm ich mir WELTLICHT von Laxness vor. Ich las das Buch vor fünfzehn Jahren.

Damals reizte mich der Schluß. Ich schrieb zu jener

 Zeit den WUNDERTÄTER I und glaubte, mit ihm ein GEGEN-WELTLICHT zu schreiben.

Ich ließ mir noch vormachen, im sozialistisch gesteuerten Staat wären die Taten der Regierenden und die Wünsche des den Sozialismus bejahenden Dichters deckungsgleich. Kurzum, ich hatte mir, für eine kleine Weile allerdings nur, einreden lassen, der Marxismus wäre mehr als die schmale Soziologie und Ökonomie, die er vertritt. Er wäre eine Art Philosophie. Das heißt, meine Erfahrungen mit Philosophie wollten den Marxismus nie als Philosophie oder Weltanschauung zulassen, aber ich knüppelte meine Einsichten nieder und zwang mich zu glauben, es wären der Kleinbürger, der intellektuelle Skeptiker in mir, die den rechten Ein- und Ansichten im Wege stünden.

2. Dezember

Auch abends noch am Roman gearbeitet. Im Augenblick diktiere ich die erste Fassung des zehnten Kapitels um: Der Anfang von Büdners Roman wird im VOLKSBLATT abgedruckt.

Schriftsteller, so definiere ich, sind Leute, die nach Aufträgen von Politikern, Regierenden oder Publikumslaunen die Schrift stellen. Dichter verwalten ihre eigenen Reiche und verfolgen *ihre* Politik. Sie sind jedem realen Staate, zumindest dessen unzulänglichen Beherrschern, ein Ärgernis und etwas, was auf den Scheiterhaufen gehört.

12. Dezember

Wenn man am Roman auch nur eine Seite korrigiert, fühlt man sich nicht so überflüssig, denkt man etwas besser von sich.

Kaninchen-Ausstellung in Gransee. Ein buntes Erich-Foto in Lebensgröße lehnt an einem Drahtkäfig. Im Drahtkäfig ein weißer Wiener-Rammler, daneben an der Wand eine Protestresolution gegen die Gefangensetzung von Luis Corvalán. Die Hauptzüchter unterschrieben die Resolution. Alles, alles ist politisch in Ordnung, die Existenzberechtigung der Kaninchenzüchter ist *erbracht*. Das ist das Rahmenklischee der Kaninchenausstellung. Widerlich geistlos! Von geistlosen Kreisfunktionären, perfekten Dogmatikern, gewünscht und verlangt. Ein Glück, daß man Stroh- und Kaninchenduft nicht schematisch ideologisieren kann. Jakob sah so etwas zum ersten Mal und war begeistert von den Kaninchen. Matthes wars wohl auch, aber er zeigte seine Begeisterung schon nicht mehr so. Wir kauften einen Kalifornier-Rammler für unsere Zucht, mit der sich jetzt mehr und mehr die Söhne beschäftigen.

28. Dezember

Bis zu den Weihnachtstagen arbeitete ich recht eifrig am Roman. Gefeilt, geschliffen; bald müssen die ersten hundert Seiten stehen und *knallen*.

Es regnet wieder und regnet. Die Zeitungen melden: Regenreichster Dezember seit hundert Jahren. Manchen Tag zehn Grad Wärme, Holunderknospen treiben aus, kleine Blättchen gehen auf, in den österlich grünen Wiesen blühen die Gans-Blumen, sogar Pilze wachsen. Der violette Ritterling, ein eßbarer Pilz, war am Hochwald hinter der Manege zu finden. Bei Potsdam – so in der Zeitung – fanden Sammler sich ganze Pilzmahlzeiten zusammen. Weihnachtspilze.

1. Januar 1975

Ein Neujahrstag, mit dem ich zufrieden bin, weil ich mit mir selber zufrieden bin. Ich schließe das vorjährige Tagebuch ab, ordne Bücher und arbeite sogar ein wenig am Roman.

2. Januar

Am zwölften Romankapitel gearbeitet.

Ein Doktor der Ernährungswissenschaft schickte den zweiten Band WUNDERTÄTER zum Signieren. Er fragte: Weshalb bleibt Stanislaus auch im zweiten Band so naiv?

Dabei ist der Mann literarisch interessiert; ein sogenannter Verehrer von mir. Er holte mich vor Jahren zum Lesen an sein Institut. Jetzt aber scheint er enttäuscht zu sein, daß mein Held Stanislaus sich nicht zum wissenschaftlichen Menschen entwickelte. Er vermißt die Entwicklung des Helden zum versachlichten Genossen, der sich über nichts mehr wundert.

3. Januar

Das zwölfte Romankapitel umdiktiert.

Der größte Teil unserer marxistischen Theorie besteht derzeit nur noch aus Behauptungen. Viele unserer Faustregeln erwiesen sich als Utopien. Inzwischen aber sind wir so dogmatisch geworden, daß auch Theoretiker, die nicht erstarrten, aus Furcht vor der Hölle, in die sie verbannt werden könnten, sich nicht bereit finden, die Utopien zugunsten der Realitäten beiseite zu schieben.

4. Januar

Das zwölfte Kapitel zu Ende umdiktiert. Jetzt brauche ich ein Stück Neudiktat (Erfindung). Büdner soll in den Braunkohlentiefbau; die Schwerarbeit als Strafe!

Ich werde mich doch nicht fortwährend mit den Schriftstellern herumärgern, sagte Hänschenklein, ehemaliger Sekretär des Schriftstellerverbandes und Professor für marxistische Literatur-Theorie. Ich beschäftige mich von nun an nur noch mit der Kultur, ergänzte er.

6. Januar

Das wollte und wollte sich nicht fügen, von innen her nicht fügen. Das schon vor Monaten Geschriebene, das ich bis zu einer gewissen Perfektion brachte, mußte eine neue Wendung kriegen, eine stärkere.

Büdner sollte nicht gleich zum Wagenabrücken, nicht zu einem Leicht-Arbeitsplatz. Er soll in den Schacht vor Kohle, damit die mit den Normen unzufriedenen Bergleute den *klugen* Zeitungsmann erst einmal schikanieren.

7. Januar

Ich saß morgens in der stillen Frühe und benutzte die Zeit, bis Eva reisefertig war, für Tagebuchaufzeichnungen. Es war so heimelig in meiner Stube. Wenn nicht die Aussicht gewesen wäre, mich mit dem Wegfahren vor dem Romanschreiben drücken zu können, wäre ich lieber geblieben. So aber fuhr ich ganz gern, um mich herausreden zu können: Du konntest ja nicht weiterschreiben, du mußtest ja nach Berlin.

 8. Januar

Ich denke unablässig über den Roman nach. Ich sitze wieder einmal fest, aber ich weiß, daß das kein Endzustand ist, bin mir bewußt, daß in bezug auf die Fabel, in solchen Fällen von Festgefahrenheit, in der Regel Denkfehler oder dramaturgischer Dilettantismus vorliegen.

Manchmal will man auch die politische Wahrheit umgehen, weil die alte Befürchtung: So wirds bestimmt nicht gedruckt – noch in einem steckt.

Von Zeit zu Zeit zeigen sich Lichtungen oder Türen, die jedoch, sobald man sie, wenn auch nur gedanklich, benutzt, in ein neues Dickicht führen.

Vor allem nicht vergessen, was man sich schwor: Keine Rücksicht auf die derzeitigen Ansichten von Politikern, Ökonomen, von Dilettanten im allgemeinen! Das Gefühl mehren: Man hat Zeit.

Nicht unberücksichtigt lassen, daß man sich in der Kunst der Meditation üben und vervollkommnen muß.

9. Januar

Als ich heimkam, saß die T . . . aus Moskau bei Eva. Sie war schon mehrmals bei uns, ist ein altes Redaktionsmitglied der ZEITSCHRIFT FÜR AUSLÄNDISCHE LITERATUR in Moskau. Eine nachgefärbte, schwarzhaarige Großmutter mit Madonnenscheitel. Sie hats ein bißchen schwer mit der eigenen Intelligenz, aber sie sitzt ihre Anstandsbesuchsstunden herunter: Schreiben Sie bitte wieder etwas für unsere Zeitschrift!

Und mein Roman, der WUNDERTÄTER II, ist der nichts für Ihre Zeitschrift?

Wir haben leider den ersten Teil nicht gedruckt, damals. Nun schreibe ich aber den dritten Teil, und

Sie werden wieder nicht drucken können, weil Sie den zweiten Teil nicht druckten.

Merkwürdig, die russischen Zensoren!

10. Januar

Wenn ich mir wenigstens zur Regel machen könnte, die Sitzungen im Schriftstellerverband und in der Akademie der Künste laxer zu behandeln, mich nicht zu engagieren und einzumischen. Ich muß das meistern, muß mich gelassener verhalten, zumal ich die Nutzlosigkeit derartiger Beratungen seit langem erkannt habe.

In diesem Zustand der Schwäche und nervösen Gereiztheit wollte mir, was ich mir mit dem dritten WUNDERTÄTER vornahm, als eine Aufgabe erscheinen, zu deren Bewältigung meine Kraft nicht ausreichen könnte.

Dieses Gefühl darf keinesfalls wieder oder öfter in mir auftauchen, sonst wird es mich schwächen. Ich muß mein Privatleben, das Leben außerhalb des Romans, danach einrichten.

11. Januar

Der dritte oder der vierte Hobelgang am zwölften Kapitel, aber das ist unwichtig. Wichtig ist bei der künstlerischen Arbeit, daß Zufriedenheit in mir hergestellt wird.

12. Januar

Am Roman korrigiert.

Scheußlich, wenn man immer wieder Einladungen absagen muß, weil man an einem Roman schreibt, oder wenn man zum hundertsten Mal von Studenten gebeten wird, ihnen mitzuteilen, wie man zum Schreiben kam oder weshalb man diese oder jene Geschichte schrieb.

15. Januar

Endlich durchgebrochen und wieder Neues auf Band diktiert. Reinhold ist in Moskau über Kunst und Künstler *aufgeklärt* worden. Er denkt über Büdner nach.

Nun sind hundertzwanzig fertige Seiten des Romans zusammen. Ich gehe sie nochmals durch, dann soll Eva sie lesen.

16. Januar

Den fertigen Text weiter durchgesehen. Neues diktiert. Vater Gustav besucht Stanislaus in der Redaktion. Katharina schreibt Büdner einen Freundschaftsbrief. Büdner im Büro seines ehemaligen Schwagers Reinhold Steil.

Ich spüre: Ich habe lange nichts Neues diktiert. Ungeübt, mich stark zu konzentrieren, es fällt mir schwer, versetzt mich in einen fieberhaften Zustand.

Ich muß wieder in Übung kommen, ich muß mich täglich *fordern*.

17. Januar

Weiter mit dem Roman: Büdner wird der Parteiprozeß bei der Kreisleitung in Kohlhalden gemacht.

Schwer. Die Gefahr, naturalistisch zu werden, ist groß. Ich möchte vertagen. Leider bedenke ich (mein zäher Fehler) schon im voraus Büdners schweren Anfang im Tiefbau. Nun sehen zwölf Kapitel (ca. hundertzwanzig Schreibmaschinenseiten) wie fertig aus. Ich gebe sie Eva. Nach einer Weile hole ich sie mir wieder. Ich fürchte, Evas Kritik könnte mich unlustig machen, jetzt, da ich mich seit ein paar Tagen dran gemacht habe, mit Mühe Neues zu erfinden. Eva holt das Manuskript wieder. Mir ist nicht wohl. Ich könnte brüllen, wie ein angebundenes Tier brüllt, das gepeitscht wird. Ich könnte etwas zerschlagen oder auf Hurerei gehen.

Mein Verstand, meine Erfahrung sind dagegen. Ich weiß, daß mir all das nicht hilft. Ich komme nur durch Arbeit aus diesem seelischen Mistloch.

Weshalb greife ich nicht zur Meditation?

19. Januar

Angeekelt von der Arbeit am Roman, ermattet vom Sich-Zerdenken, gereizt, auch ein wenig zornig auf Eva, weil ich denke, der liebste Mitmensch will nicht verstehen, will mir nicht zubilligen, daß ich etwas schrieb, wie ich es schrieb. Ich habe den Verdacht, der liebe Mitmensch will es so geschrieben haben, wie er es geschrieben hätte. Etwas Wahres ist vielleicht auch an dem Verdacht, überhaupt dann, wenn ästhetische Forderungen gestellt werden.

Ich verkünde morgens beim Sonntagsfrühstück: Ich werde den Roman liegenlassen, die Arbeit an ihm einstellen. Will ichs, oder drohe ich nur (man ist in solchen Situationen kindisch), um Eva geneigt zu machen, von ihren ästhetischen Forderungen abzustehen?

Aber Eva bleibt hart, künstlerisch unbestechlich. Gern wüßte ich, ob auch ich auf sie so wirke, wenn es um ihre Gedichte geht und die Situation umgekehrt ist.

Allmählich beginnt sichs zu lichten. Man weiß später nie zu sagen, wie es dazu kam. Ich spreche mein Unbehagen an der Fabel aus. Wir machten sie in Wechselgesprächen vor zwei Jahren. Jetzt erscheint sie mir leichtsinnig und einfach nicht klassisch genug, und sie scheint mir Anreize zur Klitterung zu enthalten.

Theoretische Fabel-Vorentwicklungen veranschlagen in der Regel einen Leser, der unaufmerksamer, genügsamer, sogar etwas dümmer ist als der Autor.

Wort ergibt Wort. Eva sieht sogleich ein, daß ich in bezug auf die Fabelführung recht habe.

In einer Stunde entsteht eine viel unkompliziertere, eine klassisch einfache Fabel. Ich spür mich belebt und voller Lust, weiterzuschreiben. Alles Unbehagen vertilgt, verjüngt, und mit mehr Liebe im Herzen für Eva denn je.

20. Januar

Nun liegt die Romanfabel wie eine überschaubare Landschaft vor mir. Und auch das weiß ich schon: Irgendwelche Umstände werden mich in Höhlen locken, aus denen sichs nur mit einiger Mühe wird herausfinden lassen. Aber – *was solls*? Um eine Modewendung zu benutzen.

Jetzt bin ich mit Büdner im Schacht und habe versuchsweise dort den Helden meines ersten Romans Lope Kleinermann zum Parteisekretär gemacht.

21. Januar

Es geht weiter, es schreibt sich. Der Arbeitsbeginn von Büdner im Braunkohlentiefbau scheint gelungen zu sein. Meine Phantasie fängt an zu spielen.

Eva hört sich am Abend die Bandseite (30 Minuten) an, die ich diktierte. Die schöne Zeit der schöpferischen Harmonie kommt wieder. Es gibt im Gegensatz zu ihr eine Harmonie des Alltags.

Auch am Abend diktiere ich noch eine Weile Roman.

22. Januar

Weiter mit den Ereignissen um den Häuer Rudolf Risse, im Tiefbau. Das Pensum dieses Tages ist nicht so groß wie die Sicherheit auf die Richtung, in die ich gehen muß.

Jene Figur eingeführt, die vorlebt, was ich für richtig halte: Friede Zaroba.

Nach langer Zeit mit Galba unterwegs. Er wird zugunsten des Hengst-Fohlens Rahim vernachlässigt. Galba geht gut; die alte Vertrautheit. Ich rede mit ihm. Er scheut nicht wie sonst, wenn er lange Zeit nicht unter dem Sattel ging. Wo die WLADIMIRKA und der Waldweg nach Rheinsberg sich kreuzen, sehe ich zwei Radfahrerinnen. Wir haben uns verfahren, sagen sie. Wie kommen wir aus dem Wald hinaus? Sie rufen es mir über die Spitze einer Schonung hinweg zu. Ich warte, bis sie herankommen. Die Frauen stutzen: Das ist er ja! Zu Ihnen wollten wir nach Autogrammen.

25. Januar

Es geht weiter mit dem Diktieren von neuem Text.

Fragen: Soll ich weiter, immer weiter diktieren, ohne mich um das Diktierte zu kümmern?

Soll ich, wie bisher, Kapitel um Kapitel bis zu einer relativen Vollkommenheit durcharbeiten?

Vorteil der ersten Methode: Ich habe sehr bald alles Material zusammen und fange dann mit dem dramaturgischen Puzzlespiel an.

Vorteil der zweiten Methode: Ich kenne den Roman besser, wiederhole mich nicht und erspare einen großen Teil des dramaturgischen Puzzlespiels.

26. Januar

Ein Stück Roman auf Tonband diktiert. Es fängt mir wieder an zu gefallen, so *drin* zu sein.

Tage mit gleichbleibendem Rhythmus. Da wird was geschafft. Man ist heiter, und das, was wir für Glück halten, breitet sich im Haus aus. Es spinnt die Kinder und die Tiere mit ein.

28. Januar

Neu und umdiktiert: Die Geburtstagsfeier von Katharina Steil. Ich mühe mich, kurze Sätze zu diktieren. Sie sind überschaubarer beim Diktieren. Man muß Handlungen und Beschreibungen in kurze Phasen zerlegen. Ich fühle, da wird alles genauer. Überflüssige Phasen kann man bei der Überarbeitung streichen. Die Kurzatmigkeit des so entstandenen Stils kann man bei der Überarbeitung durch das Zusammenziehen von Sätzen beseitigen. Noch ist das in der Hauptsache – mein Wunsch, aber man muß von Zeit zu Zeit was Neues versuchen, um nicht dem Schablonisieren zu verfallen und um sich bei der Stange zu halten.

Wer nie Roman schrieb, kennt die Jenseitigkeit nicht, mit der man, solange der nicht fertig ist, durch seine Tage geht. Es kann wohltuend und es kann quälend sein.

29. Januar

Eine Tonbandkassette war mit neuem Text besprochen. Ich spielte sie Eva vor: Das Schicksal des Rudolf Risse, das Schicksal der Lenka Meurer.

Eva standen Tränen in den Augen. So gut wie jetzt hast du nie geschrieben, sagte sie.

Ob es wahr ist, ob es als Ansporn gesagt wurde, es tut gut, wenn man vierzehn Tage zuvor an dem Roman verzweifeln wollte.

30. Januar

Das 17. Kapitel begonnen. Büdner nachts auf dem Schlesischen Bahnhof, Begegnung mit der Hure, Ankunft in Kohlhalden, Treffen mit Rosendorn und Wundertäterei, Heimkehr nach Finkenhain, Mutter Lena ist tot.

Jakob ist krank. Er hat das zweite Mal die Grippe.

Eva wollte nach Berlin. Sie blieb daheim; die halbe Genesung für Jakob. Auch ich freue mich, wie als Junge, wenn die Mutter, statt in die Kreisstadt zu fahren, daheim blieb. Die Grippe-Epidemie trat in keinem der letzten Jahre so heftig auf wie nun, sagt Cagliostro. Sie hat einen so bösen Verlauf wie die Hongkong-Grippe vor Jahren. Man sagt, die frühlingshafte Winterwitterung begünstige sie. Etwas begünstigt stets. Die medizinische Wissenschaft ist jedenfalls machtlos. Ein Grippe-Erreger wird bekannt und einigermaßen zurückgedrängt, da springt ein neuer hervor, und man steht wieder vor einem Rätsel.

31. Januar

Das Begräbnis von Mutter Lena. Es wird ein langes Kapitel, aber auch ein schönes, wie ich glaube.

Eva wurde vom Kreis-Kulturbund-Sekretär in Gransee zur Gründungsveranstaltung eines Freundeskreises für Kunst und Literatur eingeladen. Nur ganz wenige Menschen in Gransee hatten das Bedürfnis, einen solchen Freundeskreis zu gründen, ausgenommen jene, die den Auftrag hatten, eine solche *Gründung zu vollziehen*. Ich fragte vor etwa zwei Wochen verschiedene Einwohner in der Straße, in der sich das Kreis-Büro des Kulturbundes versteckt, nach diesem Büro. Niemand konnte mir Auskunft geben. Die meisten hatten nie etwas von einem Kulturbund gehört.

11. Februar

Den Anfang des 13. Kapitels überarbeitet.

Es wäre viel wichtiger, weiter zu diktieren, wo ich vor acht Tagen aufhörte, aber der Bruch ist da, ich muß mich wieder in den Roman und in die Situationen hineintasten. Hoffentlich gelingt es mir in kurzer Zeit. Aber man kanns nicht erzwingen. Und wie schön war ich drin in der Arbeit! Qualen, von denen der Leser später nichts ahnt.

Drüben, überm Wiesental, wird Holz abgeschleppt, aufreizender Motorenlärm, wie Rasierklingenschnitte ins Hirn.

12. Februar

Weiter diktiert. Die Vorbereitungen für den Besuch von Lekasch auf der Zeche.

Ich fand den Anschluß wieder. Es ging schwer, aber nun beginnts in mir weiter zu arbeiten.

Manchmal drängt sich der Vergleich mit einem See auf, mit einem See bei Sturm. Da gehen Seerosenblüten und -blätter unter den Wasserspiegel. Erst wenn das stürmische Wetter nachläßt, wird die Seerosenwelt wieder sichtbar.

13. Februar

Weiter auf Tonband diktiert. Es fällt mir zunächst schwer, aber dann komme ich doch einigermaßen voran.

Hauptteil des 18. Kapitels: Das verhinderte Auftreten von Lekasch auf der Zeche Morgenrot.

14. Februar

Die gleiche Quälerei wie gestern, aber dann faßte ich alle Energie zusammen, und es kam doch etwas zustande: Der Lebensweg des dichtenden Kesselschmiedes Bernd Lekasch. Ich hatte ihn schon aufgezeichnet, aber da war er zu amtlich, zu sehr Klischee. Jetzt ließ ich Lekasch selber erzählen.

Noch nicht recht geglückt, es wird noch nötig sein, daran zu arbeiten, wenn die Passage in Maschinenschrift vor mir liegt.

16. Februar

Ich probiere aus, ob man nicht durch mehrmaliges Umdiktieren mit Korrekturen schneller zu Rande kommen könnte. Freilich darf man die umdiktierten Texte dann nicht selber abschreiben. Genaues über eine eventuell vorteilhaftere Arbeitsökonomie ist noch nicht zu sagen.

Ich suche nach einer Textstelle aus Thomas Manns Büchern zum Vorlesen, falls ich mich doch entschließen sollte, an einer Geburtstagsveranstaltung für ihn teilzunehmen. Geeignet wäre die Briefstelle, an der er kundtut, daß er nicht fähig wäre, Partei-Kommunist zu werden. Er hätte keine Lust, sich von einem Politbüro vorschreiben zu lassen, was er zu denken habe.

17. Februar

Das Experiment scheint zu gelingen. Man diktiert um, läßt das abschreiben und diktiert das Abgeschriebene um, und so fort, bis man eine Menge Vollkommenheit des Textes erreicht hat. Zum Schluß erst mit Bleistift und Radiergummi arbeiten, es wird nicht mehr viel sein.

Vor allem erreiche ich mit diesem System, daß ich nur wenig selber an der Maschine sitzen muß. Hüfte und Kreuz solltens mir danken.

21. Februar

Weiter diktiert. Lekasch weiß nicht mehr, woran er ist. Der Meisterfaun erscheint im Novembernebel, Grubenunglück, Büdner verliert den rechten Ringfinger.

Jakob gab dem kleinen Araberhengst Rahim Maßregeln: Daß du mir ein guter Hengst wirst, kein Beißer, kein Schmeißer, auch gnuppern sollst du nicht und nicht zwicken. Jakob sprach so eindringlich zum

Hengst-Fohlen, als ob er mit einem Menschen spräche, und er glaubte fest, daß der Hengst die Mahnungen berücksichtigen würde.

22. Februar

Weiter diktiert: Im Krankenhaus. Büdner versucht, sich Friede Zaroba zu nähern. Es gelingt nicht. Büdners Traum – (Narkose) – Visionen: Risse erscheint ihm, Rosa erscheint ihm.

Wald und Fallaub und alles, was sich bewegte, wurde vom Hengst Galba wieder bewertet. Die Sonnabends-Jäger schossen am Tietzen-See kreuz und quer. Galba quittierte nur den ersten Schuß mit einem Zusammenzucken. Ich erschrak. Jedesmal kriege ich die Wut auf die Träger von Mordwaffen und auf die Tatsache, daß sie in einem Staat, in dem auch ich angeblich etwas gelte, am lichten Tag quer durch die Gegend schießen dürfen. Aber ich bin eben nur *etwas*, wenn die Politbüro- und Ministerrats-Funktionäre in Abständen durch Auszeichnungen zu erkennen geben, daß sie mich für eine Weile gelten lassen.

Wärs nicht ein scheußliches Leben, wenn man auf diese Funktionärsseelen angewiesen wäre? In dieser Hinsicht ist schon alles verpfuscht in diesem Staat und kann nur durch eine neue Revolution normalisiert werden.

23. Februar

Eigentlich wollte ich weiterdiktieren, aber da bekam ich die Klemm-Mappe mit den ersten hundert Seiten in die Hand, fing an zu lesen, fand Ungeschicklichkeiten über Ungeschicklichkeiten im Vorspiel und im ersten Kapitel und fing an zu streichen und zu bessern.

Daß das keine Laune oder eine vorübergehende Ansicht war, bestätigte sich: Das zweite Kapitel mußte ich nicht anrühren. Ich empfand es als vollendet. Beim dritten Kapitel gabs nur Mängel auf den ersten beiden Seiten.

24. Februar

Das halbe erste und das zweite Kapitel (wie oft hielt ich sie schon für fertig) überarbeitet, damit ich sie zum Neu-Abschreiben mitnehmen konnte.

27. Februar

Weiter diktiert. Büdner noch immer im Krankenhaus, seine vergeblichen Versuche, sich Friede Zaroba zu nähern. Er fängt wieder an zu schreiben.

Umgeschrieben: Den Anfang des vierten Kapitels, Bleistiftkorrekturen.

Vorgestern beim Vater im Heimatdorf. Gesund, die Grippe verschonte ihn, befremdlich das längere weiße Haar. Man weiß nicht, ob aus Mangel an Frisiergelegenheit oder ob aus modischen Gründen.

Die Frau eines Neffen gesellt sich uns zu. Sie ist zutraulich, munter und leer, erzählt und erzählt. Ich lasse mich einlullen, ich höre meine Schwester mit ihren *Kumpankas* reden, ich dämmre. Der Gesang der Mütter! Wie immer ist mit diesem Besuch in der Heimat ein Sog verbunden, gegen den ich mich energisch wehren muß. Besuch auf dem Friedhof, das Grab der Mutter. Man steht davor und hat Evas suggestive Worte im Kopf: „Ich möchte gerne etwas sagen, was dir gerecht wird und genügt . . ."

28. Februar

Das vierte Kapitel zu Ende umkorrigiert, ein Stücklein neues Diktat. Büdner erhält Besuch im Krankenhaus: Lenka Meurer kommt, und Schwester Elsbeth kommt.

1. März

Mit dem Neudiktat ein Stück weitergekommen, das neunzehnte Kapitel beendet, mit dem zwanzigsten Kapitel angefangen. Es ist Februar, Büdner arbeitet als Haspler, Valex tritt auf. Das fünfte Kapitel auf Band umdiktiert. Noch nicht fertig.

Auf dem waldgeschützten Wiesenplan Flieder-Ort wird der Frühling bereits perfekt. Ringeltauben gurren. Die Wild-Erpel ratschen breit und schlagen aufreizend mit den Flügeln. Feine Wassertröpfchen durchlöchern den Seespiegel. Die Bleßhühner kehrten diese Nacht zurück. Demnach dürften die Seen nicht mehr zufrieren, aber es gibt da keine unbiegsamen Gesetze. Auf dem Truppen-Übungsplatz in der Ferne wird mit Kanonen geschossen. Ich muß mich zwingen, diesen Unsinn nicht zu hassen.

3. März

Neuen Text diktiert: Valex empört sich, er will kein *Polak* mehr sein. Abendstunde mit Lenka Meurer. Büdner schickt seine Bergwerksgeschichten an Mehrlesen.

Mit dem zweiten Umdiktat von Kapitel dreizehn angefangen.

Mir will scheinen, daß die Lyrik, dort wo sie am subjektivsten gehandhabt wird, die reinste Kunstform ist. Wenn ichs begründen will, komme ich in ekelhaftes Dozieren.

4. März

Zweites Umdiktat von Kapitel dreizehn.

An eine Wand geraten. Mit Eva ein Stück Fabel durchgesprochen. Es tun sich Fenster auf. Eva rät mir, den Tod Stalins in einer Massenkundgebung abzuhandeln, auf der Propagandasekretär Wummer sprechen soll.

Über die Weiterführung der Weißblatt-Figur gesprochen. Alles wird gleich leichter, die Laune besser, wenn man ein Stück detaillierter Fabel vor sich hat.

5. März

Es geht nicht gut. Zum Stalinkapitel muß erst Rohtext anschießen, außerdem übermüdet.

Nun sind die Ferien der Kinder vorüber, man muß um fünf Uhr hoch und heizen. Abends saß ich zu lang am Televisor. Ich muß achtgeben, daß ich mich nicht einerseits allem leeren Geschwätz von Bekannten fernhalte, aber mich dann die eingesparte Lebenszeit lang von Fernsehfiguren unterhalten lasse, die nicht gescheiter sind als die schwätzenden Bekannten, die ich meide.

Stotternd zwei bis drei Seiten Stalin-Kapitel (es ist das einundzwanzigste im Roman) diktiert. Das fünfte Kapitel zu Ende umdiktiert – das zweite Mal.

Damit war es schon zu Ende mit der sichtbaren Arbeit. Die unsichtbare Arbeit ist ja nicht meßbar.

6. März

Nun ging es doch weiter mit dem Stalin-Kapitel. Die große Totenfeier auf dem Platz vor der Brikettfabrik. Ob das brauchbar ist, wird sich erweisen.

7. März

Obwohl ich mich wand und am liebsten ausgebrochen wäre, gings hernach nicht so schlecht, und ich machte den größten Teil des Stalin-Kapitels.

Am Zeuthen-See. Heidelerchen höre ich immer noch nicht, aber die Schnepfen sind da. Gestern, bei Neumond-Finsternis, hörte ich eine über mir schniepfen, als wäre ihr das Dunkel in die Naslöcher gekommen.

8. März

Das Stalin-Begräbnis, Kapitel einundzwanzig, zu Ende diktiert, ein Stück Umdiktat am Nachmittag. Am Spätnachmittag gingen Eva und ich hinaus. Das gibts bei uns leider selten. Es geht sonst jedes für sich und sammelt für seine Dichter-Scheuer.

Wir gingen über die sanften Hügel und durch die sanften Täler, durch die große Landschaft hinter der WLADIMIRKA und offenbarten einander unsere geistigen Standpunkte, auf die wir durchs Leben und durchs Beobachten kamen. Das tun wir von Zeit zu Zeit, und das sind dann immer große Stunden, oft nur Minuten.

Es zeigt sich mehr und mehr: Hat man erst Zugang zum großen Reservoir ewig gleichbleibender Erkenntnisse gewonnen, so gelangt man ohne Agitation oder gegenseitige Beeinflussung zu gleichen Ansichten.

Die unersättlichen Kriegs-Ausprobierer von Berufs wegen schleppten in Hubschraubern, groß wie Feldscheunen, Panzer über Schulzenhof weg und setzten sie nicht weit von hier in den Wäldern ab.

Eine Stunde später kamen die Panzer *zu Fuß* zurück. Über ihnen flogen die Hubschrauber. Diesen Lärm kannte Schopenhauer nicht. Ihn erregte schon das Peitschenknallen der Kutscher.

Und was dieser Lärm uns, die Steuerzahler, kostet? Aber Dialektik mögen sie nicht, die Kriegsausprobierer. Obwohl ich es fast für sinnlos halte, bin ich dabei, eine literarische Bombe mit Langzeitzündung gegen sie zu drehen.

9. März

Der BIENKOPP wäre soeben als Buch in der Mongolei erschienen, melden die Zeitungen. Rückübersetzen lassen möchte ich ihn nicht.

Die Mongolen verwenden, wie Galsan Tschinag glaubhaft versicherte, die Titel von Werken ausländischer Autoren, aber die Texte fertigen sie für ihre Verhältnisse selber an, damit sie passen.

10. März

Mit dem Roman nur wenig weitergekommen. Drükkebergerei hält mich ab. Ich muß wieder auf neue Örtlichkeiten und zu Personen zurückgehen, die im zweiten Romanteil auftreten. Die Weißblatt-Leisegang-Linie ist gemeint. Der Abgang der Leisegang aus der DDR muß erfunden werden.

Ich lese im zweiten Romanband die Stellen, an denen der Leser diese Figuren aus dem Gesicht verliert. Ich bin mir noch nicht schlüssig, ob ich die Leisegang als Geheimdienstagentin oder als Antiquitätenschieberin weiterlaufen lasse.

12. März

Diese Quälerei wieder, bis ich mich zum Diktieren entschließe. Dann allerdings perlt es ganz munter. Das Leben der Weißblatt-Leisegangs in der Ostrepublik muß erbaut, muß erfunden werden. In einem Kapitel muß erzählt werden, was sie hier taten, nachdem der Leser sie aus den Augen verlor.

Auch am ersten Umdiktat des vierzehnten Kapitels gebastelt. Es muß dramaturgisch erheblich umgestellt werden, wie sich zeigt.

13. März

Schwer in die Arbeit hineingekommen, aber dann das zweiundzwanzigste Kapitel zu Ende gebracht. Das Leben der Weißblatt-Leisegangs bis zum Beginn von Weißblatts literarischen Hochstapeleien in der östlichen Republik.

Nachmittags mich aus dem Gefitz im Kapitel vierzehn herausgearbeitet. Es wurde dramaturgisch nötig, Passagen aus Kapitel fünfzehn mit ins vierzehnte und umgekehrt zu nehmen. Das scheint jetzt geglückt. Der dramaturgische Ablauf scheint straffer zu werden.

Lieber Margarinebrot und Malzkaffee, Pellkartoffeln und Quark, Holzpantoffel und lebenslang denselben Anzug als Personenkult, Sektiererei, Pseudoaufklärerei und Ökonomismus!

14. März

Nur ein kleines Stück vom dreiundzwanzigsten Kapitel diktiert. Die Volksstimmung nach Stalins Tod. Ein GEHEIMWISSENSCHAFTLER besucht Büdner.

Der Vormittag beziehungsweise die Vormittagsarbeit war sehr durchlöchert. Von wem aber? Von mir selber, weil ich allerlei Kram fand und erfand, um dem Diktiergerät auszuweichen.

Am Nachmittag und abends eineinhalb Stunden Neudiktat für Eva vom Band ablaufen lassen. Eva ist zufrieden, stellenweise beeindruckt.

Ich bin froh. Meine erste *Leserin*, meine Haupt-Leserin, ist angetan.

15. März

Mir kam eine großartige Idee. Bisher halte ich sie jedenfalls für großartig: Friede Zaroba, dieser Versuch meines Idealmenschen, kann auch in dem geplanten Roman DER LADEN auftreten, und zwar als Kontrabaß, als Verkörperung des ruhig dahinfließenden Lebens, für das nur die Vergeistigung zählt.

Wenn ich WUNDERTÄTER III nach der Fertigstellung liegenlasse, wie ichs vorhabe, braucht man keine Figurenklitterung zu fürchten.

Man kann ohne Schwierigkeit die Zaroba-Figur im WUNDERTÄTER III nacharbeiten und hat die Gewähr, daß sie *wie gegossen* sein wird – für beide Romane.

Diktiert, nicht allzuviel. Am Nachmittag noch ein wenig an abgeschriebenen Roman-Teilen gearbeitet.

Der Besuch des Geheimdienst-Mannes bei Büdner in der Haspelbude.

Spaziergang mit Assan im strengen Land, das ich gestern beschrieb. Kälte, Wind, Feuchte; nicht ausreichend bekleidet. Ich spürs bald und gehe doch nicht zurück. Das sind die Augenblicke, in denen die Krankheit sitzt. Freilich hatte ich gute Einfälle unterwegs. Die Landschaft hält ihr Versprechen, aber behaglich war mirs nicht. Am Frühabend spürte ich schon eine Erkältung herankriechen. Natürlich Tabletten, so strapaziert man sich ohne Nutzen, statt seinen Empfindungen beizeiten zu gehorchen.

16. März

Büdner wird nach dem Besuch des Geheimdienstmannes von Angst gepackt.

Wie ich ahnte, G. H. wartet nun, da er uns *webte*, daß ich ihm durch meine *Beziehungen* in Berlin eine Ausstellung seiner Teppiche *organisiere*. Ich habe solche Beziehungen nicht, will sie nicht haben. G. H. ist in dieser Hinsicht ein Klotz. Ich muß energisch werden und mein Unbehagen an seinen Zumutungen laut werden lassen. Was ich dabei ernte, die Dreh-Krankheit.

19. März

Ein paar Tage lang Blutleere im Kopf. Ich nenne das die *Drehkrankheit*. Ich mußte mich legen.

Heute das dreiundzwanzigste Kapitel zu Ende diktiert. Rückblick in Büdners Klosterleben. Der Mönch Konstantin.

Nachmittags im Wald aufs Taschen-Tonband diktiert. Anfang des vierundzwanzigsten Kapitels, Betrachtungen über die Post.

Zu Fuß mit dem Hund und dem Taschenrecorder im Gelobten Land. Sonnenschein, aber der Fallwind vom Tage zuvor ist noch da. Er ist so kalt, daß er mir durch Stepp- und Strickjacke und zwei Unterhemden bläst. Die Vögel halten sich nicht am Himmel, nur die Rehe grasen im Köpernitzer Wiesen-Tal. Ich diktiere WUNDERTÄTER III, Büdner bekommt sein erstes Buch zugeschickt. Er singt ein Loblied in die Nacht.

21. März

Weiter diktiert. Die Reaktionen und die Vorgänge in der Umgebung, insbesondere in der Bezirksleitung und in der Redaktion des Volksblattes, als Büdners Buch erscheint.

Ich suche mir eine geschützte Stelle im Rheinsberger Wiesen-Tal. Die Stuten fressen junges Gras. Der Duft erreicht mich, der Grüngrasduft, der Frühlingsduft. Ich diktiere noch eine Weile in mein Taschen-Diktiergerät WUNDERTÄTER III und vergesse Sonne, Duft und Frühling, aber die Kraniche seh ich doch mit gereckten Hälsen durch mein Blickfeld ziehen. Fünfhundert Meter von meiner Diktierstelle entfernt liegt im Bruch am Woz-See ihr jährlicher Brutplatz.

22. März

Vom Taschen-Tonband auf den Recorder umdiktiert. Neu diktiert auch am Nachmittag beim Spaziergang noch.

Gegen Abend Eva die Kapitel dreiundzwanzig und vierundzwanzig vom Recorder abgespielt. Eva ist zufrieden, wenn sie nicht heuchelt, um mich bei gutem Mut und Arbeitseifer zu erhalten.

28. März

Am vierzehnten und am fünfzehnten Kapitel gedoktort. Da wollte sich was nicht fügen. Langsam kam ich dahinter. Die indirekte Schilderung von Risses Verhaftung wird nicht lebendig genug. Ich mußte diese Verhaftung, auch Risses Besuch bei seiner Frau in der Psychiatrie, *machen*. Ich *machte* beide Stellen und wurde zufriedener. Die Arbeit machte Spaß, ich diktierte noch am Abend.

29. März

Das sechzehnte Kapitel umdiktiert, auch neuen Text hinzugefügt: Lope Kleinermann fährt in die Stadt, erkundigt sich bei der Kreisleitung, schließlich bei der sowjetischen Kommandantur nach dem Verbleib von Risse. Ergebnislos.

31. März

Endlich das Umdiktat von Kapitel fünfzehn und Kapitel sechzehn beendet. Es war ein Fitz entstanden, weil einige Passagen von einem Kapitel ins andere übertragen werden mußten.

Den Anfang des sechsundzwanzigsten Kapitels, den ich draußen aufs Taschen-Tonband diktierte, auf den Recorder übertragen.

Mit der Durchsicht von ZIRKUS WIND begonnen. Es bietet sich viel an, was gestrafft werden will. Ich kanns mir nicht ausgiebig genug leisten, weil ich am vierten April in Dresden aus diesem Manuskript lesen will.

2. April

Das fünfte und das sechste Kapitel umdiktiert, festgestellt: Erst wenn genügend oft umgearbeitet wurde, wird das Diktieren aufs Tonband zum rechten Vorteil.

 Man bringt die starrsten Sätze mühelos in den Erzählfluß, und der Gestus der Dialoge wird lebensechter.

14. April

ZIRKUS WIND nochmals durchgesehen. Dann soll die Geschichte zum endgültigen Abschreiben.

Das elfte Kapitel vom Roman umdiktiert, noch gestrafft, aber auch eine bessere Motivierung eingearbeitet. Wie oft man doch so ein Kapitel durchgehen muß, bis alles schön und richtig ist und stimmt!

15. April

Ich blättere im Romanmanuskript, um festzustellen, ob die ersten Kapitel, die ich vor Wochen für *fertig* hielt, noch standhalten. Zu meiner Überraschung fresse ich mich im zweiten Kapitel fest, korrigiere und streiche Uneleganthеiten, Auftreibungen.

Das Vorspiel, das erste, das dritte und das vierte Kapitel hielten stand. Das fünfte Kapitel ist zum Abschreiben unterwegs.

Ich will das zwölfte Kapitel umdiktieren und entdecke eine dramaturgische Schwäche. Erst meine ich, es wäre eine Kleinigkeit, dann stellt sich heraus, daß man das ganze Kapitel umbauen muß, aber ich weiß nicht, wie. Es handelt sich um eine zwingende, logische, einsehbare Motivierung: Weshalb geht Feldwebel Wummer mit Tücke gegen Büdners Roman-Vorabdruck los? Das beschäftigt mich den ganzen Tag. Ich finde keine akzeptable Motivierung.

16. April

Ich habe es doch erpackt mit dem zwölften Kapitel, so wie ich es jetzt gemacht habe, müßte es gehen.

Ich bin so müde und habe Gleichgewichtsstörungen, nun schon seit Sonntag wieder.

Man hat mich eingeladen, bei einer Wohltätigkeitsveranstaltung von sogenannten Prominenten mit Pferden im Zirkus aufzutreten. Ich weiß nicht, was machen, in diesem Falle. Ein alter Jugendtraum wars, im Zirkus aufzutreten. Vielleicht könnte ich mich damit zu meinem Nutzen desillusionieren. Wieviel Zeit wird es kosten? Es muß geprobt werden.

17. April

Das zwölfte Kapitel zu Ende gebracht, umdiktiert und dramaturgisch umgestellt. Mit dem dreizehnten Kapitel bis zur Mitte gekommen, dann festgestellt, das Gespräch zwischen Büdner und Steil muß dramaturgisch anders laufen. Wieder steckengeblieben.

Sechs Hirschkühe kreuzen die WLADIMIRKA. Meine Stute Suleika will durchgehen. Ich kriege sie wieder in die Hand, und dann tritt eine siebente Hirschkuh, die auf der rechten Wegseite in der Schonung verharrte, doch noch kurz vor mir aus. Es geht einige Sekunden hin und her. Komme ich aus dem Sattel, komme ich nicht? Schließlich verliere ich doch das Gleichgewicht und knalle flach auf den Rücken in den Sand der WLADIMIRKA. Die Stute bleibt stehen, hat ein schlechtes Gewissen und wartet ängstlich ab, ob ich sie ausschelten werde, oder was sonst geschehen wird.

Einige leichte Zerrungen werden mich noch einige Tage behindern. Sonst wirds beim Sturz keine Folgen gegeben haben, fühl ich.

18. April

Das dritte Umdiktat vom Kapitel dreizehn zu Ende gebracht, danach Briefpost gemacht und Päckchen gepackt. Stets, wenn so ein Brief- und so ein Päckchenberg aus dem Haus gebracht werden, wähnt man was geleistet zu haben, aber man hat nichts geleistet, denn die Voraussetzungen für die nächste Sendung wachsen schon wieder an.

19. April

Aufzeichnungen gemacht, und ich bin verwirrt, weil mir ein neues Heftchen mit Karo-Papier in die Hand kommt. Dieses Stutzen, als handle es sich um eine unreparierbare Welterscheinung! Wieviel Gewohnheiten man sich doch zulegt, und wenn etwas Ungewohntes erscheint, scheut man wie ein Pferd vor den flatternden Papierfetzen am Wegrand.

20. April

Das siebente Kapitel des Romans mit dem Bleistift durchgearbeitet.

Um vierzig ausländische Germanisten mit einem sächsischen Doktor als Betreuer bei uns zu Besuch. Sie kamen im Omnibus: Russen, Tschechen, Slowaken, Ungarn, Bulgaren, Engländer, Mongolen, Polen und ein Malinese.

Das war mehr oder weniger ein Überfall. Zuerst große Ratlosigkeit. Aber Eva meisterte die Situation. Eine Gruppe wurde von ihr in der Diele mit Äpfeln, Konfekt, Brötchen, Wurst und Limonade bewirtet. Ich sollte der Unterhalter sein. Es gelang mir nur mit Mühe.

Die andere Gruppe wurde von Matthes und Jakob derweil an den Thörn-See geführt. Dann wurde gewechselt. Eva leitete alles überlegen und voll Charme. Ich war stolz auf sie.

Das war wohl die größte Gästegruppe, die uns *betrachten* kam. Es hatte schon etwas von Gedenkstättenbesichtigung.

21. April

Das zweite Kapitel des Romans durchgesehen, nachdem ich vorige Woche mit dem Bleistift korrigierte.

Jakobs Summliedchen umzittern das Gartenhäuschen. Das geht mir ans Herz. Er hat die innige Singstimme von Mutter Eva geerbt. Heute spielt er Robinson und turnt vor seiner Hütte auf dem Eiland, der Gartenlaube, an einem Apfelbaum.

23. April

Das achte Kapitel des Romans mit dem Bleistift korrigiert, dann wurden wir von unangemeldeten Besuchern überfallen.

Jakob fing seinen ersten Blei, er wog ein Pfund. Nun ist die Angelleidenschaft in ihm erwacht. Er geht träumend umher und sieht die Fische, die er künftig aus dem Wasser ziehen wird.

29. April

Das neunte Kapitel des Romans mit dem Bleistift bearbeitet.

Wie ich ahnte, wurde Jakob von der Angelleidenschaft gepackt. Er war glücklich, legte sechsundzwanzig Mark seines Taschengeldes für eine Rute an und sang wieder und wieder: »Reich mir die Hand, mein Leben . . .«

30. April

Das zehnte Kapitel des Romans mit dem Bleistift bearbeitet.

Hochsommerliche Frühlingshitze. Die Blätter an Bäumen und Sträuchern springen hervor. Galba labt sich an frischem Gras. Der Kuckuck ruft, auch der Wendehals ist da. Die Sommersprossen auf Jakobs Nase vermehren sich.

94 **1. Mai**

Das vierzehnte Romankapitel auf Tonband umdiktiert.

In Großwoltersdorf schoben sie zum 1. Mai einen mit einer Treppe versehenen Ackerwagen auf den Sportplatz und staffierten ihn mit Birkenreisern aus. Das war die Redner-Tribüne. Der Standort der Parteihonoratioren, die den Vorbeimarsch *der Massen* abnahmen. Altar und Kanzel. Der Wagen war allerdings hinter das verdrahtete Fußballtor geschoben, damit das Fußballspiel nicht verzögert werden mußte. Der Redner sprach durch ein Drahtnetz zu den *Massen*.

2. Mai

Das vierzehnte Romankapitel zu Ende umdiktiert. So kann ich außer ZIRKUS WIND noch eine Anzahl Romanseiten zum Abschreiben nach Berlin geben.

In meiner holzenen Stube steht ein aufgeklappter Koffer auf den Dielen. Ich werfe kleine Gegenstände hinein, als würfe ich sie in einen Abfalleimer. Es sind die Gegenstände, die mir während der vierwöchigen Abwesenheit leicht fehlen könnten.

Das alte Wehmut- und Sehnsuchtsspielchen beginnt: Immer wenn man kurz vor der Abreise steht, findet man sein Zuhause besonders schön, und gleich werden die Bäume im Garten losblühen, und von der Fliederblüte werden wir nichts haben.

8. Juni

Inzwischen waren wir vier Wochen in Piešt'any. Ich diktierte einige Kapitel vom Roman um, und ich übertrug die Erzählung SCHREIBEN, die ich in Piešt'any aufs Band sprach, vom Taschengerät auf den Recorder. Die Rohfassung dieser Erzählung hat etwa fünfzig Seiten.

11. Juni

Das fünfzehnte und sechzehnte Romankapitel zurecht*gehackt*. Zweites Umdiktat. Zwanzig Kapitel sind geschrieben. Manchmal fange ich an, mich zu ängstigen, wenn ich dran denke, wieviel Zeit ich noch brauchen werde. Dann beruhigt mich der Gedanke, daß ich den Roman nicht hier und jetzt werde drucken lassen können. Für den Roman ist das Zeitvergehen nur günstig, und auch bei mir wird es kein Bangen um Zeit mehr geben, sobald ich gestorben bin. Es gilt, sich das Bangen bei Lebzeiten abzuerziehen.

1. Juli

Wenn der Roman WUNDERTÄTER III fertig sein wird, werde ich ihn nicht herausgeben. Weshalb soll ich die Kraft, die es kosten würde, ihn durchzusetzen, meiner Arbeitskraft entziehen?

Ich werde den nächsten Roman schreiben, den ich in meinen Plänen unter dem Titel DER LADEN führe. In diesem Roman wird die Zaroba-Figur eine vielleicht noch größere Rolle spielen als jetzt im WUNDERTÄTER III.

21. Juli

Jetzt sollte ich mit Kraft wieder in den Roman hineingehen, und ich ging hinein, doch es *fleckte* nicht, wie es sollte. Wir sind uns fremd geworden, der Roman und ich. Das sechzehnte Kapitel mußte in neuer eingängiger Form beginnen, mußte einen Reusenhals kriegen, durch den der Leser schlüpfen kann.

Ich fand ihn erst heute im Morgengrauen, die Bewußtseinslage von Lope Kleinermann, dem Helden aus dem OCHSENKUTSCHER, mußte deutlicher gemacht werden. Ich muß seine Haltung von Ideologie befreien.

96 Die Ideologie stellt sich mir immer mehr als das größte Hemmnis für wirkliche Kunst dar. Man kann eine bestimmte ökonomische und soziale Sicht auf die Umwelt haben, sobald man aber alles Menschliche und Weltliche durch sie und mit ihr zu erklären trachtet, ist man Agitator und nicht Künstler. Ob die Funktionäre das je begreifen werden?

23. Juli

Im Roman sitze ich jetzt drin wie die Schnecke in ihrem Haus. Manchmal ist es mir, als müßte ich dieses Haus vergrößern, und manchmal ist es mir, als müßte ichs verschönern, und ich tue unbewußt sowohl dies als auch das.

Vielleicht ist es so richtig, sich über das Haus (das Werk) in die sichtbare Welt hineinzuvergrößern.

24. Juli

Eva in meine neue Schlußkonzeption für den Roman eingeweiht. Sie stutzte, gab mir aber nach einigen Augenblicken Nachdenkens Recht.

Ein Happy-End, Stanislaus-Rosa, ist nach dem jetzigen Stand meiner Entwicklung nicht mehr möglich. Ebenso kann es kein Happy-End zwischen Stanislaus und der Gesellschaft geben. Er kann die Gesellschaft, beziehungsweise den Marxismus, als einen Teil des Lebens und als soziologisches Experiment, das unter Umständen sogar Aussicht auf Erfolg hat, anerkennen, doch er geht (unresigniert) an die Seite oder geht über die Gesellschaft hinaus, in die Einsamkeit des Künstlers, in jene Einsamkeit, von der man in der Umwelt, in der er lebt, abfällig spricht.

Alles andere wäre nach meinem augenblicklichen Dafürhalten unwahr und eine Zustimmung zu den bestehenden Verhältnissen.

25. Juli

Mit dem Roman geht es gut, aber immer wieder stößt man beim Schreiben auf Sklavendenken und Gehorsam, sobald man ans Parteipolitische kommt. Siebenundzwanzig Jahre Zugehörigkeit! Da gibts hundert und mehr Themen, von denen man in vorgeschriebenen Klischees zu reden, zu denken – vor allem zu schreiben hat. Man stößt auf billige, wenig oder gar nicht stichhaltige Argumente, die einem von der Parteiführung, vorgefertigt zum Gebrauch, übergeben werden. Wenn man sich all diesen Schranken unterordnet, ist nur noch schwer oder unzulänglich oder überhaupt nicht mehr möglich zu schreiben. Es sei denn, man faßt Schreiben so auf: Einen Schriftsatz anfertigen, der nicht an die Selbstherrlichkeit unserer Politiker stößt, und sich diesen unanstößigen Schriftsatz gut bezahlen lassen.

Da hat es geheißen, als der neue Parteichef gegen den *veralteten* Parteichef antrat, es dürfe für die Kunst keine Tabus geben. Ein rhetorischer Kniff, die Künstler parteipolitisch wohlgesonnen zu machen, denn als einer seinen Helden von der Bühne schreien ließ, die DDR wäre das langweiligste Land der Welt, wars mit den Nicht-Tabus und der Großmütigkeit des Obersekretärs zu Ende.

Was mich interessiert: Ob ich lange Zeit benötigen werde, um mich ganz und gar von diesen Denkschranken zu befreien. In Gesprächen schweigt man sich um sie herum, aber aus diesem Gedanken-Zoo heraus schreiben kann man nicht.

26. Juli

Nach dem Gespräch mit Edith hatte ich das Gefühl, vom Leben bevorzugt zu sein. Ich werde hier auf Schulzenhof sitzen und an meinem Werk arbeiten und werde bis zu meinem Tode, wenn mich nicht Krieg oder Krankheit daran hindern, hier bleiben. Abwandlungen wird es in dieser Zeit nur in unserer Hauswirtschaft geben.

Ich war so glücklich, daß ich mit einer Kameradin wie Eva gesegnet bin. Jeden Handgriff vor dem Zu-Bett-Gehen (es war schon spät) tat ich mit Genuß, als gelte es, ein Kunstwerk auszuführen, oder als würde ich ihn an ein Kunstwerk wenden, mit dem Titel: Mein Leben.

27. Juli

Ich arbeite mich nach innen, das ist schwer, aber es bleibt nicht ohne Erfolg. Ich schreibe an meinem Roman, und das ist auch nicht leicht.

29. Juli

Arbeiten und sich in der Arbeit erfüllen, sich nicht darum kümmern, was andere gemacht haben, was andere machen und wie andere beurteilen, was man macht – das ist das Prinzip, das der Arbeit des Künstlers frommt. Der junge Maler Giebe beweist es soeben mit seinem Dasein. Er hat sich zeichnerisch in unsere Landschaft hineingearbeitet und sie gut erfaßt. Eva betrachtet überrascht und voll Liebe Giebes Skizzen von unserem Zuhause und sagt: Wenn ich je einen bebilderten Gedichtband herausgebe, so wird es mit Giebe sein.

Meine MINGEDÖ will Giebe mit fünfzehn Ölbildern illustrieren. Er braucht nur zu arbeiten, die Aufträge fliegen ihm zu.

30. Juli

Wenn man von Zeitgenossen in ein Gespräch über Unzulänglichkeiten (im gesellschaftlichen Leben) verwickelt wird, soll man keine Gedankenkraft verwenden, mit den Gesprächspartnern nach Mitteln zur Beseitigung dieser Unzulänglichkeiten zu suchen. Man muß abschalten, muß sich taub machen, nach innen gehen und an sich selber arbeiten.

Alle *Großen* wußten, daß Unzulänglichkeiten in der Umwelt (auch die gesellschaftlichen) nur zu beheben sind, wenn sich der einzelne vervollkommnet und weise und harmonisch in die Umwelt wirkt.

Das Sich-Taub-Stellen kann auf Außenstehende und Unwissende wie Stumpfheit und gesellschaftliches Disengagement wirken, aber was hülfe es der Gesellschaft, wenn auch du noch deinen Erfahrungen mißtraust, sie ins Unrecht setzt und mitdebattierst?

31. Juli

Ein schlimmer Tag. Einer unserer Söhne trug destruktive Schwingungen ins Haus. In mir fing sich zugleich an, die Empörung zu stauen. Meine (literarische) Arbeitsfähigkeit reduzierte sich.

Ich wurde wieder eine Belastung für die arme Eva, die ausgleichen möchte, es auch tut und schließlich schafft. Ach, was ist sie leistungsfähig in Sachen Liebe! Ich bin ein Stümper darin. Evas Liebesleistungsfähigkeit beweist mir, daß sie eine stärkere künstlerische Potenz ist als ich.

Es gelang ihr, meine Verhärtung vor dem äußersten Stadium, an dem sie in Tobsucht übergeht, abzufangen. Ein Dämon versuchte in mir anzuwachsen und mit zerstörerischen Kräften in meine Umwelt zu springen.

Schließlich arbeitete ich auch an diesem Tage am Roman.

1. August

Sozialistischer Realismus in Schulzenhof: Landwirtschafts-Buchhalter Lamprecht bei der Betrachtung einer Skizze, die Giebe vom alten Forstschuppen machte: Na, da hätt er doch wirklich gleich das neue Dach malen können, das nächstes Jahr auf den Schuppen kommen soll.

Besser ist die Wurzel des sozialistischen Realismus nie entblößt worden.

Trotzdem am Roman gearbeitet.

16. August

Das Vorspiel des WUNDERTÄTER III durchgesehen und überprüft, ob es genug Ärgernis enthält, damit man es nicht in eine Anthologie hineinnimmt, die die Schriftsteller des Berliner Verbandes während des Parteitages herausgeben. (Wie mich das anekelt!) Natürlich wünscht man sich Beweihräucherungen, ich aber will nicht beweihräuchern. Gut, daß ich vorher erfuhr, weshalb Görlich hier bei uns erscheinen wollte. Nun kommt er mir nicht ins Haus.

Tonbandaufnahmen mit dem Großvater gemacht.

Die Stille und das Alleinsein und die Landschaft, auch die Abende liegen da wie die Räume in einem Heimathaus, aber man hindert mich, es zu betreten.

18. August

Demnach müßte das Schreiben, das Dichten (einen halben Tag lang mit erfundenen Romanfiguren umgehen) eine Art Meditation sein, zumindest die Hälfte einer solchen.

Wieder Meditation: Den Kern Ewigkeit, der in allen sichtbaren und unsichtbaren Kreaturen, in allen sichtbaren und unsichtbaren Dingen steckt, von dem alle Dinge und Kreaturen ein Ausdruck sind, erreichen. Jeder Augenblick einer bewußten (meditativen) Vermählung mit diesem Kern ist ein Augenblick Leben in der Ewigkeit.

Auch da wäre das Hervorbringen von Kunstwerken

die Hälfte des Weges, denn es wird (eine Hälfte?) Ewigkeit erreicht, wenn beim künstlerischen Schaffensprozeß Werke entstehen, die ihren Zeuger überleben und damit eine Teil-Ewigkeit verkörpern.

Bis gegen Mittag am Roman gearbeitet, mich wieder hineingeschraubt.

21. August

Das zweiundzwanzigste Kapitel, dann die Begräbnisfeier für Stalin umdiktiert.

Baden im Tietzen-See. Der Fischadler kreist. Die Wasserminze blüht zartblau, Schmetterlinge kommen über den See und fliegen zur Minze hin.

22. August

Das dreiundzwanzigste Kapitel geschrieben. Weißblatt in der DDR, auch ein erstes Umdiktat.

Ein Dichter darf und kann keine Parteidisziplin üben.

26. August

Keine große Lust zur *Wundertäterei*, dann doch wieder ans vierundzwanzigste Kapitel gegangen. Vor- und Nachmittag daran gearbeitet.

Nach etwa zwanzig Jahren zwei Überseekoffer geöffnet. Sie enthalten alte Manuskripte, Briefe und Andenken. Zuerst standen die Koffer in der Gartenlaube, später auf dem Dachboden der Kate. Bei den alten Manuskripten handelt es sich um solche, die ich mit achtzehn, zwanzig, auch mit fünfundzwanzig Jahren schrieb. Ich las mich hinein und stellte fest, daß ich im Alter von fünfundzwanzig Jahren vieles von dem wußte, was ich heute weiß.

Man könnte verzweifeln, wenn man bedenkt, daß alle anderen Lebensformen und Gedanken, denen man sich später überließ, Umwege oder Irrgedanken waren. Freilich kam man stets auf den Hauptweg zurück, aber die Zeit, die Zeit, die man dazu benötigte, bis man wiedererkannte und aufnahm, was man mit fünfundzwanzig Jahren bereits intuitiv erfuhr, sie war dahin. Einer der markantesten Umwege war der Eintritt in die Partei der Einheitssozialisten. Nachdem ich dort eingetreten war, bekam ichs mit Massen von Gleichgesinnten zu tun. Ich war eine Weile gleicher Gesinnung mit ihnen. Die Suggestionskraft dieser Menge von Parteigängern wirkte verheerend in mein Inneres hinein. Ich mußte viel Kräfte produzieren, die allmählich bewirkten, daß ich mich wieder vereinzelte und den Weg weiterging, den ich als Fünfundzwanzigjähriger erahnt hatte. Heute verbrauche ich Tag für Tag Kräfte für diesen Prozeß. Man kann den Vorgang, um nicht zu verzweifeln, so sehen: Wie ich mir als Fünfundzwanzigjähriger zu leben vornahm, war eine Hypothese, zu der ich mir durch die Umwege den empirischen Beweis erst liefern mußte. Damals ahnte ich, jetzt weiß ich.

28. August

Das Vorgearbeitete ist aufgebraucht. Ich muß erfinden. Ich fürchtete, ich könnte nicht weiter. Das war oft und bei jedem Roman so.

Ich ging hinaus in die Wiesen und drückte im Gehen (gedanklich) die Tür für die weitere Handlung auf. Es war ein klassischer Vorherbsttag, Glücksgefühl, weil ich weiter in den Roman hineinsehen konnte. Ich sammelte Champignons und Boviste in den vergoldeten Torfwiesen, und ich dachte dabei an Rosa, an Reinhold und erfuhr, wo und wie Stanislaus Büdner in Berlin wohnen wird.

29. August

Im Roman herumgeschunden. Das muß aufhören. Die Arbeit muß lockerer werden. Ein schwerer Kampf, neuen Text hereinzuholen. Ich weiche aus, drücke mich, finde Ausreden, suche nach kleinen Nebenarbeiten. Dann wieder fühle ich mich zu müde. Ich muß erst ruhn, ich muß Obst essen und hoffe, daß mich jemand stört und von der entscheidenden Arbeit abhält. An Meditation denke ich zuletzt, aber dann doch.

Gegen Mittag diktiere ich in den Torfwiesen endlich die ersten Sätze und schlage die Verbindung zu den letzten Textstellen vom März dieses Jahres. Ich weiß, daß meine Phantasie zu fliegen hat. Den Roman schreibe ich für mich, für niemanden sonst.

30. August

Doch wieder mit viel Widerstand ein Stück Roman diktiert. Mehr psychologisiert als sonst. Das erscheint mir mit eins notwendig. Vielleicht auch nur ein Vorwand, weils mir widerstrebt, mich in die fürdere Handlung zu werfen.

1. September

In den Torfwiesen Roman diktiert: Besuch von Umbruch und dem Vertreter der VOLKS-FILMGESELLSCHAFT bei Büdner.

Angefangen, eine neue Arbeitsmethode auszuprobieren, den diktierten Neutext vom Taschen-Tonband handschriftlich in ein Oktavheft übertragen. Beim gemächlichen Abschreiben kommt man zu so etwas wie Endformulierungen. Ich will ausprobieren, ob dieser Weg nicht kürzer ist als der von Diktat zu Diktat. Freilich werde ich dabei mehr sitzen müssen, und das bekommt am Ende meinen mürben Knochen nicht.

2. September

Die gestern beschriebene Methode scheint sich zu bewähren. Man kriegt den Text beim Abschreiben vom Taschen-Tonband schon ziemlich dicht.

Nichts Neues diktiert. Das Alte aufgearbeitet und auf den Recorder umdiktiert.

Wenn man sich willentlich zur Meditation treibt, scheint mir der Erfolg fragwürdig. Man muß sie nötig haben wie Brot.

3. September

Beim Diktieren bis zur Buschbrücke Pilze gefunden, Zitronenröhrlinge, Champignons. Es ist schwül, das Hirn arbeitet nicht gut, mein Pensum aber doch geschafft.

Kurt Böwe las im Fernsehen meine Erzählung BEDENKZEIT. Ich stellte fest, daß die Geschichte auf die Letzt abfällt. Böwes Vortrag war sympathisch und langweilte vor allem nicht. Man kann auf ihn zurückkommen.

4. September

Wieder in den Torfwiesen diktiert. Das Diktat vom Tonband abgeschrieben, sonst alles so wie gestern.

Ich warte auf einen Anruf von Eva. Sie wollte zurück sein. Das Warten versucht sich in mir auszubreiten. Nachmittags noch immer keine Nachricht. Um dreiundzwanzig Uhr ruft sie endlich aus Berlin an. Ihr Flugzeug hatte fünf Stunden Verspätung. Es war eine klapprige Maschine, und sie hatte zwei Zwischenlandungen, die zweite Zwischenlandung in Leipzig. Dort stürzte vor einigen Tagen eine unserer Maschinen beim Landen ab. Zwanzig Menschen wurden getötet.

Durch diese Tatsache machte sich das Warten auf Eva doch wieder gewichtig.

5. September

Die Romanhandlung hatte sich verkeilt. Das Hauswesen und die Grundsätze der Zaroba-Familie waren geschildert. Das war die *Theorie*. Es mußte ein Gast kommen, an dem gezeigt werden konnte, wie die Zarobas Fremde aufnehmen. Ich probierte das Ensemble der Finkenhainer Figuren durch. Für keinen Gast, der von dort gekommen wäre, hätte es eine Funktion gegeben. Ziemlich hilflos. Ich meditierte und ging dann zum Diktieren in die Torfwiesen. Unterwegs tauchte eine Figur auf, von der ich nie gedacht hätte, daß sie im Zaroba-Hause erscheinen könne, aber es war die einzige Figur, die erscheinen konnte: Cläre-Liese von Leisegang, die Agentin. Es war die Nacht vor dem 17. Juni 1953. Man konnte sie in Finkenhain verwenden. Man muß viel mehr und viel öfter meditieren!

6. September

Im Roman weiterdiktiert, zwar im Gehen, und später saß ich auf dem Stamm einer gefallenen Moorkiefer am Rande der Schulzenhof-Sümpfe. Später das Diktat in Handschrift übertragen.

7. September

Weiter am Roman gearbeitet, weiter diktiert, das Diktat in Handschrift übertragen.

Eva las den bisher geschriebenen Teil bis Kapitel zwanzig. Sie hatte nichts einzuwenden.

10. September

Am linken Ufer des Thörn-Sees entlanggegangen und am Roman weiter diktiert, dabei Schirmpilze gefunden, im Hochwald, am Ende des Thörn-Sees. Auf den Bäumen ein Jagdhaus entdeckt. Ein Jäger hat sich einen Bungalow in einem Baum gebaut und damit die staatlichen Bestimmungen unterlaufen. Das Romandiktat abgeschrieben.

11. September

Auf der rechten Seite des Ufers vom Thörn-See entlanggegangen und dabei diktiert. Zwei Steinpilze gefunden. Im Schilf versteckt stand ein Angler, er muß mein Diktat gehört und vermutet haben, daß da ein Verrückter mit sich selber spricht.

Später das Diktat abgeschrieben und korrigiert.

13. September

Ich hatte den Eindruck, daß in einem neuen Roman des Kollegen W. R. das Hauptanliegen die Industrialisierung der Landwirtschaft ist und daß die Menschen, so geschickt sie (auch vom Künstlerischen gesehen) geführt sein mögen, nur als Drapierungen fungieren.

Eva sagte (sehr vorsichtig), sie hätte einen ähnlichen Eindruck gekriegt, als sie vor Tagen hundertfünfzig Maschinenseiten vom Wundertäter III las. Es wäre ihr der Eindruck entstanden, daß ich nur Politisches zu beweisen versucht hätte bzw. meine Unlust an den gegenwärtig herrschenden politischen Verhältnissen abzureagieren versuchte.

Das war mir nicht neu. Es war mir selber eines Tages ein ähnlicher Verdacht gekommen.

Da war nun alles wieder auf- und zusammengebrochen und durcheinander. Ich ging zwar zum Diktieren in den Wald, diktierte auch mein Pensum, doch als ich vom Band übertrug, spürte ich, daß es mißlungen war.

Den ganzen Tag war ich unruhig, ja gehetzt und entsetzt. Furcht, nicht mehr genügend Lebenszeit vor mir zu haben, stellte sich ein. Die Lust mich selbst zu morden, sprang auf, und alles, was sich für solche Lagen in mir bereithält. Kann man das weise nennen?

15. September

Alles mußte zur Ruhe kommen. Gelesen, geschlafen, nachgedacht. Fontane gelesen, das beruhigt. Langsam wurde es innen stiller. Ich sah, wo ich beim Roman ansetzen muß. Die geistige Linie muß nach vorn geholt werden. Ist Büdner ein Verbrecher im allgemeingültigen gesellschaftlichen Leben, wenn er so ist, wie er ist?

Gegen Abend ein Spaziergang mit Eva in die Torfwiesen, gute Gespräche, angerührt von der Landschaft, vom Herbst- und Abendwerden. Wieviel Zeit bleibt mir noch? Die Tränen waren nahe. Alterserscheinung.

16. September

Jubilate! Ich war so gereizt, denn ich hatte in den letzten zwei, drei Tagen in den Anfangskapiteln des Romans herumgesucht und fand nur wenige Stellen, an denen im Sinne von Evas (auch meinen Bedenken) etwas zu erweitern oder zu vertiefen gewesen wäre.

Wir sprachen nach dem Frühstück wieder über den Roman. Spannungen, die sich anfingen auszubreiten, mußten aufgehoben werden. Es ergab sich, daß ich Eva zwei Stunden lang aus dem Romanteil vorlas, mit dem ich mich den Sommer über beschäftigt hatte. Eva kannte diesen Teil nur in der Rohfassung und hatte ihn anscheinend nur noch schlecht in Erinnerung. Beim Lesen dieses Teils entschwand der Eindruck von Enge, Kleinlichkeit und politischer Vordergründigkeit. Der negative Eindruck war entstanden, weil wir uns zu lange mit der Introduktion des Romans beschäftigt hatten.

Es war, als wäre eine zweite Sonne aufgegangen.

17. September

Den ganzen Tag Korrekturen am Roman gemacht. Dabei übernahm ich mich etwas. Die schwüle Außenluft!

Baden am Tietzen-See. Das Klirren des Eisvogels nahe der Badestelle; wir sehen ihn aber nicht. Ein Specht klopft leise, Dunstschleier über dem Wasser. Ich sehe etwas zum ersten Male: Zwanzig bis fünfundzwanzig Haubentaucher proben ihren Rückreise-Flug. Sie fliegen elegant, sähe man sie über Feldern fliegen, könnte man sie für Kiebitze oder für Möwen halten. Solche Septembertage müssen die einzige Zeit des Jahres sein, in der man den Flug der Haubentaucher sehen kann. Im Frühjahr fallen sie nachts ein, man sieht sie nicht kommen.

18. September

Die Cheflektorin M. aus Moskau. Ihr Verlag will WUNDERTÄTER I und WUNDERTÄTER II herausbringen.

Die M. gehört zu jenen russischen Intellektuellen, die, ohne sich darüber klar zu sein, in Schizophrenie leben. Im Vordergrund tun sie mit und unterstützen die Sünden der Politiker wider den Geist, damit sie ihren Beruf und ihre Funktion behalten. Geheim leben sie in geistigen Reservaten, zitieren Rilke und Pasternak und verehren Schopenhauer. Den politisch verantwortlichen Redakteuren in Moskau gefällt nicht, daß ich den Begriff *Kommunarden* im WUNDERTÄTER II benutze, um die Sektierer der Kommunistischen Partei in Westdeutschland zu kennzeichnen.

Bei der Beschreibung eines Bildes von Lenin verwandte ich den Begriff *tatarisch*, das soll nicht zulässig sein. Tataren sind minderrassig für die heutigen politischen Nachfahren von Lenin. Man halte sich das vor

Augen! Ich beharre darauf, daß ins Russische übersetzt wird, was geschrieben steht.

Im übrigen habe ich den Vertrag noch nicht unterschrieben. Ich bin nicht erpicht, daß man jetzt druckt. Später tut man es sowieso.

21. September

Das Vorspiel vom WUNDERTÄTER III überarbeitet. Ich gab es nun hin für die Anthologie des Berliner Bezirksverbandes und will sehen, ob sie es als *unmöglich* zurückgeben oder ob sie es zähneknirschend drucken.

22. September

Ich kann mich nicht entschließen, Neues für den Roman zu diktieren, weil ich weiß, daß ich den Anschluß an das Neudiktierte durch die bevorstehenden Reisetage sogleich wieder verliere und daß ich dann einige Tage später die gleiche Kraft aufbringen muß, die Ansatzstellen im Roman zu erarbeiten.

Ich korrigiere also Vorhandenes. Es scheint mir zu gelingen, es hie und da zu bereichern.

Die Hemingway-Methode, alles Gemachte immer wieder neu durchzulesen und zu korrigieren beziehungsweise zu bereichern, hat was für sich.

28. September

Immer wieder befallen mich Zweifel: Hat die Arbeit am WUNDERTÄTER III einen Sinn?

Es scheint doch schwer zu sein, auch dann zu schreiben, wenn man weiß, das Geschriebene wird vorerst nicht gedruckt. Aber werden diese Notizen hier demnächst veröffentlicht? Vielleicht überhaupt nie, und wozu auch? Und doch setze ich sie redlich fort.

In der Nacht erwacht und über den Roman nachgedacht. Philosophisches Hauptmerkmal muß sein: Stanislaus überprüft seine Mitmenschen. Sind sie imstande, ihre Handlungen und die Wirkungen ihrer Handlungen bis ans Ende zu durchdenken? Sind sie in der Lage zu erkennen, ob ihre täglichen Handlungen dem Weltganzen förderlich oder hemmlich sind? Jedenfalls muß ich öfter meditieren. Das muß jetzt werden!

29. September

Wir hatten Besuch aus Moskau – Sergej Lwow. Eva fing an, aus dem dritten WUNDERTÄTER-Manuskript vorzulesen. Sergej war ein guter Zuhörer, schlug sich vor Begeisterung auf die Schenkel und lachte laut.

Das tat mir gut. Das brauchte ich. Unseren Bekannten und Freunden (?) hier kann ich es nicht vorlesen. Mit A. W. haben wir (durch seine zweite Frau wohl) kaum noch Begegnungen. Von allen anderen weiß ich nicht genau, welcher für den Sicherheitsdienst arbeitet. Ich will sie nicht in Verlegenheit bringen, ihnen keine verlogenen Urteile entlocken.

Die gute Eva, sie las und las, ohne daß ich recht eingewilligt hatte. Sie wußte wohl, was mir nottat.

27. Oktober

Das dreiundzwanzigste Romankapitel (Weißblatt-Kapitel) korrigiert. Es war eine knifflige Arbeit, die auch den größten Teil meines Abends beanspruchte.

28. Oktober

Mit Dr. Henkel über den WUNDERTÄTER II gesprochen. Er hat den Roman gelesen und meint, daß er den dogmatischen Funktionären ein größeres Ärgernis sein müßte, als es der BIENKOPP war. Vielleicht täuschen wir uns über die mangelnde Reaktion der *Hochfunktionäre*, vielleicht nimmt ihr Groll einen unterirdischen Weg, wie beim Erdbeben.

Weiter am Roman gearbeitet. Erweiterungen gefunden, sie abdiktiert und auf der Maschine niedergeschrieben, zum Beispiel Charakteristiken für Auenwald und Wummer.

29. Oktober

Das fünfundzwanzigste Kapitel umdiktiert. Ich entschloß mich, wieder häufiger umzudiktieren. Durch die Bleistiftkorrekturen (will mir scheinen) wird die Prosa zerhackt und bleibt nicht so flüssig, wie das Umdiktieren sie zu halten vermag.

30. Oktober

Das sechsundzwanzigste Romankapitel umdiktiert, auch den Nachmittag damit verbracht.

Die Sorgen, die mir Melodie und Rhythmus machten, kommen langsam zur Ruhe. Eva las die Kapitel zehn bis zwanzig und fand alles lesbar. Sie war zufrieden und meinte, ich müßte meine Zerschreibewut endlich zügeln. Das ist wohl wahr.

4. November

In den Torfwiesen umhergegangen und diktiert. Es geht also weiter mit dem Roman. Den diktierten neuen Text auf der Maschine abgeschrieben und dann korrigiert.

6. November

Ich diktiere das dreißigste Romankapitel und sammle dabei Pilze. Maronen, die schlecht geschützt standen, waren gefroren, wieder aufgetaut und schon wieder gefroren, fühlten sich an wie gestorbene Lurche.

Einen Teil des Romandiktats abgeschrieben.

7. November

Dreißigstes Kapitel diktiert und das Diktierte sogleich in die Maschine geschrieben. Mein Tagespensum beträgt jetzt drei Maschinenseiten.

Eine neue Idee: Jeweils nach einem Paket von Fakten aus der Wirklichkeit müßte ein Satz aus der Sphäre folgen, die die Wirklichkeitsfanatiker als unwirklich bezeichnen. Man müßte das schon Geschriebene abtasten und nach Möglichkeiten für solche Sätze erkunden. Auf jeder Seite müßte zunächst wohl einer unterzubringen sein. Beim neuen Text (der noch zu schreiben ist) müßte fortan dieser Aspekt schon während des Diktierens berücksichtigt werden.

8. November

Ich geh die WLADIMIRKA hinunter, dann den breiten Rheinsberger Weg entlang, diktiere neue drei Seiten Roman ins Taschen-Tonbandgerät. Nebenbei suche ich Knoblauchpilze.

Hinter, vor und seitlich von mir knallen die Jäger, und die Treiber klopfen gegen Baumstämme und geben Phantasieausrufe von sich. Ein Keiler, dann ein Damhirsch, ein Hase kreuzen meinen Weg. Der Hase nachdenklich, der Keiler grinsend, wie mir scheint.

11. November

Das dreißigste Romankapitel wurde in Teilen von je drei Seiten abdiktiert, aufgeschrieben und korrigiert. Heute diktierte ich die Korrektur in einem Zuge ab.

12. November

Den ganzen Tag Briefe geschrieben und dadurch den Roman meiner Aufmerksamkeit entzogen. Ich behandle ihn, wie man einen geliebten Bruder behandelt, wenn Gäste ins Haus fallen. Man weiß im Hintergrund sicher, und der Bruder weiß es auch, man wird zum guten Verhältnis und zum Beieinandersein zurückkommen.

Antiquariatsbuchhandlung. Diesmal konnte ich bisher nicht erkennen, welches Buch aus dem Antiquariat mich rief. Ich hatte nicht die Absicht, in die Buchhandlung zu gehen. Oft hat sich aber später gezeigt, welches von den halb blind gekauften Büchern von mir heimgetragen werden wollte.

15. Dezember

Endlich ein regulärer Tag, der der eigentlichen Arbeit zuträglich ist.

Ich arbeite mich wieder in den Roman ein und korrigiere das zweiundzwanzigste Kapitel durch. Nun bilde ich doch wieder kürzere, zupackendere Sätze.

Den ganzen Tag an der Arbeit geblieben.

7. April 1976

Einhundertundsechs Tage kein Tagebuch geschrieben. Der Grund: Der Zeigefinger meiner rechten Hand schwoll an. Das Schreiben (auch mit der Maschine) machte mir von Tag zu Tag mehr Pein. Dann war die Zerrung perfekt. Knarren und Knarren, auch Schmerzen bei jeder Fingerbewegung. Die Hand mußte ruhiggestellt werden. Den Zeigefinger schiente ich mit einem Stück Holzleiste.

Und nun wieder Arbeit am WUNDERTÄTER III. Weshalb ich wieder im sechzehnten Kapitel stecke, werde ich bei Gelegenheit erklären.

Eine Krise! Die wievielte schon? Die letzten Krisen wurden jedoch nicht mehr vom Inhalt, sondern von Unklarheiten über die schließliche Form ausgelöst. Der Text will wieder einmal unbedingt rhythmisch werden.

Während der Zeit der Schreibbehinderung beim Diktieren mit dem Roman bergauf und bergab. Vieles an der Form gefiel mir nicht mehr, manches an der Dramaturgie schien mir nicht mehr zu stimmen, vor allem fehlte es an Motivation. Ich hatte dem Leser Endergebnisse von politischen und philosophischen Prozessen hingeschrieben und setzte voraus, er werde sich die psychologischen Motivationen, die meine Figuren zu Aktionen und Reaktionen und Entschlüssen treiben, selber liefern.

Das hätte den DDR-Leser vorausgesetzt und dazu noch einen bestimmten, einen, der über alle Probleme, die ich im Roman aufgriff, so ähnlich denkt, wie ich es tat. Es wäre eine Verengung entstanden, das Gegenteil von einer Klischee-Verengung, aber eben doch eine Verengung.

Außerdem ging mir auf, daß ich zu undialektisch geschrieben hatte. Es ist ein Schwarz-Weiß dabei herausgekommen. Die Guten (oder die richtig Handelnden) waren gut und handelten richtig, weil sie gut waren und umgekehrt. Kurzum, ich kriegte das Bedürfnis, wie Götter über unser Tun und Lassen zu schreiben, wenn die schreiben würden. Ich nahm einen *objektiven* Standpunkt ein, verließ den *parteilichen*, der mir unausgesetzt abgefordert wird, und ich will und werde nicht mehr zu diesem Standpunkt zurückkehren.

9. April

Was mich gefreut und vorderhand befriedigt: Der OCHSENKUTSCHER wird noch nach fünfundzwanzig Jahren gelesen. Der Verlag hat ihn soeben wieder herausgebracht. Es sind ja immer wieder andere, neue Leser, aber auch die alten Leser sind ihm bereits seit einem Vierteljahrhundert treu. (Im Gegensatz zu den Romanen nach der *Muß*-Struktur.)

Als ich den OCHSENKUTSCHER schrieb, wußte ich noch nichts von den unglückseligen Literaturtheorien, die unsere Politiker (und nicht nur die ostdeutschen) in die Welt setzten. Ich schrieb unbefangen und fernab von all diesen Pseudo Theorien. Der Roman wurde von den Partei-Scholastikern dann auch mit dem Etikett naturalistisch versehen.

Nun frage ich mich: Werden auch meine anderen Romane so lange leben wie der OCHSENKUTSCHER? Ich schrieb sie, als ich schon verwirrt und fehlgeleitet von den pseudo-literatur-wissenschaftlichen Ansichten der Scholastiker war. Zwar versuchte ich den falschen

 Literatur-Vorstellungen zu widerstehen, versuchte, die Scholastiker zu hintergehen, aber gelang es mir?

10. April

Was den WUNDERTÄTER III betrifft, so bin ich allergisch, das heißt, ich bin unsicher. Mit der Arbeit gehts nur stoßweise voran. Ein paar Tage fließt es ohne Stockungen, aber dann stolpere ich über die Form. Rhythmen drängen sich mir auf. Das ist nicht neu, das hat es bei der Arbeit am WUNDERTÄTER I schon gegeben, aber so stark war *das Drängen* nie. Ich brauche Tage und Schreib-Abstinenz, um zur Prosa zurückzufinden.

Diesmal beschwatzte mich die Idee zu einem neuen Roman. Ich nahm mir vor, später von einem Mann zu schreiben, der sich gegen das Alter zur Wehr setzt und auf einem Hengst in die Welt reitet, seiner Umwelt und allen Verteidigern von Gewohnheiten und Üblichkeiten zum Trotz.

Diesen Roman (oder was es immer werden würde) versprach ich mir in Rhythmen niederzuschreiben. Nur so konnte ich mir über die letztliche Krise hinweghelfen.

Trotz allem leide ich (sogar körperlich). Wenn ich, zum Beispiel wie heute (Sonnabend), zur Einkaufsfahrt ins Dorf muß, fange ich erst gar nicht an, am Roman zu arbeiten, weil ich im voraus die Schmerzen fürchte, die ich haben werde, wenn ich das Schreiben unterbrechen muß.

11. April

Nochmals den Schluß des sechzehnten Kapitels diktiert und dann auf der Maschine abgeschrieben: Risse beginnt sein *Quartal*, zieht von Gastwirtschaft zu Gastwirtschaft, aber niemand wünscht zu hören, was er zu sagen hat.

In Riga wird der dramatisierte BIENKOPP aufgeführt. Über den Erfolg oder Mißerfolg konnte ich bis heute nichts erfahren. Unsere Fortschrittsenthusiasten kümmern sich um die Venus, aber für den Durchschnittsbürger wird es zum Unding, eine Nachricht aus Riga zu erhalten.

An einer BIENKOPP-Oper hat man sich mehrmals versucht. Jetzt soll es endlich ernst werden. Man ist leichtsinnig.

In Halle läuft wohl immer noch die Oper nach meiner Erzählung KRAFTSTROM. Daß sich die Leute so etwas anhören mögen!

12. April

Den Rest des sechzehnten Kapitels korrigiert und dann nochmals ganz überarbeitet. Die Sprache paßt nicht auf den Rhythmus, der in mir ist. Unglücklich!

Schließlich lese ich Eva laut vor. Das laute Lesen verdrängt den vorgefaßten Rhythmus in mir.

Es ist also Prosa, und dicht ist sie auch, aber wie lange wird die Zufriedenheit vorhalten?

Das sechzehnte Kapitel zur Reinschrift abgegeben. Damit will ich die Arbeit am Text bis nach der Reise in die Slowakei zurückstellen. Ich will versuchen, den nächsten Teil der Fabel (bis zum Abgang von Büdner aus Finkenhain) festzulegen.

14. April

Mit dem Entwurf der Fabel (nach Risses Verschwinden) begonnen. Erst einmal alles herausgeschrieben, was ich schon als groben Text hatte.

Ich war in den Wäldern hinter Ludwigshorst und am großen Thörn-See. Ein Rudel männlicher Hirsche, ich sah es zweimal; sie hatten die Geweihe abgeworfen und steckten noch im dunklen Winterpelz. Es waren wohl an zwölf Stück. Am Thörn-See sah ich zum ersten Mal das grünfüßige Teichhuhn. Es war bisher dort nicht zu sehen. Der Wendehals ist angekommen, aber es ist immer noch zu kühl, viel zu kühl.

21. April

Der Aufriß des Fabelsegmentes ist fertig. Nun kann es sich nur noch um Details und Einfälle zu den einzelnen Szenen handeln.

Merkwürdig, man verhält sich, als wäre damit schon was getan.

21. Mai

(In der Slowakei.) Der Entschluß, den WUNDERTÄTER III ohne Rücksicht auf parteipolitische Konvention und so zu schreiben, daß er einzig der Wahrheit dient (oder dem, was ich für die Wahrheit halte), leitete einen neuen Abschnitt in meinem Leben und in meiner Arbeit ein. Dieser neue Abschnitt ist jenem zu vergleichen, der für mich begann, als ich zu Brecht kam, nur, daß ich mich damals wohl aus einer künstlerischen Verengung, die mir die Doktrinäre aufgehalst hatten, nicht aber ganz und gar von der marxistischen Kunst-Doktrin befreite.

Man kanns auch so sagen: Jetzt kehrte ich nach vielen, vielen Irrwegen zu den Positionen Tolstois zurück, die mich schon erregten, da ich als Vierzehnjähriger ins Reich der Literatur einzog.

12. Juli

Die Sektiererei habe ich abgeschüttelt. Den Prozeß meiner Befreiung will ich (und tue es auch schon) im dritten WUNDERTÄTER künstlerisch abhandeln.

Ich gehe mit Jakob spazieren. Sobald die Mama nicht da ist, ist seine Welt gestört, und die ist schon nicht mehr klein. Ich versuche zu lindern, aber ich bin nur Kaffee-Ersatz, Zichorie. Wir umwandern die

Wüste Mark Steinfurth, der Wind ist kalt, der abendliche Himmel unterstreicht die Kälte grün-blau. Auf den zerzausten Föhren im Sumpf an den Torfwiesen liegen Sonnenflecken, aber auch die geben keine Wärme her. Wir beobachten die Wild-Enten, suchen im Schilf nach deren Gelegen und besuchen die Birke, unter der die Bisamratte ihren Bau hat. Die beiden Siamkater hatten uns durch den Garten begleitet und belustigten uns durch ihr Affenspiel in den knospenden Apfelbäumen. Am Waldrand legten sie sich ins alte Graugras, waren geschützt vorm Wind und warteten auf unsere Rückkehr.

13. Juli

Ich muß wieder lernen, leichter zu schreiben. Das hört sich merkwürdig an.

Jetzt wird mir klar, was Katajew meinte, als er schrieb, man müsse in unserer Zeit *Mauvist*, also Schlechtschreiber, werden, weil allenthalben das Gut-Schreiben vorherrsche. Das ist wahr. Gesellschaftssysteme und die aus ihnen politisch wachsenden Forderungen begünstigen die *Perfektion* in der Schreib-Artistik. Hüben wie drüben. Man starrt auf die Materie und verfällt mehr oder weniger dem Naturalismus und hat sich freiwillig und unfreiwillig die metaphysischen Auswege verbaut.

Höhe und Tiefe sind offiziell unerwünscht, also ziseliert man und perfektioniert die Schreib-Artistik.

Aber man muß ausbrechen, wenn mans ehrlich mit der Menschheit, der Kunst und mit sich meint. Man muß ausbrechen, und das tue ich zur Zeit, und das beansprucht mich.

Ich arbeite zunächst in die ersten sechs Kapitel neue Passagen ein, löse den artistischen Stil auf, versuche beiläufig und leicht zu erzählen. Das ist nicht ganz einfach, da an den vorhandenen Texten schon arg herumgearbeitet ist.

2. September

Ich diktierte alles von Anfang an um. Damit wurde alles breit, und ich kürzte wieder. Verrückt! Und doch gewann das Ganze, denn beim Kürzen blieben Bereicherungen (die in den Erweiterungen gesteckt hatten) übrig.

Noch drei Kapitel oder so, und der erste Teil des Romans (bis zu Büdners Zusammenbruch in Kohlhalden) *steht, steht* wirklich.

Es zeichnet sich jetzt ab, daß der Roman wahrscheinlich drei Teile brauchen wird.

16. September

Weiter im fünfundzwanzigsten Kapitel. Ich arbeite um. Jeden Tag sechs Schreibmaschinenseiten. Das ist eine Bandseite auf dem Hosentaschen-Recorder.

Die Kapitelnummern haben sich verschoben. Es ist beim letzten Umarbeiten mehr Text entstanden, trotzdem ist er straff gehalten. Täglich diktiere ich ein oder zwei Kapitel des Kohlhalden-Teiles auf Band, ehe ich sie zum Abschreiben gebe. Das bedeutet: Ich halte den Text für annähernd gelungen und konserviere ihn vor den eigenen Zugriffen. Außerdem habe ich etwas zum Vorspielen, falls jemand etwas hören möchte.

18. September

Das fünfundzwanzigste Kapitel zu Ende umgearbeitet und mit dem sechsundzwanzigsten Kapitel angefangen. Jeden Tag sechs Schreibmaschinenseiten.

Das zwanzigste und einundzwanzigste Kapitel las ich für *Konserve.* Nun habe ich den Teil Kohlhalden bis zu Büdners Zusammenbruch auf Band.

Ich habe mich wieder einmal an den Ersten Band WUNDERTÄTER gemacht und will ein neues Mal versuchen, beide Teile Zug um Zug zu lesen, um für die Arbeit am dritten Teil *informiert* zu sein.

20. September

An beiden Tagen des Wochenendes kaum das Pensum geschafft, das sonst an einem Tage fertig ist. Es gab unvorhergesehene Abhaltungen.

Zu Fuß, auch zu Pferd in den Pilzen. Meine große Reitertasche war in vierzig Minuten mit allerfeinsten Champignons gefüllt. Ich fand sie im Köpernitzer Wiesental, wo Altkiefern mit ihren langen Wurzeln in die Wiesen hineinlangen. Dort scheint der Champignon besonders gern zu wachsen.

21. September

Mit der eigentlichen Arbeit geht es schlecht. Mein Talent zum Formulieren ist eingeschlafen. Ich bin im ganzen lustlos und schaffe keine sechs Seiten Diktat, an Umdiktieren ist nicht zu denken.

Ein stiller Morgen. Der Wecker tickt, die Sonne bricht aus tintigen Wolken hervor, die Brechtnesseln auf dem Fensterbrett leuchten auf, aus den Wiesen steigen Unmengen Stille über die Loggia in meine Stube. Vorausschau auf Zeiten, die sein werden: Große Stille überall, kein Organ mehr, das Schallwellen registriert, kein Auge, das die Formen der Dinge vermittelt.

Das, was einst das Ich war, vergessen, versunken im Anschauen des Absoluten oder vereint mit ihm.

22. September

Sechs Seiten abdiktiert, mein Pensum erfüllt. Ich machte außerdem die drei Erzählungen für den Druck fertig. Es gibt stets eine Menge Tippfehler aufzuspüren, auch kleine Textänderungen erweisen sich hier und da als nötig.

24. September

Sechs Seiten Roman diktiert.

Außerdem die Erzählung ZIRKUS WIND für den Druck durchgesehen.

27. September

Mit dem Roman an eine Klippe geraten. Dramaturgische Schwierigkeiten! Demzufolge auf der Stelle getreten, überlegt, wie ich Friede Zaroba elegant in seine Rolle als *Kluger Mann,* den er im Dorfe spielen soll, einführe. Die Lösung fand ich heute morgen beim Erwachen: Kleinermann soll Zaroba aufsuchen und den bitten, beim Empfang von Lekasch mitzuwirken.

28. September

Doch noch nicht aus der Verknäuelung herausgekommen, eine Krise ist es aber nicht. Das Unbehagen kommt aus dem Dramaturgischen. Weil im Mittelteil jetzt die Ereignisse um den berüchtigten 17. Juni keine Rolle mehr spielen, muß die Fabel anders laufen. Die sechs Seiten von gestern sind also halb ungültig.

29. September

Entknäuelt, was da verzurrt war. Einen neuen Handlungs-Aufriß für die nächsten Kapitel gemacht. Etwas weiter diktiert.

30. September

Am Roman mein Pensum geschafft, dann aber sah ich die Druckexemplare der Erzählung TINA BABE bis in die Nacht hinein durch.

2. Oktober

Sichtbar konnte ich nichts am Roman tun, doch ich nutzte Freund Reso als Ohr. Er selber hat von sich gesagt: Wenn ich schon kein guter Mund sein kann, so will ich wenigstens ein gutes Ohr sein.

Ein gutes Ohr – das ist er. Er bewies es mit dem Essay über den WUNDERTÄTER II.

Ich spielte Reso also einige Kapitel WUNDERTÄTER III vor. Er war ergriffen und weinte über den Zusammenbruch von Büdner. Ich weiß nicht, wie ich das werten soll, ich nehme es zunächst als Tatsache.

8. Oktober

In Herrgottsfrühe aufgestanden und aufs kleine Tonband diktiert. Später auf den Recorder umdiktiert und mein Pensum frühzeitig geschafft. Es ergab ein Gefühl der Zufriedenheit. Es verließ mich den ganzen Tag nicht.

9. Oktober

Schon um vier Uhr hoch und weiter diktiert. Mein Pensum (sechs Seiten) geschafft.

11. Oktober

Es kostete mich Mühe, die Lebensgeschichte von Lekasch lebendig und unschematisch zu erzählen. Ich diktierte sie zweimal um und bin doch nicht sicher, ob es glückte. Ich muß sie erst in Maschinenschrift vor Augen haben.

12. Oktober

Mein Pensum nicht ganz geschafft, aber die Verquerungen fangen sich an zu lösen. Ich kam beim Umdiktieren bis zum Unfall von Büdner und Zaroba im Braunkohlenschacht.

18. Oktober

Mein Pensum (sechs Seiten) geschafft. Es diktierte sich leicht.

19. Oktober

Mein Romanpensum nur mit Mühe geschafft, obwohl ich auch am Nachmittag dran arbeitete.

20. Oktober

Sechs Seiten abdiktiert. Die umdiktierten Kapitel zweiundzwanzig bis neunundzwanzig von der Abschreiberin geholt. Das neunundzwanzigste Kapitel mißfiel mir dramaturgisch. Es muß geändert werden.

21. Oktober

Mit der Änderung des neunundzwanzigsten Kapitels experimentiert. Es gelang mir, keine Unruhe dabei aufkommen zu lassen, sondern leicht und spielerisch zu bleiben.

Akademie-Plenum: Die alte Leier. Man weiß nicht, was man da soll, noch immer hat man (haben die meisten Mitglieder) nicht begriffen, daß man dort gar nichts soll. Man soll ruhig sein, das wünschen die Politiker. Soviel wissen sie: Echte Kunst stört die Politik, beunruhigt sie.

Offiziell wird gesagt, die Mitglieder der Sektionen mögen die Ministerien, eventuell auch die Regierung, beraten. Das ist eine Farce. Kein Ministerium duldet eine solche *Beratung*. Sie wird als Einmischung empfunden und abgelehnt. Das ist erprobt. Die Gattin unseres Maos nimmt sogleich die Haltung ein: Was wollt ihr von mir? Ich solls wohl Erichen sagen?

Es ist so lächerlich, wenn Männer, von denen einige Kunstwerke von Geltung aufzuweisen haben, klagen, daß sie in der Akademie nichts zu tun kriegen.

22. Oktober

Diktat vom Taschen-Tonband auf den neuen Recorder. Auf den muß ich mich erst einarbeiten. Tribut an die Technik.

War das vielleicht ein glücklicher Zustand, als ich, eingeschüchtert von der Katastrophe zweier Weltkriege, glaubte, zu denen gehören zu müssen, die die Welt verändern, und in die Einheits-Partei eintrat?

Nein, es war kein glücklicher Zustand, denn ich hatte beständig meinen Verstand und meine Gefühle zu vergewaltigen.

23. Oktober

Den ganzen Vormittag über gesessen und gesessen. Trotzdem fleckte die Weiterarbeit nicht, und so wurde das dreiunddreißigste Kapitel immer noch nicht abgeschlossen.

25. Oktober

Der größte Teil des dreiunddreißigsten Kapitels ist nun umdiktiert. Stanislaus wird von den Staatssicherheits-Leuten bedroht, weil er die Skizze über Risse an Mehrlesen weitergab.

Das dreiundzwanzigste Kapitel zu Ende korrigiert. Zufrieden.

Staatssicherheitsleute schossen morgens gegen sieben Uhr von der Straße aus quer durch unser Wiesental, schossen Rehe wund. Die Vorwerkskinder fürchteten sich, an den schießwütigen Geheimdienstlern vorbei in die Schule zu fahren. Ich teilte dem ersten Kreissekretär, dem Groß- und Lautsprecher mit beschränkter Haftung, diesen Vorfall mit. Er schickte den Politoffizier der Kreis-Polizei und ließ mir mitteilen, er hätte die Sache in die Hand genommen, werde sie sogleich durchfechten. Einen Tag später höre ich, der Kreissekretär habe sich soeben in seinem Büro verabschiedet und führe vier Wochen zur Kur. Scheißkerl!

2. November

Sechs Seiten mühsam umdiktiert und ein wenig an den abgeschriebenen Kapiteln korrigiert.

Ich arbeite jetzt mit dem japanischen Taschenrecorder. Vorteil: Man kann Normalkassetten verwenden. Es spart ein Umdiktat von Band zu Band.

In den Wald, es gab Stein- und Butterpilze, viele Champignons und Maronen, aber Grünlinge gibts heuer kaum.

Keine Ruhe, immer in Gedanken beim Roman oder bei den Skandalgeschichten der letzten Tage. Eine Schuld: Noch immer nicht Kraft genug, das, was geistig kaum förderlich ist, zu verdrängen.

3. November

An einem Punkt angelangt, an dem die alte Fassung nicht mehr genügte. Nachgelesen und vorgedacht.

Vormittags ein wenig aufs japanische Tonband diktiert. Nachmittag durchs Köpernitzer Wiesental gegangen und aufs Taschen-Tonband diktiert. Nebenbei Pilze gesucht. Es dürften die letzten sein. Es war mir wohl beim langsamen Dahingehen, wie das beim Diktieren notwendig ist.

4. November

Nicht allzuviel am Roman getan, aber ein wenig wächst er doch jedesmal.

Ich verlangte eine Gegenüberstellung mit den schießwütigen Sicherheitsleuten. Sie wollten hierherkommen. Ich wies das Ansinnen zurück. Wir trafen uns auf der Kreisleitung in Gransee. Es handelte sich um einen Oberst der Staatssicherheit, der sich Ulrich nannte. Ein Oberst also, und deshalb zogen, bis auf einen, alle Funktionäre im Kreis die Schwänze vor ihm ein. Der Protz versuchte sich zu entschuldigen, gab vor, von seinem Fahrer ins Dollgower Jagdgebiet eingeladen worden zu sein. Beim Kreis hatte er sich telefonisch avisieren lassen. Jedenfalls versuchte jener Oberst, dem ich vorwarf, daß er, statt den Staat zu sichern, ihn verunsichere, so etwas wie Selbstkritik zu üben. Wahrscheinlich hatte er es verdammt nötig. Durch seine Schießerei in Ortsnähe und durch den Zusammenstoß mit mir hatte er gegen konspirative Regeln seiner Geheimorganisation verstoßen.

Was für ein läppischer Sieg für mich, als der sogenannte Oberst nun dasaß und herumstotterte. Am ganzen Prinzip änderte ich mit meiner Einmischung nichts. Es muß sich totlaufen, muß an seinen Verstößen gegen kosmische Gesetze zugrundegehen.

5. November

Im Roman ein Stück weitergekommen, auch über den weiteren Verlauf (bis zum Ende des zweiten Buchteiles) Klarheit erlangt.

6. November

Äußerlich und sichtbar wenig am Roman getan. Da waren Abhaltungen. Nehme ich also den Roman nicht ernst genug, wenn ich mich von minderen häuslichen Vorgängen ablenken lasse?

Gedacht: Alles im Roman muß noch objektiver werden, muß zeigen, wie Kräfte aufeinander einwirken, muß die Notwendigkeit sichtbarer machen, mit denen sie aufeinander losfahren. Nicht Partei ergreifen; für keine Seite, auch für die *gute* nicht, jedenfalls nicht bewußt.

Vollmondnächte, Nebelluft, schlechter Schlaf, wach liegen: Mir scheint, daß ich im Roman viel zu stark und zu eifrig beweisen will, wie schädlich es für mich war, einer politischen Sekte angehört zu haben. Ich polemisiere gegen das Heer gut- und rechtgläubiger Partei-Anhänger, aus deren Mitte ich mich löste, aber eben das zeigt die anhaltende Polemik nicht absolut genug.

8. November

Das Romanpensum einigermaßen geschafft. Den abgeschriebenen Kapiteln handschriftliche Ergänzungen angeheftet, auch Einfälle, die mir nachträglich kamen, damit ich sie bei der Überarbeitung berücksichtige.

Auch auf dem Nachmittagsspaziergang noch diktiert.

9. November

Äußerlich nicht groß weitergekommen, aber innerlich und technisch kam ich doch voran. Ein Stück Handlungsaufriß niedergeschrieben.

Am rechten Ufer des Tietzen-Sees. Goldene Landschaft, nachgelieferter Oktobersonnenschein, Blauhimmel. Die Buchen wirken auf den Betrachter das ganze Jahr über nicht so schön wie in der Zeit, bevor sie die Blätter abstoßen. Sie vergolden die Landschaft. Selbst das Wassergeflügel, Haubentaucher und Bleßhühner, sind davon, auch Stock-Enten sehe ich nicht mehr.

Aber den ganzen Nachmittag die Kampfflugzeuge der Russen am klaren Himmel. Lärm, daß man instinktiv in die Knie gehen möchte, wenn sie über einem sind. O Menschheit, und du nimmst das alles so hin!

10. November

Zufrieden mit dem, was fertig wurde. Es geht nun wirklich (beim Abdiktieren) auf das Ende der zweiten Abteilung zu (Büdners Aufenthalt in Finkenhain).

Allmählich haben sich die Finger auch an die Bedienung des kleinen japanischen Diktiergerätes gewöhnt und schalten ein und aus, ohne erst den Kopf zu bemühen, ohne die Gedankenströme zu stören.

Man macht sich zu wenig bewußt, daß man ins Kosmische eingewoben ist und daß man leistet, wofür man vorgesehen ist, wenn man das, was man zu tun geneigt ist, unter allen Umständen tut.

11. November

Das Romanpensum geschafft. Nun erschien Rosa. Darauf war ich selber gespannt. Freilich hatte ich vor ein, zwei Jahren diese Wiederbegegnung schon mal gemacht, aber da war die Konstellation des Zusammentreffens eine andere.

Mein Vertrauen zu seiner ärztlichen Kunst hat sich vermindert. Schon seit Jahren nenne ich ihn Cagliostro. Nun habe ich ihn bei so vielen Flunkereien und Zurechtredereien erlebt, daß mir vorkommt, seine ganze virtuose Operiererei ist für ihn in der Hauptsache ein Schauspiel. Sein Geltungsdrang geht über alles. Das Leben möge mir verzeihen, wenn ich ihn derzeit ungerecht beurteile.

12. November

Die zweite Abteilung zu Ende gebracht und abdiktiert. Sie endet damit, daß Büdner den Meisterfaun umbringt. Er kämpft mit ihm auf einem fahrenden Zug und bringt ihn zu Fall. Nunmehr werde ich jene Kapitel durchkorrigieren, die letztlich abgeschrieben wurden. Es müssen an zehn Kapitel sein.

13. November

Am Roman wenig getan. Am vierundzwanzigsten Kapitel gearbeitet. Es verlangte dramaturgische Umstellungen. Die Geschichte von der Vergewaltigung der Risse-Tochter kann nicht, wie es bisher war, von Lenka Meurer erzählt werden.

Aber auch andere Passagen muß ich umstellen.

Mit den vielen Besuchern ists schon arg. Plötzlich kommt ein Besuch, kommt eine Stunde vor der vereinbarten Zeit. Ich empfange ihn am Tor. Mann und Frau freuen sich über die herzliche Begrüßung. Das sei mehr, als sie erwartet hätten, gestehen sie, aber da stellt sich heraus, es sind Leute, die nur mal versuchsweise am Hoftor geläutet haben. Peinlich!

17. November

Obwohl ich den ganzen Vormittag am Roman arbeitete, kam ich nicht recht weiter, aber es war Sicherheit da und das Gefühl: Ich kann.

Nachmittags auf dem Spaziergang fing ich unversehens an, ein Stückchen (den Anfang) vom dritten Teil zu diktieren. Ich glaube, Melodie, Tempo, Dichte und Rhythmus – sie kommen erst jetzt. Wenn es sich als wahr herausstellt, ist es falsch, Kapitel für Kapitel fertigmachen zu wollen, sondern man muß erstmal den ganzen Stoff herunterschreiben, und wie primitiv dies geschieht, spielt nicht mit. So hab ich es ja früher auch gehalten.

18. November

Mit dem vierundzwanzigsten Kapitel ein Stück weitergekommen, aber eben nur ein Stück. Ich entdeckte, daß ich da in der Wirtshausszene (Postrentner Junkasch) zu breit wurde. Ich *malte* zuviel. Ein Zeichen, daß ich nicht recht wußte, wie die Handlung weiterlaufen sollte. Solche Mängel erkennt man in der Regel, wenn man etwas weiter hinten ist. Ich muß also auf Tempo umdiktieren, mich zum Beispiel nicht mehr als mit einem Satz um das Gesicht des Gastwirts, einer unwichtigen Figur, kümmern.

Zwei Seiten vom Band abgeschrieben.

19. November

Ich stecke immer noch im vierundzwanzigsten Kapitel, aber das ist kein Grund zur Beunruhigung. Da steckt ein dramaturgisch-technischer *Drehpunkt*. Von diesem Kapitel her wird eine Straffung des gesamten Stoffes (von der Mitte aus) nach vorn und hinten stattfinden.

Ein Stück weitergekommen, mich vor allem überzeugt, daß meine Intention richtig war und daß die Straffung gelingt.

20. November

Noch immer am vierundzwanzigsten Kapitel gearbeitet. Gespräche, die bei den Zarobas geführt wurden.

Es wurde mir gestattet, für mein Geld Bücher aus dem Fischer-, dem Suhrkamp- und dem Rowohlt-Verlag zu kaufen. Ich blätterte genüßlich darin, las hie und da eine Stelle und freute mich vor auf die Zeit, in der ich sie lesen würde. Ich fühle mich Besitzer großer Schätze: Das Gesamtwerk von Rilke, von Hesse, von der Fleißer, von Kafka.

Früher konnte ich mir keine Bücher kaufen, weil ich sie nicht bezahlen konnte. Jetzt kann ich sie bezahlen, muß aber erst die Erlaubnis der Herrschenden haben, sie kaufen zu dürfen. Die Oberen wollen unbedingt wissen, was ich zu lesen gedenke, denn es handelt sich um Autoren, die sie fast gar nicht oder nur widerwillig in unserem Lande drucken oder zulassen. Das im zwanzigsten Jahrhundert! Wahrlich, manchmal denk ich, bist in eine ungünstige geographische Räumlichkeit und Zeit hineingeboren. Aber das denke ich nur, wenn ich aus dem Bewußtsein verliere, daß Raum und Zeit mit dem Entstehen eigentlicher Kunst nichts zu tun haben.

22. November

Mit dem vierundzwanzigsten Kapitel ein Stück weitergekommen und gelassen gearbeitet, als ob ich die Ewigkeit vor mir hätte. Diese Gelassenheit ist ein schönes Geschenk in diesen Tagen, in denen sich politisches Chaos andeutet und Leute mit engem Verstande umhergehen und einen mit hineinziehen möchten. (Die Ausweisung Biermanns!)

25. November

Ich stecke immer noch im vierundzwanzigsten Kapitel, aber hier und jetzt entscheidet sich vieles. Als ich vor drei (oder werden es schon vier?) Jahren mit Eva in aller Unschuld den Roman konzipierte, wußte ich nicht, auf was für ein geistiges Abenteuer ich mich da einließ. Je länger ich schrieb, desto eifriger verwandelte und erhöhte sich der Stoff. Ich wurde zu einem Medium, wurde das Instrument kosmischer Gesetze, und noch immer bin ich nicht sicher, ob ich diese Gesetze schon genügend sichtbar mache. Auf gutem Wege aber bin ich, das fühle ich.

26. November

Noch immer das vierundzwanzigste Kapitel. Jetzt baute ich dort die Vergewaltigungsszene der Risse-Tochter ein. Die Zarobas erzählen sie. Vorher erzählte sie Lenka Meurer. Das wurde melodramatisch, jetzt wird sie eigenartig. Ich bin erst bis zur Hälfte und muß sehen, wie es weitergeht.

28. November

Sonderbarerweise doch etwas am Roman gearbeitet, aber es geschah, um diesem verfluchten politischen Engagement, in das man hineingezogen werden soll, etwas entgegenzusetzen, und zwar ganz bewußt, und siehe da: es ging. Das vierundzwanzigste Kapitel zu

Ende gebracht, umdiktiert und auch eigenhändig umgeschrieben. Die Arbeit ist jetzt an einen Punkt gelangt, an dem man aufs Visuelle angewiesen ist.

29. November

Drei Seiten weitergekommen, zufrieden, und doch muß alles noch mehr Leichtigkeit und Schwung kriegen. Das Philosophische macht den Gang der Handlung oft schwerfällig. Das ist Spezifik, deren Wirkung aber durch entsprechendes künstlerisches Entgegenwirken gemindert, wenn nicht aufgehoben werden kann.

Jedenfalls habe ich bereits über längere Strecken (außerhalb der Arbeit) die Melodie festgehalten (die Unherkömmlichkeit), mit der alles geschrieben werden muß. Jeglicher Sozialistischer Provinzialismus muß heraus. Erstaunlich, wie sehr man dem verfallen ist! Kosmisch zu sehen und zu denken, fällt mir leichter, als alleuropäisch oder allweltlich.

6. Dezember

Gut gearbeitet und ein Stück mit dem fünfundzwanzigsten Kapitel weitergekommen. Gedacht: Wenn man doch nur einen Monat lang so ungestört am Eigentlichen arbeiten könnte! Man nennt mich freier Schriftsteller, aber es gelingt mir nicht, auch nur einen Monat lang, ohne Störung durch die Gesellschaft und ihre Einrichtungen, am Eigentlichen zu arbeiten.

9. Dezember

Für die heutige Arbeit sollte ich mir die Note *genügend* geben. Die Szene: Kleinermann und Reinhold sprechen über das Verschwinden von Risse. Sie erhielt Gesicht und Poesie, scheint mir.

Diese grau-grauen Tage! Der Elektrostrom fällt aus. Ich schreibe den halben Vormittag bei Kerzenlicht.

 Der Kerzenduft erinnert mich an die Gymnasiastenzeit. Als Sextaner, auch Quintaner und Quartaner wohl, brachten wir Kerzen mit in die Schule. Jeder stellte eine Kerze auf den Tisch seiner Pultbank. Man erhellte sich die erste graue Schulstunde, spielte ein wenig mit dem lebenden Feuer, schaffte sich, ohne es zu wissen oder es sich einzugestehen, Poesie. Ich nahm nie eine Kerze mit in die Schule. Wenn ich genau nachprüfe, weshalb nicht, dann, weil mir schien, die Schule wäre eine zu unpoetische Umgebung für Kerzen. Beim Hinsehen auf die Kerzenflamme wollte ich nicht an Schulaufgaben und Schulanforderungen denken müssen. Wenn man in die Kerzenflamme sah, mußten die Gedanken schweifen dürfen, ohne Zweck und Ziel. Störungen dabei waren schmerzvoll. Das alles konnte man nur daheim haben, in der Großvaterstube, in einer Dachkammer oder in der Weihnachtsstube. Nicht einmal in der Kellerwohnung der Pensionseltern konnte man das haben.

10. Dezember

Normal gearbeitet, und es ist auch etwas fertig geworden. Das fünfundzwanzigste Kapitel abgeschlossen, es völlig umgeschrieben. Nun komme ich allmählich in schiffbares Wasser, das heißt, die nächsten Kapitel müssen weder dramaturgisch noch überhaupt umgeschrieben werden. Oder täusche ich mich da?

11. Dezember

Mit dem sechsundzwanzigsten Kapitel begonnen. Das ist jetzt die Geburtstagsfeier von Katharina im Hause der Steils.

Mir scheint, mit dem Umdiktieren von Band zu Band gewinnt man Zeit, mit dem umgeschriebenen Text auf Band verliert man Zeit, aber Endgültiges ist noch nicht zu sagen.

13. Dezember

Morgens zwei bis drei Stunden gearbeitet, mit der Maschine Text umgeschrieben, später beim Kofferschleppen kam mir ein noch besserer Kapitelschluß für Kapitel achtundzwanzig. Natürlich wird er berücksichtigt.

Im Stallhaus, in der von uns so genannten Stallstube, in der ich zehn Jahre über den Pferden arbeitete, ist Hubertus Giebe, der Maler, zugange und entwickelt seinen üblichen Fleiß. Es arbeitet sich gut mit so einer Nachbarschaft.

18. Dezember

Eine Stunde am Roman gearbeitet. Das ist wenig. Einige Einfälle während des Tages gehabt, aber die als Arbeit am Roman zu registrieren, hat man sich schon abgewöhnt, die geistige Vorarbeit überhaupt. Das beweist, daß man (noch immer) der durchschnittlich menschlichen Betrachtungsweise verhaftet ist und die geistige Seite alles Tuns und aller Dinge unberücksichtigt läßt, sie als nicht vorhanden betrachtet.

20. Dezember

Den Roman weiter umgeschrieben und korrigiert. Glücksgefühl: Es gelingt, ich komme weiter. Montag ist der Tag mit den geringsten Störungen.

21. Dezember

Ein Stück weiter gekommen. Der WOOD-ERZÄHLUNG von Lekasch wahrscheinlich die endgültige Fassung gegeben. Es handelt sich meist um dramaturgische Versäumnisse, wo ich bei diesem Durchgang kräftig nachzuarbeiten habe.

Die Tagundnachtgleiche ist erreicht. Von jetzt ab, bis zum Juni, wird das Tageslicht täglich eine Weile länger bleiben. Jedes Jahr das gleiche Spiel, und immer auch, nach vierundsechzig Sommern, noch die Hoffnung, daß man etwas an seiner Lebensführung verbessern wird, wenn die Tage länger werden und der Frühling kommen wird.

22. Dezember

Das neunundzwanzigste Kapitel abgeschlossen. Da ich mein Pensum am Vormittag nicht schaffte, arbeitete ich am Nachmittag weiter.

Weihnachtshektik auch in den Kleinstädten. Wie doch Festtage in kurzer Zeit Sinn und Bedeutung verlieren. Der Buß- und Bettag war für uns als junge Männer ein freier Tag, mitten in der Woche, an dem leider keine Tanzmusiken stattfanden. Es war ein Tag, wie geschaffen, sozialdemokratische Vereinsversammlungen abzuhalten.

23. Dezember

Mit dem Straffen und Überarbeiten des dreißigsten Kapitels angefangen. Noch immer versuche ich herauszukriegen, weshalb es mit diesem Roman so langsam vorangeht. Ich meine, daß sich das Ziel, das ich ursprünglich erreichen wollte, verschoben hat, besser gesagt: Es schälte sich während der Arbeit mehr und mehr heraus, daß parteigefällige Halbwahrheiten, auch Lügen, zu verschwinden hatten. Es wurde mir immer deutlicher: Wenn der Mensch dem Menschen kein Wolf mehr sein soll, darf man auch das Töten unterm Segen der Masse (Revolution und Klassenkampf) nicht gutheißen, auch mit Widerstreben nicht, mit dem man es bisher gutgeheißen hatte.

Das alles braucht seine Zeit, und die Klärung wird sich fortsetzen, bis das letzte Wort dieser Arbeit niedergeschrieben ist.

3. Januar 1977

Mit der Überarbeitung des einunddreißigsten Romankapitels angefangen. Wieder erwies es sich als notwendig, umzuschreiben. Die dramaturgische Konzeption war auch in diesem Kapitel nicht gut. Wie kommts, daß man die dramaturgischen Schwächen erst nach einer Abstandszeit entdeckt?

4. Januar

Weiter am einunddreißigsten Kapitel geändert: Nicht Mehrlesen *verpfeift* Büdner an die Staatssicherheit, sondern Friede Zaroba, aber der tut es unbewußt.

5. Januar

Normal gearbeitet. Es geht gut. Nach und nach ist der Rhythmus wiederhergestellt, der bewirkt, daß man mit der eigentlichen Arbeit zufrieden ist, zu sich selber kommt und ins Innere dringt.

9. Januar

Nun habe ich das vorletzte Kapitel des zweiten Buch-Teiles in der Korrektur. Alles fängt an, sich immer besser zu fügen.

Eva las mir aus ihrem Manuskript BRIEFE AUS SCHULZENHOF vor. Die Zeit hat Taten und Begebnisse, die aus dem Aufgeschriebenen auftauchen, wundersam verfremdet. Man kann sich vorstellen, was gewisse Leser sagen werden, wenn sie diese Brief-

 Konzentrate lesen: Ja, die konnten freilich schreiben, in dieser heilen Welt!

Man ist sogar verführt, selber so etwas zu sagen, wenn man mit dieser Vergangenheit konfrontiert wird, die durch die Zeit so etwas wie eine romantische Verklärung erhielt.

11. Januar

Die Korrektur des zweiten Teiles abgeschlossen. Beide Teile zusammen sind fünfunddreißig Kapitel.

Jetzt gehts also an eine Art Neubeginn. Fast die gesamte Personnage wird neu sein, ist noch zu erfinden, desgleichen die Fabel, obwohl sie in den gröbsten Linien der Fabel folgen muß, die wir mit Eva vor genau vier Jahren entwarfen. Vier Jahre! Was für eine Zeit! Und wiederum: Was für keine Zeit!

Die Zwischengeschichten von Rosa und Weißblatt müssen erfunden werden.

Wie auch immer – man muß sich hüten, die Vorhaben anstehen zu lassen, auch verhüten, daß mit der Zeit schwer einnehmbare Wälle aus ihnen entstehen.

12. Januar

Ein entscheidender Tag: Ich entwickelte die Fabel für den dritten Teil des Romans. Es ging gut, ich brauchte nur einen Vormittag, um den Grob-Aufriß zu erfinden.

Das bereits Geschriebene hat freilich dabei geholfen.

13. Januar

Ich diktierte die ersten drei Seiten vom neuen Fabel-Teil. Sohn Ilja ruft von Fürstenberg aus an. Ich fahr ihm bis Menz entgegen. Er war auf der Försterei bei Usadel, hinter Neustrelitz, die er ab März beziehen und bewirtschaften will. Die Landschaft dort ist schön. Hoffentlich stimmen Iljas Träume von dem, was er dort machen und ausrichten will, mit dem, was dort ist und sich verwirklichen läßt, überein.

14. Januar

Wieder gings um drei Seiten weiter. Zwar wollte die Fabel-Führung beim Detail wieder ins Stocken geraten, aber es wurde Rat, weil ich mich drauf besann, daß die Zeit und das Kleben an der Chronologie der Kunst unzuträglich sind und daß ich nur unangefochten von negativen *Ismen* weiterkomme, wenn es mir gelingt, die Chronologie gehörig zu verwischen.

15. Januar

Eine Weile am Detail für den neuen Fabel-Teil gearbeitet. Die Grippe hat mich gepackt. Es ist jene heimtückische mit Untertemperatur. Lange genug habe ich mich vorgesehen und fing sie ab, aber die gestrige Herausforderung (geschwitzt ins kalte Auto) war zu stark. Nun triumphieren die Viren. Ich verbringe sechs Tage in einem Zwischenreich. Die Stimmung ist merkwürdig und gar nicht so übel. Es ist so, als wäre man schon ein bißchen tot, jedenfalls nicht mehr voll verantwortlich im Alltäglichen. Man hat Abstand zu allem, was geschieht, und zu allem, was geschehen sollte. Jegliches Muß wird lächerlich, man muß gar nichts mehr. Die Umwelt muß mit dem zufrieden sein, was von einem noch da ist.

22. Januar

In der Nachbarschaft wurde wieder ein *Geheimer* installiert. Dieses Mal beim Nachbarn Fülster. Ausgerechnet im Winter sucht er hier Wochenend-Quartier. Kein Glatteis hielt ihn ab, seine *Pflicht* zu tun. Zunächst verbreitet er auf dem Vorwerk, daß er *Schriftsteller lernen* will, dabei aber noch nicht ganz fertig ist. Er will sich bei mir noch etwas abgucken, man möge ihm Verbindung zu mir herstellen. Welche Plumpheit! Auch der russische Geheimdienst arbeitete mit solchen *Schreib-Schülern*. Hoffentlich gelingt es mir, ihn bald zu *enttarnen*.

Was den Roman betrifft, so mußte ich über eine Woche pausieren, weil ich krank war. Nun ist da freilich eine Wand entstanden, die durchstoßen werden muß. Der erste Diktierversuch wird zeigen, wie dick die Wand schon geworden ist.

Ganz faul war ich jedoch nicht. An den Tagen, da Eva in Berlin war, saß ich heimlich an der Schreibmaschine und schrieb die beiden letzten Kapitel vom zweiten Roman-Teil ab.

24. Januar

Es ging nach der Krankheits-Pause besser, als ich dachte. Der Damm war rasch durchbrochen.

Die erste Liebes-Nacht, die Rosa und Büdner nach Jahren wieder haben. Liebes-Szenen beschreibe ich ungern. Da versucht meine Sentimentalität mir Streiche zu spielen, oder ich gerate leicht mit der Beschreibung ins Schon-Gehabte. Diese Szene nun scheint mir gelungen zu sein. Wenigstens für heute habe ich diesen Eindruck, in zehn Tagen kanns anders sein.

Eva sagte unvermittelt: Früher, als du noch nicht genug Geld hattest, hätten dich Außenstehende verdächtigen können, du läßt dir das Schreiben so schwer werden, um Geld zu verdienen. Jetzt könnte man solchen Leuten beweisen, daß sie unrecht hatten. Du quälst dich nach wie vor, obwohl du es um materiellen Erlös nicht mehr tun müßtest.

Ich untersuchte, wann und ob ich jemals um materiellen Erlös geschrieben habe. Den OCHSENKUTSCHER schrieb ich als Anliegen, ohne an *Ertrag* zu denken. Vielleicht schrieb ich einige Erzählungen für die Zeitung oder für den Funk, als ich noch arm war, um Geld zu verdienen.

All meine Bücher aber waren Anliegen, wenn nicht persönliche, dann parteiliche.

Der BIENKOPP, der WUNDERTÄTER, PEDRO, der KRAMKALENDER, alles waren persönliche Anliegen.

Und nun, sagte ich zu Eva, schreibe ich gar zum ersten Male von der Position aus, daß nicht veröffentlicht werden wird, was ich schreibe, und auch, was ich dann schreiben werde, wird aus politischen Gründen nicht veröffentlicht werden. So wird es fort und fort weitergehen. Ich werde schreiben und schreiben, bis ich entweder nicht mehr kann, oder bis ich gewahre, daß nur noch Geschwätz ist, was ich zu Papier bringe. Es wird also von nun an bis an mein Lebensende nicht nur das Rechnen mit materiellem Gewinn wegfallen, sondern auch das Rechnen mit öffentlicher Anerkennung. Das wird das *große Abenteuer* meiner letzten Lebensjahre sein.

25. Januar

Bis jetzt gehts ohne Stockungen weiter. Die Hauptsache, daß ich mich nicht zu sehr auf Chronologie einlasse. Nie spürte ich so wie jetzt, daß Chronologie kunstfeindlich ist, daß sie zum Naturalismus verführt. Katajews Hinweis in dieser Angelegenheit hat geholfen, Erkenntnis in mir werden zu lassen, was Ahnung war.

Dieser Prozeß zwischen Ahnung und Erkenntnis heischt die letzte Zeit ausdauernd meine Aufmerksamkeit.

27. Januar

Am Sonnabend gabs die größte Krise bisher mit dem Roman. Die körperliche Schwäche! Ich glaubte, ich müßte die Arbeit an dem Buch aufgeben. Gleichzeitig wußte ich, wenn ich den Roman aufgebe und vor dem Thema kapituliere, werde ich nichts Nennenswertes mehr schreiben.

28. Januar

Am vierten Krankheitstag diktierte ich wieder, schlief aber zwischendrein ein.

29. Januar

Nie habe ich so stark gespürt, daß man als Schreibender ein Instrument von Kräften ist, die sich in bestimmter Weise in Wörtern und erfundenen Handlungen manifestieren. Es schüttelte mich. Mir wurde bewußt, daß die Fabel für den dritten Teil des Romans, so wie sie bis jetzt entworfen war, zu keiner zwingenden Aussage führte. Eine zwingende Aussage für den Fabel-Schluß aber fand ich nicht. Ich mühte und mühte mich. Meine Krankheit, die letzten Wochen, so fühlte ich, hatte in der ungelösten oder in der Unlösbarkeit der Aufgaben ihren psychologischen Urgrund.

Ich hämmerte mir vor dem Einschlafen ein (es war schon mehr ein Bitten und Flehen wie das Flehen um Weiterleben): Du wirst die Lösung finden, du wirst, du wirst.

Am Mittwochmorgen sah es so aus, als hätte ich gefunden. Ich probierte in Gedanken immerzu Handlungsabläufe aus. Einige günstige waren während der Nacht hinzugekommen, aber der Schluß war noch nicht von der Güte, von der er zu sein hatte.

Ich war schon am Morgen, nachdem ich eineinhalb Stunden zugange gewesen war, so erschöpft, daß ich mich wieder mit dem Gehämmer und mit dem Gefleh ins Bett warf: Du mußt, du wirst finden!

Ich schlief ein Weilchen, und als ich erwachte, *schaltete* ich die Fabel wieder ein. Ich ließ sie ablaufen und hatte mit eins den Schluß, den frappierenden Schluß, vor dem ich zunächst erschrak. Bald aber gewöhnte ich mich an ihn; es konnte kein anderer sein.

Noch war die Frage, ob Eva ihn akzeptieren würde. Ich wollte ihr zunächst von der Entdeckung nichts mitteilen.

Dann aber, als ich merkte, wie gut sich nun, nachdem ich diesen Schluß *wußte,* beim Durchprobieren der Fabel Detail an Detail fügte, sprach ich doch mit ihr. Der gefundene Schluß: Büdner mordet aus Notwehr – machte sogleich auch Eindruck auf Eva, und wie immer vergaß sie für Stunden ihre eigene Arbeit (BRIEFE AUS SCHULZENHOF), und wir fabulierten miteinander vor- und rückwärts, und es fügte sich Fabelstein an Fabelstein. Meine Befreiung von Depression und Krankheit war da.

4. Februar

Ich arbeite Tag für Tag an der Ausformung der Fabel. Nun bin ich so gut wie fertig. Solche Geduld zur Fabel-Detaillierung brachte ich bis nun nie auf. Es wird sich bei der Arbeit erweisen, ob sich diese Detaillierung auszahlt und mir die Arbeit erleichtert.

Jeden Nachmittag bin ich ein bis zwei Stunden mit dem Hund in den Torfwiesen, am Waldrand und am kleinen Rhin.

Ich sehe nicht viel, denn ich arbeite auch draußen an der Fabel und ziehe fort und fort das kleine Tonbandgerät aus der Hosentasche und diktiere.

Mit dem Notieren und Detaillieren des letzten Fabel-Teiles bin ich fertig.

Heute fing ich wieder an zu diktieren. Zunächst noch einiges am fünfunddreißigsten Kapitel.

Ich werde mich wohl doch entschließen (wie ganz früher), das täglich Diktierte gleich selber abzuschreiben und zu korrigieren. Mir scheint, wenn man den Text im frühen Stadium visuell vor sich hat und mit der Grob-Korrektur nicht nur von Umständlichkeiten und von ungeschicktem Satzbau befreit, sondern auch vom Handlungs-Rhythmus her verbessern kann, spart man Zeit.

Das Umdiktieren von Tonband zu Tonband scheint den Korrekturvorgang zu verlangsamen und zu verlängern.

5. Februar

Mit dem Roman gehts täglich voran. Die vordetaillierte Fabel verleiht Sicherheit. Das Schreiben macht seit langem wieder Spaß. Liegt es wirklich dran, daß die Fabel nicht präzis ausgearbeitet war, oder kann man sich eine präzise Fabel erst erarbeiten, wenn man sich genug Personnage und Milieu erschrieben hat?

Ein Einfall: Es scheint, so sagte einer zu einem Kommunisten, als ob euer Programm die Gesellschaftsform enthalten würde, die, bei der weiteren Entwicklung und Vermehrung der Menschheit auf der Erde, in der Zukunft unerläßlich sein wird. Eine Frage ist jedoch, ob ihr berechtigt seid, Menschen zu töten, um diese Zukunftsform des Zusammenlebens so schnell wie möglich zu verwirklichen.

Sozialdemokrat! schimpfte der Kommunist.

Der andere erwiderte: Man hat im Mittelalter Frauen, die etwas klüger waren, als sie der *öffentlichen Meinung* nach sein durften, als Hexen bezeichnet und mit diesem Begriff gebrandmarkt und der allgemeinen Dummheit zum Richten ausgeliefert.

Wir sind nicht mehr im Mittelalter, sagte der Kommunist.

Aber du sagst Sozialdemokrat so, wie man früher Hexe sagte.

11. Februar

Das Tagebuch wird vernachlässigt. Die Arbeit am Roman nimmt mich gefangen.

Die Tagebucheintragungen versuchen sich als eine Art Pflicht in meine Tage einzubohren und wollen mich belasten. Ich dränge sie zurück. Das zu Gestaltende hat Vorrang.

28. Februar

Die ganze Zeit nichts ins Tagebuch geschrieben. Der Roman machte sich breit, und es dürfte auch in der kommenden Zeit kaum so sein, daß ich das Tagebuch pflege.

Das ist freilich ein unangenehmes Gefühl, wenn einem tagsüber, neben der Hauptarbeit, dieser und jener Gedanke kommt, den man für wert achtet, daß er im Tagebuch festgehalten werden müßte, und man tut es nicht, weil man noch abends korrigiert. Ausgerechnet am letzten Teil des Romans probiere ich ein anderes Arbeits-System aus. Schrieb ich schon darüber? Ich diktiere drei bis vier Seiten aufs Taschen-Tonband, schreibe dann in die Maschine und korrigiere noch am selben Tage (meist am Abend) den Text zum ersten Mal. Es scheint günstig zu sein, wenn ich den Text möglichst bald, vom Ohr weg, vor Augen habe. Es wird auch bei der ersten Korrektur gleich auf den Rhythmus, überhaupt auf die Melodie des Werkes eingewirkt. Das geschieht nicht, wenn man von Band zu Band diktiert.

18. März

Nachdem ich die Fabel des letzten Teiles vom Roman bis ins kleinste festlegte, gibts weniger Stockungen. Ich schreibe auf ein Ziel zu. Das Ziel ist gewiß und unumstößlich. Das eben war vorher nicht so.

 Freilich gelingt das eine oder andere Stück nicht auf Anhieb, bleibt etwas leer, aber dann arbeite ich es ein zweites Mal. Von dieser Seite her gibts also noch Stockungen, aber sie sind längst nicht so zäh wie früher.

In der Regel diktiere ich morgens drei bis vier Seiten neuen Text (Erfindungen). Am Nachmittag oder am Abend straffe ich diesen Text schon, lese ihn mehrmals und entferne alles *Fett* und alle *Spreu*.

Mit dem Umdiktieren von Band zu Band verlor ich viel Zeit. Muß ich traurig sein um diesen Zeitverlust?

Ich werde vom Geheimdienst überwacht. Post wird einbehalten. Von manchen Postsendungen, über die man sich mit dem Absender inzwischen mündlich verständigen konnte, weiß man es. Büchersendungen aus Österreich sind einbehalten worden. Der Stalinismus blüht.

24. März

Mein Tagespensum am Roman ist größer als je, seit ich an ihm arbeite. Ich reite selten, gehe kaum spazieren. Eine Lust hat mich gepackt, wo und was ich innerhalb des Romans auch anfasse, alles läßt sich nach kurzer Überlegung darstellen. Wenn ich mir die vorderen Teile ansehe, so kommen sie mir vor wie das Gerippe von dem, was ich daraus machen werde.

Jetzt bin ich (nach so vielen Jahren) wirklich in den Fluß gekommen.

Mir scheint, es brauchte die viele Zeit, damit das, was ich schreiben wollte, von dem, was ich schreiben mußte, besiegt werden konnte.

Es wird interessant sein, den Entwurf der Fabel, den wir mit Eva zu Anfang, vor vier Jahren, machten, mit dem zu vergleichen, was sich schließlich gegen sie durchsetzte.

Endlich kam die Büchersendung aus Österreich an,

zwei Taschenbücher. Die waren sechzig Tage *unterwegs*. Beide Sendungen trugen einen blauen Dreiecks-Stempel und die Zahl vierundvierzig daneben. Die Zahl neben dem Stempel ist neu. Was sie bedeutet, braucht ein Bürger nicht zu wissen, die Hauptsache, die Geheimdienste wissen es. Das eine der Taschenbücher ist von einem amerikanischen Psychologen und handelt von Bewußtseinserweiterung. Es enthält nicht ein politisches Wort. Das andere, die Autobiographie der Witwe Mandelstams, ist brisant, und auf dem Deckel kann man lesen, daß es ein anti-stalinistisches Buch ist. Man hätte es gewiß nicht ausgeliefert, wenn es nicht *eingeschrieben* aus einem kapitalistischen Staat gekommen wäre. Da war was nachprüfbar, und man will sich auf der künftigen Nach-Helsinki-Konferenz in Belgrad nicht nachsagen lassen, daß man die Lektüre von Schriftstellern zensiert.

25. März

Mit der Arbeit am Roman gehts gut, und ich wünschte, es wäre immer so gut gegangen; jeden Tag drei bis vier Seiten, allerdings von unterschiedlicher Qualität, doch ich weiß oft am Abend beim Durchkorrigieren schon, wo mir etwas nicht gelang. Das ist viel wert. Ich halte mich nicht dabei auf, es ein zweites Mal zu schreiben. Nun kommt es drauf an, das Ende des Romans herunterzuschreiben. Von *hinten* wird sich dann alles viel besser korrigieren lassen.

Gestern eine kleine Kontroverse mit Eva. Sie war nicht zufrieden damit, wie ich die Vergangenheit von *Lukian List* erzähle. Ich hatte nur Lebensstationen notiert und sie psychologisch begründet. Eva war das zu nackt. Ich wies ihr nach, daß Tolstoi und Balzac es zuweilen so machten. Sie ließ es mir nicht durchgehen. Es gehöre nicht zu meiner Art; ich würde sonst alles *bildlich* machen.

 Ich blätterte bei verschiedenen Klassikern nach und fand sowohl die eine wie die andere Methode. Ganz frei vom unbildlichen Erzählen ist Hemingway, vielleicht auch Babel. Ich gab am Abend zerknirscht zu, daß Eva recht hatte mit ihrer Behauptung, unbildliches Erzählen gehöre nicht zu mir. Aber man will auch zuletzt gern schummeln und rascher vorankommen. Wie gut, daß Eva auf mich aufpaßt.

Aber, damits nicht einseitig wird: Ich habe ihr beim Redigieren der BRIEFE AUS SCHULZENHOF dafür nützlich sein können, habe sie vor allem in den letzten Tagen vor einem Nachwort bewahrt, das dem Inhalt der Briefe (also dem ganzen Buche) entgegengestanden hätte. Der Lektor C. kriegte seine Nachwortsucht nicht gestillt.

Hemingway bekam für mich durch diesen Zwischenfall eine neue, interessante Seite. Mir scheint, die zeitgenössische Kritik unterschätzt seinen Roman ÜBER DEN FLUSS UND IN DIE WÄLDER.

31. März

Auf einmal wieder eine Krise beim Schreiben. Ich hatte die Begegnung von Büdner mit Lukian List zu früh angesetzt. Dadurch entstand ein dramaturgisches Loch. Das Loch war nicht zu stopfen. Ein Stoff hat, wenn er bis zu einem gewissen Punkt entwickelt wurde, seine Eigengesetze, die muß man herausfinden. So ist es auch mit den Personen, die man erfindet. Wenn man genügend über sie imaginiert hat, werden sie selbständig.

Dann verlangen sie, was ihnen zuzukommen hat. Das ist einer der unerklärlichen Punkte in der Schriftstellerei. Nur eitle und ideologisch verblendete Literaten werden die Unerklärlichkeit solcher Punkte leugnen.

4. April

Weiterhin ist alles machbar. Freilich ist bei mir, wie stets, der Hang vorhanden, eine bestimmte Art und Weise, etwas zu machen, zu verabsolutieren: wenn ein *sakraler* Ton mit viel Unds, wie in der Bibel, dann durchweg sakraler Ton und nichts anderes mehr. Wenn Verknappung, dann Verknappung, bis es anfängt, rhythmisch zu werden (mit dieser Tour habe ich mir beim WUNDERTÄTER I einige Jahre lang alles zerschrieben). Seit ich nun mit gutem Ergebnis, wie mir scheinen will, zum ersten Mal den inneren Monolog nutzte, ist der Hang wieder da, ihn ausschließlich zu benutzen und den Autorenkommentar ganz wegzulassen. Wieder heißt es also, Obacht geben, daß keine *Manier* dabei herauskommt.

Es ist vielleicht kein Zufall, daß ich leicht zum Sektierer werde, oder umgekehrt, daß bestimmte Eingleisigkeiten mir zusagen. Zugleich aber ist soviel Lebenskraft in mir und eine scharfe Beobachtungsgabe, daß Eingleisigkeit mich nicht lange befriedigt. Von der Eingleisigkeit, die Marxismus und Partei für mich waren, kam ich innerlich zwar auch rasch, aber äußerlich sehr mühsam los.

12. April

Wie kommts, daß diesmal bei der Roman-Arbeit so häufig Krisen da sind? Ich verliere zu oft die Melodie. Dieser Roman verträgt nicht den straffen Fabel-Stil, er braucht den psalmodischen Stil, und er braucht unbedingt den inneren Monolog. Der psalmodische Stil und der innere Monolog sind bei Hemingway ausgeprägt. Sobald ich sie eine Weile verwende, weil mein Stoff sie verlangt, kommt die Besorgnis, daß, was ich schreibe, sich anhören könnte wie der Text eines Hemingway-Epigonen. Dann wechsle ich wieder zum

 Bienkopp-Stil und straffen Fabel-Stil über und merke sehr bald aufs neue, daß sich der Romanstoff damit nicht bezwingen läßt, und ich wechsele wieder. Ich hüpfe hin und her, und ich bin das eine Mal unglücklich, weil ich die Reflexionen, die der Roman (gerade dieser Roman) nötig hat, nicht im Text habe und weil er unpoetisch ist, und das andere Mal bin ich unglücklich, weil ich glaube, ein Hemingway-Epigone zu sein.

14. April

Nun bin ich überzeugt, daß dieser Roman den psalmodischen Stil mit innerem Monolog braucht.

Ich kriegte abgeschriebene Teile zurück, und ich las sie, und ich stellte fest, daß sie standhielten. Das ist eine einigermaßen verläßliche Probe.

Ich sah bei Hamsun nach und war erstaunt, daß auch er durchaus mit dem inneren Monolog arbeitet. Es fiel mir bisher nicht auf, weil er den inneren Monolog anders einleitet, auch ableitet, als Hemingway.

Dann sah ich bei mir selber nach, und zwar in der BLAUEN NACHTIGALL, die ich im psalmodischen Stil geschrieben habe. Sie las sich gut und roch kein bißchen nach Hemingway.

Wie unsicher man doch ist, obwohl man lange weiß, daß jeder Stoff seine eigene Melodie verlangt, und man findet sie zwischendrein, aber man glaubt nicht (glaubt sich nicht), daß man sie gefunden hat.

20. April

Der Partei-Ausschluß von Büdner (etwa sechzehn Seiten) gelang mir gut. Nun mußte Rosa endlich gründlicher *behandelt* werden. Das gelang nicht auf Anhieb.

Gestern las ich Eva die zehn geschriebenen Seiten

vor und merkte, beim lauten Vorlesen, daß sich
Langstiligkeit eingeschlichen hatte. Also wieder neu anfangen!

War das überhaupt in meiner Schreib-Schaffenden-Laufbahn mal so, daß etwas stehenbleiben konnte, was geschrieben war?

Durch die Krankheit bedingt, viel Lebensunlust, sogar Todessehnsucht beim Betrachten des Begräbnis-Fotos von Pasternak.

Immer mehr Reue über meinen Umweg durch die Politik, der dreißig Jahre lang war. Ein Beweis, daß der Mensch seine eingeborenen Instinkte nicht unterdrücken darf, und eben das tat ich. Ich bin apolitisch angelegt. Nach dem zweiten Weltkrieg zwang ich mich in die Politik hinein, ich fing an zu glauben, daß ich mit meiner apolitischen Haltung die Barbaren begünstigt hätte, aber bereits zehn Jahre später stellte ich fest, daß ich mit meiner mühsamen Politisierung andere Barbaren begünstigte.

28. April

Schon zwei Tage experimentiere ich wieder mit dem Rosa-Kapitel. Es will sich nicht fügen. Nun glaub ich aber gefunden zu haben, wie man Rosas Geschichte interessant (und aufs Wesentliche beschränkt) erzählen kann. Büdner soll Rosa interviewen.

18. Juni

Auch wenn äußerlich alles dagegen spricht, die Demut ist es, die letztlich siegt.

Ich habe lange nicht eingeschrieben. Die Arbeit am Roman zehrte mich aus und machte mich unlustig, etwas ins Tagebuch einzutragen.

Vom 1. bis 29. Mai waren wir in der Slowakei zur Kur. Ich nahm mir vor, während der Kur fleißig am Roman zu arbeiten. Das neue japanische Taschen-

 Recorder-Gerät erlaubte es mir. Ich hielt mein tägliches Pensum von mindestens drei Schreibmaschinenseiten ein, und doch brachte ich den Roman nicht, wie ich hoffte, zu Ende.

21. März 1978

Um 16 Uhr den WUNDERTÄTER III abgeschlossen. Jetzt kanns nur noch kleine Feilereien am Manuskript geben und das Verlebendigen von ein, zwei Szenen, die ich schon herausfand.

22. März

Ich habe an den Lebensläufen vieler Menschen und an vielen Handlungsbahnen gestrickt, fünf Jahre lang, und ich habe sie nun mit einem Saum versehen und darf sie fallen lassen, alle zugleich. Es sollte für eine Weile Stille in mir sein.

Aber so eindeutig los bin ich den Roman, wie sich herausstellt, doch nicht.

Ich gehe nach vierzehn Tagen fieberloser Grippe und Stuben-Haft im prallen Sonnenschein, bei kühlem Wind, nachmittags an den Thörn-See, und da verfolgt er mich schon wieder, der Roman, nämlich jene Stellen, an denen ich noch etwas zu bessern und zu verlebendigen weiß.

Ich kann noch nicht herausspüren, ob mich diese kleinen Stellen weniger drücken, als der ganze Roman es getan hat.

In das entstandene Pflichten-Loch, das durchs Beenden des Romans entstanden ist, schiebt sich der Pflicht-Druck, der von einem Stoß unbeantworteter Briefe ausgeht.

3. April

Während all der Tage am Roman gebessert. Kleine Passagen umgeschrieben. Wie immer ging Eva alles mit Eifer, als ginge es um die eigene Arbeit, wieder und wieder durch und fing, außer unkorrekten Interpunktionen, noch diesen und jenen Fisch.

4. April

Am Nachmittag Cheflektor C. und die Lektorin P. Zunächst wird mir Literaturklatsch serviert. Mir will der Mut sinken, denn in einer Ledertasche nahbei stecken die drei Abschriften des Romans.

Es langweilt mich, es empört mich schließlich, Klatsch über die Machinationen von Kulturfunktionären zur Kenntnis nehmen zu müssen, und dort in der Tasche der fertige Roman, und man spricht nicht über ihn.

Schließlich schleppen sie ihn fort. Die P. ihr Manuskript in einem Einkaufsbeutel, C. seine zwei Durchschläge mit der Taxe. Sie schleppen Sprengstoff davon. Sprengstoff aber nur, wenn mans von den Dogmatikern her sieht. Leser, denen das Rechts- und Gerechtigkeitsgefühl nicht verlorenging, werden den Roman begrüßen, wenn er gedruckt werden sollte.

5. April

Verlagsdirektor V. zu Mittag bei uns und um ein wenig zu lauschen. Lies mal erst, sage ich ihm.

6. April

Nun komme ich mir vor wie arbeitslos. Morgens um sechs Uhr saß ich sonst am Roman. Jetzt umlungern mich lauter Unwichtigkeiten. Jeder Scheiß-Brief kommt heran und trumpft auf, als wäre er wer.

Um den Roman ist alles ruhig.

7. April

Um den Roman alles still.

8. April

Der Roman ist abgegeben, aber ich gehe umher wie ein Mörder, der bangt, daß man seine Tat bald entdecken wird.

Kann es soweit kommen, daß ein Mensch fürchtet, zur Rechenschaft gezogen zu werden, wenn er aufschreibt, was er in seiner Umgebung und in seiner Gesellschaft, in der er lebt, durchschaute und erkannte?

Das ist so, weil ich bereits in der zweiten Diktatur lebe und weil in beiden Diktaturen (auch in der zweiten, von der ich etwas erhoffte) nach dem Grundsatz gehandelt wird: Wer nicht für uns ist, ist gegen uns, und wer uns kritisiert, ist ein Abgesandter des Feindes.

Ob Rechts-, ob Links-Diktatur, in beiden wird der Geist vergewaltigt. In der einen wird der anderen vorgeworfen, daß sie den Menschengeist knechtet, und umgekehrt. Wie kann ein denkender Mensch das gutheißen? Er heißt es nicht gut, doch allmählich bildet sich in ihm das Gefühl heraus, ein Ketzer, ein Verbrecher zu sein. Er ist allein, und derer, die der Diktatur lobsingen, sind viele.

Drüben sind die Konzern-Verwalter und Aktien-Inhaber Großverdiener, und bei uns, da sind die Staatsverwalter Großverdiener, die sich zwar nur ein vertretbares Salär aus der Staatskasse nehmen, sich dafür aber so viele Privilegien aneignen, daß sie nicht unterm Lebensstandard von Kapitalisten stehen.

Der Mittelstand verschwindet hüben und drüben im Namen des sogenannten Fortschritts, ökonomisches Hexen-Einmaleins.

 Wenn der Roman fertig ist, wollte ich poetische Miniaturen schreiben, aber ich schreibe Polemisches, sehe ich. Es wird nötig sein, das politische Polemisieren zurückzudrängen.

9. April

Bücher, an denen man zwei, drei oder auch fünf Jahre schrieb, werden von sogenannten Freunden mit drei Sätzen, die oft genug nichts als Floskeln sind, abgetan.

Ähnlich gehen die sogenannten Kritiker mit dem Leben um, das du in Form von Büchern von dir gibst. Sie fertigen es mit einigen schnodderigen Sätzen *ab* und tun, als sei ihre Meinung, weil ihnen das Privileg eingeräumt wurde, sie drucken zu lassen, die Meinung der Welt.

Nur wirkliche Leser lassen dich von Zeit zu Zeit wissen, daß sie das, was du mit Leben erkauftest, für ihr Weiterleben fanden und benutzten.

Vom Roman höre ich nichts.

Es geht noch immer unruhig in mir zu. Ich habe mich noch nicht auf das *Nichts* eingestellt wie damals nach der *Bienkopp-Affäre*, auf dieses *Nichts*, aus dem dann der KRAMKALENDER entstehen konnte.

Es sollte verhindert werden, daß Dr. P. als Gutachter für meinen Roman bestellt wird. Man weiß nicht, ob er auf einer oder auf zwei Schultern trägt, hieß es. Eva rief Lektor C. an. Er war nicht bereit, auf das Gutachten von Dr. P. zu verzichten. Vom Roman hatte er offenbar bisher noch keine Zeile gelesen.

Eva rief die Lektorin P. an und fragte sie: Wie liest es sich? Ist dir beklommen?

Ja, schon. Ist euch nicht beklommen? fragte die P. zurück. Sie hat ungefähr die Hälfte des Romans gelesen. Sie liest anscheinend gleich mit dem *Rotstift*. Jede politisch fragwürdige Stelle, die sie passieren läßt, könnte von der Zensur beanstandet werden und zu unangenehmen Konsequenzen führen. Als die ersten sechs Kapitel vom WUNDERTÄTER III in der Literatur-Zeitschrift abgedruckt wurden, fragte ich die P.: War dir das zu scharf? Die P.: Es kann für mich gar nicht scharf genug sein. Und nun?

Ich komme mir wie ein Grundschüler vor, der sein Aufsatzheft abgab und nun wartet, was der Lehrer ihm alles anstreichen wird. In diese Lage hat man mich, den fünfundsechzigjährigen Alten, gebracht. Ich bin selber schuld, weil ich mit meinen Erfahrungen und Erkenntnissen auf den Markt ging.

Einstmals geplantes Motto für den WUNDERTÄTER III: (Lermontow): Sie haben mich gepeinigt, weil ich zu denken wagte, sie haben mich gesteinigt, weil ich mein Denken sagte, weil ich es sang in Liedern, voll Wahrheit und voll Glut. Sie konnten nicht erwidern, daher die ganze Wut.

13. April

An der *Roman-Front* fängt es sich an zu rühren. Eva rief den Verlagsleiter V. an. Er sprach unaufgefordert vom Roman, hatte dreihundert Seiten gelesen und war begeistert. Ein unerhörtes Buch, das! sagte er.

Kein Grund jedoch zu üppiger Freude. Nach Seite dreihundert kommen erst Abhandlungen zum Thema Stalin.

Am Abend rief die Lektorin P. an. Sie hätte zu Ende gelesen und wäre gerührt. Ich bin nicht jemand, der Lob zu drechseln versteht, sagte sie. Natürlich müßte man über diese und jene Sache sprechen. (Ich konnte mir denken, um welche Sachen es ging.) Ich fragte die P., ob sie schon mit dem Chef-Lektor oder gar mit dem Verlagschef gesprochen habe, ob sie sich ihr Urteil hätte bestätigen lassen.

Nein, das hätte sie nicht.

Also hat sie Zivilcourage, das muß ich ihr anrechnen. Sie hat sich jedenfalls nicht wie eine Beamtin verhalten.

14. April

Um den Roman alles ruhig.

15. April

An der *Roman-Front* alles still.

16. April

An der *Roman-Front* ists immer noch verdächtig ruhig.

Immer wieder ertappt man sich dabei, zu denken, daß man sich ausgeliefert hat. Ausgeliefert an Menschen, die möglicherweise gar nicht brauchen, was man aufschrieb, oder die es zwar brauchen, es aber lieber ungesagt wissen würden, weil es sie zu Entscheidungen zwingt, zu politischen Entscheidungen, die sich ungünstig auf die Funktion auswirken könnten, mit der sie ihr Brot verdienen.

Das denke ich im Wechsel mit kraftvollen Gedanken, die mir werden und wie Erlösung sind: Was machst du dich klein, heißt es da. Das sieht ja aus, als hättest du nicht schreiben müssen, was du schriebst, um endlich mit diesem politischen Gerangel fertig zu werden, in das du dich nach dem Kriege aus *Bußfertigkeit* hineinziehen ließest. Ergib dich, laß alles seinen Gang gehen.

Wenn du schreiben mußtest, und das mußtest du, wird das Geschriebene, als eine aus dir gestellte Kraft, sich seinen Weg schon bahnen.

17. April

Ich war guter Stimmung, als ich nach Berlin fuhr, und hatte sogar eine leise Ahnung von dem, was ich nun, nach dem dritten WUNDERTÄTER, würde schreiben müssen. Da las ich im Neuen Deutschland einen stalinistischen Artikel zur Literaturpolitik. Die Leute in der Kultur-Abteilung wissen angeblich nicht, wer ihn in Auftrag gab. (Wahrscheinlich Leute vom Geheimdienst!) Es wird also wieder rückwärts gedreht. Es erregte mich bei meiner besonderen Situation mit dem Roman.

18. April

An der *Roman-Front* alles ruhig. Es scheint sowohl dem Lektor C. als dem Verlags-Chef V. den Atem verschlagen zu haben, daß ich an ein Tabu tastete, das Stalin heißt. Die Normen, die dieser, noch immer sozialistische, Heilige ins Parteileben einbrachte, sind zwar zum großen Teil unmenschlich, aber es regiert sich so bequem nach ihnen.

19. April

Übernervös durch das Warten auf ein Ergebnis in Sachen des Romans.

Aber habe ich die Wahl gehabt? Konnte ich ihn anders schreiben, als er nun vorliegt? Mußte ich mich nicht durch ihn hindurchschreiben, um zu etwas Neuem zu kommen?

20. April

Eva ist lieb und verständnisvoll. Sie hat den Roman auch zu ihrer Sache gemacht.

21. April

Die Verlagsleute wollen kommen. Wir wappnen uns mit Ruhe. Linie: Sobald sie zuviel auszusetzen haben, ziehe ich den Roman zurück, kassiere die drei Durchschläge. Wenn also (die immer nur relativ schuldigen) Verlagsleute der Meinung sind, man könne nicht gut ausgewogen und dialektisch über Vorgänge und Er-

160 eignisse (politische) schreiben, die sich vor fünfundzwanzig oder dreißig Jahren in unserem Lande zutrugen, dann kann man auch nicht auf den Schriftsteller-Kongreß gehen und die Partei-Öberen und Regierungsvertreter begrüßen.

Nun sind sie dagewesen. C. und P.; um elf Uhr fingen wir an zu verhandeln, um zwanzig Uhr fuhren sie davon. Mit soviel Verständnislosigkeit hatte ich nicht gerechnet. Nun stellte es sich heraus: Sie sind nicht imstande, ein Manuskript zu lesen, ohne zu befürchten, daß sie ihre Funktion verlieren. Nein, sie können nicht unvoreingenommen lesen. Ihre Angst vor der politischen Verantwortung verstecken sie hinter künstlerischen Argumenten. Die P. behauptet, der zweite Teil des Romans falle künstlerisch ab. C. behauptet, die Komposition und die Dramaturgie stimmen nicht. Außerdem enthalte der Roman historische Ungenauigkeiten.

Nun muß ich still sein und lauschen, was will das Leben von mir, wenns mir diese, wenn auch noch so unzulänglichen, Einwände entgegenstellt? Wie soll ich mich verhalten?

Es wird sich klären. Zur Zeit neige ich dazu, das Manuskript zurückzuziehen.

Wir wollen den letzten Teil, der angeblich künstlerisch abfällt, heute und morgen laut lesen. Eva will das Lesen übernehmen.

Während der Verhandlungen mit den Lektoren erscheinen, unangemeldet wie stets, Kurt Seibt und seine Frau Edith. Ich separiere mich mit ihnen, während Eva oben in meinem Zimmer mit den Lektoren weiter verhandelt. Es stellt sich heraus, daß auch die Seibts des Romans wegen gekommen sind. Seibt ist Leiter der Zentralen Partei-Kontroll-Kommission. In meinem Roman ist die Zeit beschrieben, als Seibt in Potsdam Bezirks-Sekretär war. Seine Frau

Edith, die ein Jägerhütchen trägt, hat einzuwenden: Ich möchte mal sagen (immer in bezug auf die fünfzig Seiten Vorabdruck in der Literaturzeitschrift), es ist nicht zu sehen, wie es doch auch vorwärtsgeht bei uns.

Wirklich, wie aus dem Roman entsprungen, das Ehepaar Seibt.

Ich habe bis einundzwanzig Uhr mit ihnen zu tun, verwickle Seibt in Gespräche, führe ihn in politische Sackgassen, doch stets, wenn es kritisch wird, wo er *Selbstkritik üben* müßte, zieht er sich zurück, mag er nicht weiterdenken. Das ist nun mal so, sagt er.

22. bis 24. April

Jetzt hörts auf, von der Weisheit zu reden, über sie zu lesen und nachzudenken. Jetzt heißts weise sein!

Jetzt hörts auf, davon zu schreiben und damit zu liebäugeln, daß man schreibe, was man schreiben muß, ohne Rücksicht darauf, ob das, was man schreiben mußte, gedruckt wird. Alle Bemühungen, den Roman zu verbessern, die außerhalb des Künstlerischen liegen, sind jetzt Selbstverrat.

Es gibt Leute, die reden davon, daß sie *eigentlich* einsam leben müßten, um es mit sich zu was zu bringen, aber sie haben die Einsamkeit an sich nicht erprobt. Ein wenig anders steht es mit mir. Ich lebte als einziger Deutscher, und auf mich gestellt, auf der Zykladen-Insel Ios, und ich habe mich auch sonst im Einsamsein erprobt.

Erprobt habe ich mich noch nicht darin, etwas zu schreiben, was wahrscheinlich erst nach meinem Tode veröffentlicht werden kann. Aber das will und muß ich jetzt lernen.

Nach dem Gespräch mit den Lektoren lud Eva (immer die beherzte Eva), fast diktatorisch, Freundin Hildchen und Sohn Erwin ein. Sie sollten (ihr müßt!)

 als Zuhörer fungieren. Eva hatte sich vorgenommen, das letzte Drittel des Romans laut zu lesen. Wir wollten kontrollieren, ob wahr ist, daß dieser Teil künstlerisch abfällt, wie die P. sagte, oder ob sich hinter diesem Vorwand nur politisches Unbehagen versteckte.

Doktor Hildchen und Sohn Erwin kamen. Eva las den Sonnabendnachmittag lang und las am Sonntagvormittag und am Sonntagnachmittag. Eine körperliche und stimmliche Leistung, dabei kaum *Verleser*, die ganze Zeit.

Unsere Feststellung: Das künstlerische Unbehagen der Lektoren war nur an wenigen Stellen berechtigt. Man kann da mit Kürzen und Zusammenziehen, auch mit dramaturgischen Umstellungen, Behagen schaffen. Bestimmend für die Unzufriedenheit der beiden Lektoren ist aber erkennbar das politische Unbehagen gewesen.

Dazwischen hört man Tag und Nacht den Balzruf der großen Rohrdommel vom Thörn-See herüber, und der Gimpelhahn sitzt auf dem Apfelbaum vor Evas Stubenfenster und läßt seinen Trauerton hören.

Das war ein merkwürdiger Sonntag. Wir werden lange an ihn denken, werden ihn als Neunzigjährige, mit wackelnden Köpfen, erwähnen, sagte Eva. Das erste Mal seit jener Zeit, da er ein Knabe war, umarmte ich meinen Schauspieler-Sohn Erwin, ich hatte das Bedürfnis. Da war mir ein Kamerad zugewachsen, klug, liebevoll und doch unbestechlich in seinem Urteil, das erstaunlich sicher war.

Und Doktor Hildchen, der diese Eigenschaften fehlen, wog alles mit Treue und Zuneigung auf.

Am Abend rief ich die Lektorin und den Verleger an und teilte ihnen den Beschluß mit, den wir mit Eva gefaßt hatten: Komme am Dienstag und hole die Manuskripte ab. Legt sie bereit!

Die Lektoren redeten noch etwas herum, machten diesen und jenen Kompromißvorschlag. Ich schnitt alles ab.

Der Verleger zeigte sich erleichtert, er hätte schon nächtelang nicht geschlafen. Bisher hatte er nur mehr siebenhundert Seiten gelesen, nun wolle er flugs bis Sonntag zu Ende lesen. Auch das wird er nun mit Erleichterung tun. Er ist ja vorläufig nicht mehr verantwortlich.

Unser Plan: Das, was künstlerisch am Roman zu verbessern ist, werden wir verbessern. Es ist nicht erheblich. Immerhin wird es aber nötig sein, sich nochmals intensiv mit dem Roman zu befassen, von dem man sich schon befreit wähnte.

Dann, wenn wir ganz sicher sind, daß künstlerisch alles in Ordnung, dramaturgisch alles elegant gemacht ist, soll das Manuskript wieder in den Verlag und soll weitergereicht werden bis zu der Stelle, die bekennen muß: Über die Stalin-Verfehlungen darf nach über fünfundzwanzig Jahren gesprochen werden oder nicht.

Gut wäre, wenn ich bald in eine neue Arbeit hineinkäme. Mir schwebt dies und das vor. Ich will in Demut auf Entscheidungen warten, die mir aus dem Absoluten zugespielt werden. Fünf Jahre meines Menschenlebens für nichts dahingegeben zu haben, das kann das große Leben doch nicht von mir gewollt haben!

Habe ich gestohlen, gemordet, oder habe ich, was ich miterlebte (künstlerisch umgesetzt), niedergeschrieben?

24. April

Nachts schlafe ich ruhig, habe Träume, die ich am Morgen schon nicht mehr weiß, nur das Gefühl, daß sie nicht schlecht waren.

 Aber beim Erwachen stürzt es auf mich ein: Du hast im Augenblick kein Werk, an das du dich sogleich heranmachen wirst, keine Freude. Im Gegenteil, es beschleicht mich der Vorwurf, fünf Jahre an etwas gearbeitet zu haben, das eine große Gruppe von Menschen dieses Landes für schädlich hält.

Ich muß mich selber beschwichtigen und mir einsagen, daß jene Menschengruppe moralisch und ethisch, auch musisch gesehen, nicht eine der besten Menschengruppen ist und daß mein Irrtum war, mich einst vor dreißig Jahren ihr zuzugesellen.

Wie kann eine Ansicht von der Welt, die man dreißig Jahre lang (mit abfallender Tendenz) für richtig hielt, in Monaten und Tagen in einem ausgelöscht sein, wenn man nicht in der Lage ist, sie minütlich, mit gleichmäßiger Kraft zurückzuweisen?

Und dann denke ich schließlich, daß ich lernen muß, mit einem fertigen Werk Seite an Seite in der Stille zu leben, bis der Zeitpunkt heran ist, an dem sich dieses Werk in der Zeit und unter den Zeitgenossen zeigen darf. Und die Zeitgenossen sind nun einmal die oben Geschilderten.

25. April

Bei dem Vorbereiten für die Fahrt nach Berlin geschieht es, daß ich mit eins weiß, was ich als nächstes schreiben werde. Seit längerer Zeit stehen mir zwei Möglichkeiten zur Verfügung: DER LADEN, meine in einen Roman übersetzte Kindheit, oder DAS BUCH OHNE ENDE; ein offenes Buch, gefüllt mit kurzen, poetischen *Kabinettstücken* aus der Jetztzeit, der Vergangenheit und der Zukunft.

Aber nun bin ich sicher, es wird zuerst DER LADEN sein. Es traf mich. Einen Blitz lang lag alles, was darin zu sagen ist, vor mir. Es arbeitete schon in mir. Oh, wie ich das nötig hatte! Ich konnte nicht anders, ich mußte es Eva, der lieben Frau, der guten Kameradin, mitteilen.

25. April

Ich glaube doch, daß es richtig war, die Geschichte eines Schriftstellers in unserer Zeit zu schreiben und zu beschreiben, wie arm er dran ist, obwohl ich weiß, daß kein Dichter, der auf Wahrheit aus war, zu irgendeiner Zeit besser dran war.

Gut gewappnet, mit der Aussicht auf mein neues Vorhaben, den LADEN, ging ich in den Verlag und holte die Manuskripte ab. Die P. gab mir das ihre zwischen Lachen und Weinen heraus. Ich steh doch dahinter, ich fürchte mich doch nicht vor Unannehmlichkeiten und Konsequenzen, ich kleb doch nicht an meinem Lektorinnenstuhl, ich geh doch als Straßenfegerin, wenn es sein muß, sagte sie.

Alles leicht und rasch hingesagt in einem solchen Augenblick.

Mit dem Verlagsleiter unterhalte ich mich wohl zwei Stunden. Ist das Buch schädlich? frage ich ihn. Würde es die Republik *unterminieren?* Was man einen Mann so fragt, dessen Wohl und Wohlstand vom Einssein mit den staatlichen und parteilichen Mächten abhängt.

Wie ich über eine Stunde lang so mit ihm rede, sieht er ein, sein Unbehagen beim Lesen wurde durch die Tatsache hervorgerufen, daß ich *Tabus* aufgreife, und die gewagteste Tabu-Verletzung ist für ihn das Stalin-Thema. Andererseits sieht er täglich im praktisch-politischen Leben, daß die Stalin-Zeit in etwas abgewandelter Form wieder vor der Tür steht. Er gibt das unaufgefordert zu. Das Buch, der Roman, wäre wirklich nötig.

Wie lange diese *Bereitschaft* des Verlegers vorhalten wird, weiß man nicht. Wir verblieben so: Ich sehe also nochmals alles durch, straffe dramaturgisch, wo es nötig ist und bin sogar bereit, an einigen Stellen, in denen die Partei zu *morbid* gezeigt wird, *kosmisch* zu relativieren, sonst aber keine Konzessionen zu machen. Der Roman muß seine Brisanz behalten.

26. April

Keiner, außer Eva, weiß, was für eine Last ich heute wieder in einem gelben Lederkoffer nach Schulzenhof befördere.

Trotzdem gehe ich selig umher (wie ist das nur möglich!). Ich schreibe, wo ich sitze, stehe, oder ob ich in der unterirdischen Bahn fahre, am neuen Roman, der vielleicht gar nicht DER LADEN heißen wird und der womöglich gar nicht so beginnen wird, wie er jetzt beginnt!

Meine Tante ist eine Hexe, kornblond, hager und klein. Sie vollbringt Wunder auf Wunder. Sie hat gehext, daß wir in ihr Dorf zogen. Heute sind wir angekommen. Heute – das ist der neunzehnte Juni neunzehnhundertneunzehn. Man muß die Zahlen, wenn man nicht im Rechenbuch schreibt, ausschreiben, haben sie mir gesagt. Ich bin sieben Jahre alt, gehe seit Ostern in die Schule. Ich habe die falschen Jahre, sagen sie mir. Manche sind erst sechs Jahre und gehen schon in die Schule. Darüber kann man noch reden, wenn Zeit ist . . .

27. April

Hat man mitgemacht, oder hat man sich nur diszipliniert verhalten? Das muß von Fall zu Fall entschieden werden.

Ich lese im Tagebuch aus dem Jahre neunzehnhundertsechsundsechzig eine Episode aus Moskau, aus der gediegen hervorgeht, daß ich nicht mitmachte.

Das Gespinst aus Ränken und Übervorteilungen,

das die Herrschenden eines jeden Landes herstellen, um herrschend zu bleiben, wird Politik genannt.

30. April

Im Autoren-Kommentar muß ich durchgehend zeigen, daß die geistigen Lebensbedingungen eines Schriftstellers und die eines durchschnittlichen Genossen sich nicht gleichen. Allen geht es gut und besser, nur er hat zu klagen (auf Büdner bezogen). Übrig bleiben Rosa, von der Büdner instinktiv ahnt, daß sie weiß, was er braucht, und Friede Zaroba, den er schließlich findet.

Deshalb muß, was Friede Zaroba ihm gegen Schluß des Romans über das künftige Verhalten beim Schreiben empfiehlt, schon früher als Vorstellung in ihm auftauchen.

Ich glaube, die Vorstellung taucht schon auf, als Büdner an anderer Stelle meditiert, aber man muß diese Stelle verstärken. Vor allem ins Bild führen, daß im *Oberbüro* immer wieder verlangt wird, die Schriftsteller müßten Kontakt zur Basis halten, und zeigen, daß jene Obergenossen das keinesfalls tun.

1. Mai

Ich trage ins Tagebuch nichts mehr ein. Wir sind zur Kur in der Slowakei. Während dieser Zeit überarbeitete ich meine Mappe Romanmanuskript, die ich mitgenommen hatte. In der Passage von Büdners Berliner Zeit mangelte es hier und da an dramaturgischer Dichte.

27. September

Roman. Jawohl, es ist immer noch vom selben Roman die Rede, vom WUNDERTÄTER III. Seit meiner Rückkehr aus der Slowakei bin ich wieder tief in ihn hineingekrochen. Ich muß lächeln über einen Satz, wie ich ihn in der Tagebuch-Eintragung vom zweiundzwanzigsten März lese: Ich habe an den Lebensläufen vieler Menschen gestrickt und darf sie fallen lassen, alle zugleich . . .

Es gab so manchen Lebenslauf, so manche Szene, die mir nun, bei der Durchsicht (von Anfang Juni bis vierundzwanzigsten September), nicht mehr gefiel. Manches wurde neu, und wenn nicht neu, dann anders- oder umgeschrieben.

Das Unbehagen von Lektor C., das sich auf die Dramaturgie bezog, war, wie ich sah, nicht ganz von der Hand zu weisen.

Vielleicht war sogar etwas am Einwand der P., der dritte Teil des Romans wäre (künstlerisch) schwächer.

Und Eva? Sie hatte zuerst ihr Unbehagen geäußert, es dann aber (aus Liebe) zurückgenommen, weil sie sah, wie ich litt.

Die Abreise in die Slowakei stand bevor. Der Teufel muß mich geritten haben, als ich auf den Wunsch von C. einging, mein Manuskript im März (Ende März) abzuliefern, damit wir noch vor unserer Abreise die ersten Besprechungen haben konnten.

Was dann alles zur Selbstberuhigung unternommen wurde, als die Lektoren Mäuler zogen, steht in den entsprechenden Aufzeichnungen vom März neunzehnhundertachtundsiebzig.

Allerdings war bei mir danach Mißtrauen gegen Eva entstanden. Ich zeigte ihr nichts mehr von meinen Umarbeitungen, ab Juni bis zum dreiundzwanzigsten September.

Inzwischen hatte es einige Krisen gegeben, mit denen ich allein fertig wurde, und ich war bis zum letzten Kapitel des Romans, vor dem Nachspiel, gekommen. Da war ich so erschöpft, daß mir nichts mehr an der ganzen großen Arbeit gefiel. Ich war sicher, daß ich sie (unbewältigt) würde liegenlassen müssen. Gleichzeitig wußte ich aber auch, daß ich dann nichts Neues würde schreiben können.

In dieser echt, echten Not bat ich Eva um Hilfe. Wie stets warf sie alles hin und las sich in den Roman hinein und fing sehr bald an zu loben, meine negativen Gedanken zu zerstreuen. Sie gab zu, daß sie sich vor diesem Augenblick des Wiedereingeweihtwerdens gefürchtet hat.

28. September

Eva geht jetzt Mappe für Mappe durch und stöbert Interpunktionsfehler und überflüssige Sätze auf. Anfang Oktober soll das Manuskript (zum zweiten Mal) in den Verlag. Übrigens besuchte uns der Verlagsleiter. Er saß geschlagene sieben Stunden auf demselben Fleck, trank Kaffee, aß Abendbrot und erleichterte sich von seiner Bedrücktheit, erzählte, wie ihn die sogenannten Vorgesetzten im Ministerium und in den Parteidienststellen behandeln. Er ist ein Bündel von Bedenken und Ängsten, kein böser Mensch, nicht hinterlistig, aber schwach, und er kann deshalb auf Menschen, die ihn weniger gut kennen, sowohl böse als auch hinterlistig wirken. Natürlich ist er drauf bedacht, seine Stellung als Leiter des größten Verlages unseres Ländchens nicht zu verlieren.

Was er wirklich wollte, war nicht genau zu erkennen. Wahrscheinlich wollte er vorsichtig andeuten, daß er dem Staats-Sekretär Höpcke eine Charakterisierung meines Roman-Manuskripts liefern mußte. H. hat es verlangt, entschuldigte er sich. Ich mußte nicht nur die Problematik liefern, sondern auch eine Stellungnahme abgeben, sagte er.

Für den vierzehnten Oktober hat sich jener Höpcke bei uns angemeldet.

2. Oktober

In Berlin die Abschrift der achten (letzten) Roman-Mappe von Frau Z. abgeholt.

»Jem Se se man bloß schnell ab«, sagte Frau Z., »damit Se se nich wieder anfangen zu vabessan. Ick habe zu meinen Mann jesacht, jetz ha ick Ende jeschriebn, sar ich. Biste sicher? hat mein Mann jesacht.«

13. Oktober

Die Unzufriedenheit einiger Schriftsteller wegen Aktionen von Geheimdienstleuten wächst. Das Präsidium (einige Mitglieder knurrend, wie Hermann Kant mir telefonisch mitteilte) stellte sich hinter Erich Loests Roman ES GEHT SEINEN GANG, der verboten wurde. Eine schäbige Rolle spielte dabei H., der Leiter der Hauptabteilung Literatur im Kulturministerium. Er hat Loests Roman im Manuskript gelesen, hat die Druckerlaubnis gegeben und zieht jetzt gegen den Roman zu Felde, weil die Sicherheitsleute geniest haben. Die Zeit der Schönfärberei soll wieder herbei, wünschen Geheimdienstler und Stalinisten. Alle Geheimdienstler sind Stalinisten, obwohl wahrscheinlich nicht alle Stalinisten Geheimdienstler sind, zumindest aber gefährliche Dummköpfe.

An den Schriftstellern, überhaupt an den Künstlern proben die Stalinisten fort und fort aus, wie weit sie gehen können, ohne auf Widerstand zu stoßen. B. und G. aus dem Vorstand des Schriftsteller-Verbandes helfen ihnen dabei und sind sich für keine Lüge zu schade.

Keine guten Aussichten für meinen Roman.

30. Oktober

Lektor C. meldete: Ich bin durch! Es hieß, er hätte das Manuskript zum zweiten Male zu Ende gelesen.

Ich bin erstaunt, wie gut das jetzt alles geworden ist.
Ich habe nur ganze Kleinigkeiten auszustellen, sagte er.

Das kommt mir ein wenig so vor wie das *Stiebel-Vorzeigen* des gerissenen Rekruten. Er hat noch einmal leicht nachgebürstet, und der Feldwebel sagt: Na, weshalb nicht gleich so?

Die Hauptsache ist bei diesem Vorgang die Laune und die Geneigtheit des Feldwebels, vor allem aber, daß Zeit zwischen dem ersten und dem zweiten Vorzeigen liegt.

31. Oktober

Der neue Roman meldet sich bereits zum zweiten Male, er will sich verdinglichen. Ich mache im Wald einige Diktierproben, schreibe sie aber noch nicht nieder. Auch das von vor Tagen schrieb ich nicht. Ich nahm mir vor, mir keinerlei *literarischen Zwang* aufzuerlegen und ganz locker, ohne auf irgendwelche Regeln zu achten, zu schreiben. Das scheint nicht viel leichter zu sein, als alle ich-bezogenen Gedanken auszuschalten oder sich gedankenleer zu machen.

3. November

Nun rief die P. an. Auch sie hatte ein zweites Mal gelesen. Es war fast peinlich, sie sagen zu hören: Genial gemacht! Ich habe es ja damals schon gesagt, wer in dem Roman mit reinem Herzen liest, kann nicht anders als ihn für positiv halten.

6. November

Wieder C. und die P., die Lektoren vom Aufbau-Verlag. Alles läuft dieses Mal anders. Sie haben die politische Furcht abgeschmissen. Überdies haben der Verlagsleiter und seine Vertreterin das Manuskript gelesen. Wir alle stellen uns hinter das Manuskript, verkündet C.

 Das ist mehr, als ich erwartete. Wird tatsächlich Widerstand spürbar gegen die laienhafte, ohne jegliche Bildung betriebene Kulturpolitik?

Natürlich wird noch um einige Formulierungen gefeilscht, aber wir (Eva und ich) geben nichts auf, inhaltlich nichts. Wir erklären uns hier und da zu sanften Umformulierungen bereit, die an der Sache aber nichts ändern.

Von Haarspaltereien, wie sie C. betreibt, wollen wir nicht reden. Sie sind einfach kleinlich und sehen etwa so aus: Neunzehnhundertundfünfzig kostete das Schweinsohr (Gebäcksart) bei der Staatlichen Handelsorganisation nicht zwei Mark achtzig, sondern zwei Mark sechzig. Lektorenehrgeiz, Lektorenpedanterie, Furcht vor der Zeitungskritik, die da heißen könnte: Aber, das hätte der Lektor doch sehen müssen.

Je weiter ein fertiges Buch in der Zeit fortrückt, desto weniger sind so winzige Anachronismen zu sehen.

Wir sitzen elf geschlagene Stunden zusammen. Eva serviert zweimal Essen, und ich habe meine Freude an der Raschheit, mit der sie ganz nebenbei kleine Umformulierungen findet, die die kniffelnden Lektoren zufriedenstellen. Natürlich geht die Hälfte der Zeit, die wir zusammensitzen, mit Gesprächen herum, die nichts mit dem Roman zu tun haben.

7. November

Auf Weihnachten soll ich aus dem WUNDERTÄTER III im Rundfunk lesen. Ich gab Luise Köpp das Manuskript des ganzen Romans und bat, sie möge sich den Text heraussuchen, den ich lesen soll. Anfang November wollte sie sich melden. Jetzt sind wir acht Tage im November herinnen. Hat sie Furcht gekriegt? Es wäre das erste Mal.

9. November

Eva rief bei L. K. an, um den Grund von deren Zögern zu erfahren.

10. November

L. K. vom Rundfunk erreicht mich telefonisch und versucht, mir ihre Begeisterung über den Roman mitzuteilen. Sie hat erkannt, daß die kleinen Leute in diesem Roman die Hauptrolle spielen. Ich möchte viel lieber mit Eva drüber reden, und Eva kanns Ihnen dann mitteilen, sagt sie.

20. November

Um den Roman ist es still. Ich schreibe zwei neue Kapitelschlüsse, beschreibe den heulenden List, der seinen österreichischen Freund enttäuscht verläßt. Ein wenig anders, ein wenig ausführlicher, aber nicht weniger scharf.

Und ich erweitere die Überlegungen Büdners nach dem Agitations-Sonntag mit den Runkehls. Auch da gehe ich mit der Schärfe nicht zurück, nein!

23., 24. und 25. November

Die sonst ganz leidliche H. P., ehemalige Schauspielerin, jetzt *studierte* Kulturwissenschaftlerin und derzeit meine Lektorin beim Aufbau-Verlag, saß drei Tage hier und traktierte mich mit Einwänden zum Roman, der nunmehr für den Druck eingerichtet werden soll, obwohl er die Zensur noch nicht passierte.

Vielleicht waren zwanzig, vielleicht dreißig ihrer Einwände sachlich richtig, und das hätte man nach meiner Ansicht in zweieinhalb Stunden abmachen können. Mit H. P. saß ich aber zweieinhalb Tage, weil sie sich in den Kopf gesetzt hatte, den Stil, in dem dieser Roman geschrieben ist, diesen schweren, etwas traurigen Gang in einen putzmunteren Jungfern-Stil zu bringen.

Ach, wie es mir weh tat und mich bedrückte, feststellen zu müssen, daß H. P. kein Gefühl für Sprach-Rhythmus hat und viel zuwenig Literatur kennt.

So hatte sie sich in den Kopf gesetzt, bei den transitiven Verben alle *hatte* und *waren* auszumerzen, und das tat sie mit Ausdauer, und sie versuchte es bei jeder Seite aufs neue. Es machte mich betroffen, und ich wußte nicht, ob ich das unter Dummheit, Hartfühligkeit oder Sekkierlust einordnen sollte.

Wie werde ich da herauskommen? Durch geduldiges Erklären, glaube ich nicht. Durch einen Krach auch nicht, also wird mich wohl Eva *retten* müssen.

28. November

Wie ichs mir vornahm, als ich noch am Roman schrieb, fuhr ich mit Muße nach Berlin und brachte Eva nach dort.

Herbert Bergner brachte das Manuskript des WUNDERTÄTERS III zurück. Wenn das herauskommt, sagte er, gibts eine große Erleichterung in der Bevölkerung, weil viele Dinge, über die sich niemand zu sprechen traut, beim Namen genannt sind.

Wir sprachen einige Stunden über das Manuskript. H. B. ist der loyalste von den alten Genossen, die die Arier im Zuchthaus und im Konzentrationslager hielten. Trotzdem gibts auch bei ihm den Punkt, an dem die Schizophrenie beginnt, die Schizophrenie des Sektierers.

6. Dezember

Eva sagte mir am Telefon, sie habe in der Schriftsteller-Versammlung erfahren, der sogenannte Außengutachter des Verlages (in diesem Falle Doktor P.) habe den WUNDERTÄTER III positiv beurteilt. Jetzt wirds drauf ankommen, wie die Beamten im Hauptamt Literatur, in der eigentlichen Zensur-Behörde, reagieren werden.

8. Dezember

Dr. P. rief an und teilte mit, daß er (als Außengutachter) WUNDERTÄTER III positiv beurteilt hätte. Es wäre ein langes Gutachten geworden, aber die Zeiten wären eben so. Hoffentlich geht auch weiterhin alles gut mit dem Roman, sagte P. und meinte den Zusammenstoß meiner Arbeit mit der Zensur. In die Zensur-Behörde werden in diesem Falle gewiß auch Politbüro-Mitglieder installiert werden, meinte Dr. P. Er möchte, daß ich sein Gutachten lese, auch das ist nicht die Regel. Die Verlagslektoren sorgen sonst dafür, daß ein Autor nicht zu wissen kriegt, wie ein Außengutachter sein Werk beurteilt.

13. Dezember

Am Nachmittag bringt Dr. P. eine Abschrift seines Gutachtens. Das Gutachten fängt so an: »Wäre es nicht ein für die Literatur absurdes und daher abzulehnendes Verfahren, von wichtigen Büchern zu sprechen, könnte man sagen, mit dem WUNDERTÄTER III liegt das bisher wichtigste Buch der DDR-Literatur vor . . .«

Dreizehn Schreibmaschinenseiten positiver Beurteilung, mit dem Schlußsatz: . . . kann es daher nur eine Empfehlung geben, die lautet, den Roman zu veröffentlichen, damit er wirken kann als das, was er sein will: ein Beteiligter am weiteren Werden dieser neuen Gesellschaft.

176 **23. Dezember**

Marianne Schmidt sagt am Telefon, sie glaube, den WUNDERTÄTER III noch für ihre Arbeit über mich auswerten zu müssen. »Nie fielen Arbeit und Vergnügen bei mir je so zusammen. Ich renne immer wieder in die Arbeitsstube von Conny (ihrem Mann) und lese ihm Stellen vor, in denen endlich Gedanken formuliert werden, Erkenntnisse, die auch wir hatten und die uns manche Nacht nicht schlafen ließen«, sagt sie.

Hermann Kant sagt zu Eva am Telefon: »Na, du glaubst doch nicht, daß ich noch eine Stunde hier auf dem Präsidentenstuhl sitzenbleibe, wenn Erwins Roman nicht in Druck geht.«

Eine Menge Vorschußvertrauen, denn H. K. hat den Roman noch nicht gelesen.

Alles hibsch und scheene, aber erst moal abwarten, was wird, würde mein Großvater gesagt haben.

1. Januar 1979

Der WUNDERTÄTER III liegt immer noch beim Verlag. Erst hieß es: Der Gutachter (Dr. P.) saß zulange drauf. Jetzt heißt es: Die Cheflektorin ist noch nicht vom Fest-Urlaub zurück, sie blieb im Norden stecken. Die Schneekatastrophe!

7. Januar

Die Ausschnitte, die ich am Weihnachtsabend aus dem WUNDERTÄTER III im Funk las, sind gut angekommen. Es liegen Hörerzustimmungen aus Berlin, Babelsberg, Jena und Dresden vor.

13. Januar

Um den Roman fängt es an zu gären. Ich rief die Lektorin P. an; wollte wissen, ob das Manuskript weitergegeben wurde, und kriegte die respektlose Antwort: Jeder denkt, er ist der einzige. Wir drucken doch viele Bücher!

Meine Unruhe war nicht umsonst. Am nächsten Tag rief der Verlagsleiter an, man habe das Manuskript noch im Verlag liegen, man lasse ein zweites Gutachten anfertigen, das von Dr. P. wäre zu positiv. Das zweite Gutachten fertigt eine Literaturwissenschaftlerin an, die zur Zeit *Mode* ist. Erst wenn dieses zweite Gutachten vorhanden wäre, würde man das Manuskript weiterreichen. Eva ruft von Berlin aus an. Sie hat mit dem Verlagsleiter gesprochen, es sieht alles dunkel aus, habe er gesagt.

 Schuld bin ich an allem Ungemach, was mir jetzt widerfährt, aber nur, weil ich es als Ungemach anerkenne.

Hatte ich die Wahl, als ich den Roman schrieb? Mußte ich nicht damit rechnen, daß sich Parteibürokraten und Parteiprivilegierte sträuben würden, das, was ich und meinesgleichen für Wahrheit halten, in Druck gehen zu lassen? Weshalb habe ich einen Augenblick lang an die Standhaftigkeit und den guten Willen der Verlagsleute geglaubt?

14. Januar

Ein Selbstgespräch über den WUNDERTÄTER III: Da sei du nun mal ganz gefaßt und setz Theorie in Praxis um! Hast du nicht immer gesagt und gedacht: Geschrieben ist geschrieben, und wenn der Roman ein Kunstwerk ist, ein Kraftzentrum, eine *Bombe*, die über den Häuptern gewisser Leute schwebt, wenn er wirklich nach einem inneren Auftrag entstand, dann hast du nichts mehr damit zu schaffen, dann muß er sich aus sich selber heraus erfüllen. Von dir ist er jedenfalls abgelöst, du hast zu arbeiten und nicht in den Gang der Dinge einzugreifen, sondern das gut und vollkommen zu tun, woran du jetzt arbeitest, und das ist der neue Roman DER LADEN.

Sobald du Lust und eine Anwandlung verspürst, in das Schicksal des WUNDERTÄTER III einzugreifen, zeigst du, daß du nicht fähig bist, deinen eigenen Erkenntnissen zu leben, und hast kein Recht, das anderen Leuten, etwa deinen Lesern, abzufordern.

15. Januar

Die Lust, in den Prozeß einzugreifen, den das Manuskript jetzt durchläuft, ist wie ein Drache, dem täglich, ach, was sag ich, stündlich neue Köpfe wachsen.

21. Januar

Nun entsteht eine Gerüchte-Suppe um den Roman, und sie fängt an zu kochen. Dem Verlagsleiter schlottern die Hosen. Dieser Tage wurde das zweite Gutachten, jenes von der erwähnten *Wissenschaftlerin*, die sich anmaßt, über das Wohl und Wehe der Literatur unseres Ländchens zu entscheiden, beim Verlag angeliefert. Anfang nächster Woche, so teilte der zitternde Verleger Eva mit, wird das Manuskript mit den beiden, nein, sogar mit drei Gutachten und einer zusätzlichen Erklärung des Verlages ans Hauptamt für Literatur weitergereicht werden.

Der Leiter des *Hauptamtes* war früher Kulturredakteur im *Hauptblatt*. Vor Jahren, als mein Roman BIENKOPP erschien, hat er abträgliche Leserstimmen *organisiert* und gedruckt. Jetzt schickte er mir die drei Bände EHRENBURG-MEMOIREN, um deren Herausgabe man sich bei uns jahrelang herumdrückte, und schrieb mir einen anschmeißerischen Brief dazu. Ich weiß nicht, wie ich das werten soll. Will H. mit dieser Sendung bekunden, daß er sich auskennt in einer Lage, wie sie zur Zeit bei uns herrscht, oder beruht alles auf Schizophrenie. Wird H. übermorgen bereits der sein, der mich nach oben zu anschwärzt und mich in politische Tinte tauchen wird?

In seinen Memoiren läßt Ehrenburg Prokofjew im schlimmsten stalinistischen Mordjahr neunzehnhundertsiebenunddreißig sagen: Still sein und arbeiten, vor allem arbeiten!

Das ist einer der weisesten Sätze, die in den drei Bänden Memoiren zu finden sind.

28. Januar

Ich bin wieder drin im LADEN und erwäge tagsüber mit dem überwiegenden Teil meiner Gedanken, was diesem Roman (oder was es immer werden will) bekömmlich und nützlich sein könnte.

29. Januar

Es gibt schon Tage, an denen ich nicht ein einziges Mal dran denke, daß der WUNDERTÄTER III nun an das sogenannte Hauptamt für Literatur, an den gewissen H., weitergegeben wurde und daß jetzt Leute mit eingeschraubten Ideologie-Augen und mit viel Angst um den eventuellen Verlust ihrer durchwärmten Bürokratensessel in das mit soviel Nervenkraft, mit soviel Erwägungen und harter künstlerischer Arbeit entstandene Manuskript starren werden und daß diese Personen ratlos und unschlüssig sind und zwischen kleinem Wagemut und abwesender Zivilcourage hin- und hergebeutelt werden.

Und ich bin glücklich, daß ich es fertigbringe, das Wissen um das augenblickliche Schicksal des Manuskripts zurückzudrängen und einen weiseren Standpunkt zu beziehen als den in den ersten Wochen nach der Abgabe im Oktober.

Ein weiterer *Unparteiischer*, der jetzt das Manuskript liest, ist Professor Doktor J.

30. Januar

Mit dem LADEN ein Stück weitergekommen. Die fünfte Kassette zum Abschreiben gegeben. Jede Kassette umfaßt etwa fünfundzwanzig Schreibmaschinenseiten.

Das Schicksal des WUNDERTÄTER III nimmt kuriose Formen an. Er schwebt wie ein von mir ausgelöster oder abgelöster Wirbel durch den Raum.

Da gibts Menschen, die fürchten, von diesem Wirbel verletzt oder aus der Bahn (aus ihrer Position) geworfen zu werden, wenn sie positiv oder mit Geneigtheit auf ihn eingehen.

Jedenfalls ist die Furcht, sich mit ihm zu befassen, recht groß, und die Charaktere jener Leute im Verlag und in den Parteibüros, die sich bisher als meine Freunde ausgaben, erweisen sich ein weiteres Mal als schwächlich.

Der Verlagsdirektor behandelt mich, nachdem ich dreißig Jahre Autor des Verlages bin, wie einen Anfänger, von dem man nicht weiß, was man von ihm zu halten hat, und er behandelt meinen *Fall* wie ein geschäftliches Risiko. Er dachte bisher nicht daran, einen Vertrag mit mir abzuschließen, obwohl das Manuskript seit Oktober vergangenen Jahres im Verlag ist und obwohl es sonst üblich ist, daß bei der Ablieferung des Manuskripts nicht nur ein Vertrag existiert, sondern auch auf Grund dieses Vertrages bereits die erste Rate des Honorars gezahlt werden muß. Überdies gab der Verlagsdirektor ein Interview über die Verlags-Planung. In dieser Planung existiert der WUNDERTÄTER III nicht mehr, obwohl man ihn seit zwei Jahren immer wieder ankündigte, nun aber mit einemmal nicht mehr.

Der Direktor redet sich heraus, er habe das WUNDERTÄTER-Projekt auf Anweisung des Stellvertretenden Kulturministers, und das ist wieder der berüchtigte H., aus dem Plan herausfallen lassen. H. aber bestreitet, eine solche Anweisung gegeben zu haben.

Und so lügen sie hin und her, der Direktor aus Furcht und Feigheit, der Minister-Stellvertreter aus Machiavellismus, beide im letzten Grunde aus Besorgnis, ihre Ämter zu verlieren, wenn höhere Funktionäre im Politbüro am Roman Anstoß nehmen sollten und wenn man nach dem Schuldigen sucht, der den Roman zur Veröffentlichung durchgelassen hat.

Gestern, am zwölften Februar, war Hermann Kant noch rasch hier. Er fährt am neunzehnten Februar zu einer neuerlichen Operation und Behandlung seines Armes nach Moskau. Er kam mir sagen, er hätte bereits mit Hager im Politbüro über die Roman-Angelegenheit gesprochen. Das Gespräch wäre etwa so verlaufen:

Kant: Kümmere dich rechtzeitig um den Roman, laß ihn nicht von Gutachter zu Gutachter wandern. Ich sag dir, du hältst das hier auf deinem Stuhl nicht durch, wenn Strittmatters Roman bei uns nicht gedruckt wird. Ich kann mir denken, daß Strittmatter mit diesem Roman manchen Brocken vorgelegt hat, der für euch nicht leicht zu schlucken sein wird, aber ich sage dir, du hältst es hier nicht aus, wenn die Genehmigung zum Druck von euch nicht gegeben wird!

Darauf hätte H. erwidert, er hätte sich schon mit den gleichen Erwägungen beschäftigt; er wolle sich kümmern.

Aber Hager hat sich bisher nicht gekümmert, und er wird sich, so wie ich ihn kenne, nicht früher darum kümmern, bis irgendwo die Komprimierung dieser Angelegenheit soweit gediehen ist, daß eine Stichflamme herausfährt, und was dann sein wird, ist nur zu ahnen. Der Möglichkeiten sind viele.

25. Februar

Es gelingt mir besser und besser, den Roman beiseite zu schieben und ihn seiner eigenen Wirksamkeit zu überlassen, die ich ihm einspeicherte.

Mehr und mehr Charaktere von Kultur-Beamten werden durch sein Vorhandensein in ihrer Erbärmlichkeit erkennbar. Jetzt reicht die Skala bereits bis zum Kulturminister.

Am vierzehnten Februar sollte dem Verlagsdirektor vom Hauptamt Literatur Bescheid werden, ob er den WUNDERTÄTER III drucken darf. Als der Termin heran war, hieß es, nun müsse man wieder zehn Tage warten; der Kulturminister wolle das Manuskript selber lesen. Auch dieser Termin ist vorüber, und man hört nichts. Es wird also jene Situation durchgespielt, die ich im Roman beschrieb. Bemerkt man es nicht, oder will, darf und kann man es nicht bemerken? Wie lange noch, und die Zeitungsleute in der Bundesrepublik werden Informationen erhalten und werden sich der Situation in ihrem Sinne bemächtigen.

4. März

Wir hatten das Haus voll Besuch, und ins Getümmel hinein wurde von vorn, vom Tor aus, geläutet. Ich ging nachsehen; am Tor stand der Verlagsdirektor mit seiner Frau und einem schwarzen Pudel.

Er brachte keine Neuigkeiten über den Fortgang der Verhandlungen um den WUNDERTÄTER III.

Aber ich hatte dem Direktor am Telefon in meiner Verbitterung gesagt, er löge nicht schlechter als dieser H. im Hauptamt Literatur, dieser Stellvertretende Minister.

Das nun hatte den Direktor gekränkt, und er kam sich, unter Assistenz seiner Frau, rechtfertigen. Er hätte nicht gelogen, es wäre so: Höpcke hätte ihm anbefohlen, aus dem Presse-Interview, das er (der Direktor) über die Jahresproduktion des Aufbau-Verlages gab, meinen Namen und den WUNDERTÄTER III herauszulassen.

Na gut, die Haltung des Direktors rührte mich, und wie stets in solchen Fällen verzieh ich mehr, als ich hätte verzeihen dürfen. Aber besser mit Verzeihung aasen als mit ihr geizen. Ich verlangte nur, er möge sich unbedingt das Satz-Manuskript (selbst das hatte er den Ministeriums-Bürokraten und wer weiß, wem, ausgeliefert) sogleich zurückbeschaffen. Das versprach er mir. Er wollte es am Tage drauf, am sechsundzwanzigsten Februar, tun.

1. März

Während einer Vorstandssitzung des Schriftsteller-Verbandes raunte der Verlagsdirektor (streng konspirativ) Eva ins Ohr: Es werde sich bald was in der Sache WUNDERTÄTER III bewegen. Das Manuskript läge jetzt an *höchster Stelle*. Wie lächerlich, diese unterwürfige Geheimniskrämerei! Bei wem sollte das Manuskript schon liegen? Bei Hager im Politbüro natürlich.

2. März

Es kam ein Telefonanruf aus dem Politbüro. H. hätte mich gern gesprochen, hieß es, er käme auch heraus nach Schulzenhof. Termin: der vierzehnte März. Alles sehr höflich, aber daß H. sogar nach hier gekommen wäre, wenn ich es gewünscht hätte, verrät, daß man mir mitteilen will: Es wird nicht gedruckt. Freilich sind Varianten eines solchen Beschlusses möglich, zum Beispiel, der Roman wird im Jubiläumsjahr nicht gedruckt, oder er wird gedruckt, wenn ich den ganzen Trakt mit der Vergewaltigung der Risse-Tochter herausnehme, das hieße, wenn ich einen neuen Roman schriebe.

3. März

Zwölf Tage Wartezeit also, die würdig herumzubringen sind! Wie am besten verhindern, daß meine Gedanken nicht unausgesetzt die in Aussicht gestellte Unterredung mit H. umkreisen?

Ich stecke mich in die Arbeit. Ich arbeite am LADEN, bringe ihn täglich um einige Seiten weiter und korrigiere.

Außerdem fing ich an, den WUNDERTÄTER III, und zwar die letzte, die jetzige, Fassung, die ich immer noch für die endgültige halte, auf Tonband zu diktieren. Im übrigen versuche ich mit Meditieren die ungeklärte Lage um den Roman zu verdrängen. Es ist eine harte Arbeit, und ich wünschte mir sehr, das Meditieren fiele mir leichter.

Aber da ist dieses Ich, dieses ruhmsüchtige, oder zumindest das Interesse der Umwelt heischende Ich!

Es sagte sich leicht, als ich noch am Roman schrieb und kalkulierte, es könnte mir (in unserem Lande) verweigert werden, ihn drucken zu lassen: die Hauptsache ist, er ist geschrieben, und ich kann sagen, ich habe, was ich mir vornahm, künstlerisch bewältigt.

Ja, alles das sagte ich zu einem Zeitpunkt, da ich noch sonder Zaudern umherging, da noch nicht nah war, was ich jetzt durchleben muß. Nun aber, da ich drin bin in dem Lebenszustand, den ich sogar für erstrebenswert hielt, merke ich, wie verwöhnt und verweichlicht von Spontan-Erfolgen und Lesergunst mein eitles Ich ist.

Jetzt nehme ich mir vor: Du wirst dich in eine innere Emigration zurückziehen, und daß man dein Buch nicht druckte, soll dir als hinlänglicher Grund dienen, an keinerlei Veranstaltungen im Verband oder in der Akademie teilzunehmen. Wenn man dich nicht druckt, gibt man damit zu erkennen, daß man dich nicht braucht, und das soll dir nicht nur recht, sondern willkommen sein. Die Hauptsache, man läßt dich in Ruhe weiterschreiben und die Erkenntnisse, die dir wurden, ungehindert niederlegen, läßt dich ein ungedrucktes Buch auf das andere stapeln.

Nun ist diese gewünschte Situation nahe, zwar noch nicht wirklich und mit amtlichem Siegel versehen, aber doch nahe, und schon greift dieses schlangenhafte Ich täglich mehrmals an.

Du trittst dieser Schlange mit Meditationen auf den Kopf und glaubst ihr den Garaus gemacht zu haben, aber kaum hebst du den Fuß, kämpft die Schlange um ihre Herrschaft. Das sieht so aus: Du bereitest dich auf Diskussionen mit H. und anderen Politbürokraten vor, du sammelst Argumente, mit denen du diesen Leuten entgegentreten wirst, obwohl du nur zu gut weißt, daß alle Diskussionen, alle Hinweise auf Vernunft und Logik Spinnenspucke sind.

Und immer wieder muß ich mir vor Augen halten, daß alles Diskutieren und Argumentieren nur an dem Zustand zehren würde, den ich in guten, beherrschten Minuten herbeisehne und der da heißt: In Zurückgezogenheit niederschreiben, was ich beim Gang über diese Erde erkannte.

15. März

Es wurde aus dem Politbüro telefoniert. Ein Mitarbeiter von Hager teilte mit: Treffen muß verschoben werden; neuer Termin neunzehnter März.

Ich war fuchtig und ließ Hager fragen, wie lange man mich noch an der Nase herumführen wolle. Das Manuskript läge seit voriges Jahr März vor. Mir sei alle Lust vergangen, noch großartige Gespräche darüber zu führen.

Doch, doch, hieß es auf der anderen Seite, H. wolle auch andere Dinge mit mir bereden. Merkwürdigerweise war von einer Fahrt von H. nach hier, nach Schulzenhof, nicht mehr die Rede.

Im übrigen ist es still, der Verleger schweigt, die Lektoren schweigen, die Buchmesse findet statt, vom Erscheinen eines Romans, der WUNDERTÄTER III heißt, scheint nie die Rede gewesen zu sein.

Eigentlich ist der Zustand, mit dem ich liebäugelte, nämlich der, mich als Literat aus dem intellektuellen Getümmel zu ziehen und auszulöschen, recht rasch erreicht worden. Aber es schmeckt dem Herrn *Ich* nicht, der da hockt und auf *Elogen* zu lauern scheint.

Auf der Messe wurde WUNDERTÄTER III tatsächlich nicht mehr erwähnt. Es sah so aus, als hätte es ein solches Projekt nie gegeben.

Aber der Verlagsdirektor wuchs über sich hinaus: Er brachte mein Foto an der Wand an, auf der die zu erwartenden Neuerscheinungen des Verlages der Öffentlichkeit bekanntgemacht werden, und er setzte auch den Romantitel hinzu. Er mußte Foto und Titel auf Geheiß des Stellvertretenden Kulturministers Höpcke entfernen.

H. hat gezeigt, daß er trotz freundschaftlicher Annäherungsversuche (letztlich ein freundschaftlicher Neujahrsbrief!) der Schubiack geblieben ist, der er als Kulturredakteur des NEUEN DEUTSCHLAND war, der Mann mit dem Naturell, wie es den Zuarbeitern der Stalinschen Inquisitoren eigen war.

Eine Zeitung in der Bundesrepublik teilte in ihrem Messebericht mit, daß der WUNDERTÄTER III keine Druckgenehmigung bekäme.

19. März

Die erwähnte Zeitung aus der BRD lag im Büro Hager vor, als ich am neunzehnten März endlich dort war.

Wir sprachen fast drei Stunden. H. zeigte sich einsichtiger und toleranter, als ich erwartete. Sehr bald schon ließ er durchblicken, daß er die Druckgenehmigung geben würde. Er war wütend auf seine Untergebenen und Zuarbeiter im Kultur-Ministerium, die sich um eine Entscheidung herumdrückten und sie ihm zuschieben würden.

Wenn er mir nachweisen könne, daß der Roman staatsfeindlich sei, sagte ich H., so würde ich darauf dringen, daß ein sogenanntes Verfahren gegen mich eingeleitet werde.

 H. versicherte noch einmal, daß er die Druckgenehmigung geben würde, daß er jedoch nicht wissen könne, wie die sowjetischen Genossen (von der Botschaft) reagieren würden.

Ich hatte den Eindruck, daß er mit der Einmischung des sowjetischen Botschafters, die der im Falle Heiduczek betrieb, durchaus unzufrieden war und daß der Abdruck meines Romans eine Kraftprobe in dieser Richtung werden solle.

Er müsse im Politbüro nach Verbündeten suchen, sagte H. Der Roman würde auf krasse Ablehnung und begeisterte Zustimmung stoßen. Kreis- und Bezirksfunktionäre würden protestieren, ich müßte mich auf eine heftigere Diskussion und auf eine schärfere Kritik als beim OLE BIENKOPP gefaßt machen.

Im großen und ganzen hatte ich den Eindruck, daß H. hin- und hergerissen wurde, daß ihn der Roman, den er nachts zuvor zu Ende gelesen hatte, beeindruckte und daß er durchaus was wagen wollte, aber schon im voraus sah, wie die Dogmatiker aller Schattierungen nicht nur gegen mich, sondern auch gegen ihn zu Felde ziehen würden.

Er ging, für ein Büro-Mitglied, in seinen Äußerungen ziemlich weit; er werde, sagte er, auch auf die sowjetische Seite hin einzuwirken versuchen und einer möglichen Intervention den Wind aus den Segeln nehmen. Aber wie er das machen wollte, sagte er nicht.

Er gestand, daß die kritische Haltung der sowjetischen Schriftsteller zu gesellschaftlichen *Irregularitäten* viel krasser wäre; sprach sogar von *Nachholebedarf* bei uns, blieb aber die ganze Zeit unsicher, ob es ihm gelingen würde, die sowjetische Seite, die Dogmatiker dort, *auszuschalten*.

Er gab zu, daß bisher nicht viel über die Verhältnisse, die bei uns in der Stalinzeit herrschten, geschrieben

wurde und daß mein Buch deswegen wichtig wäre. Er
wäre mit seiner West-Emigration noch günstig davongekommen, aber einem Genossen wie Franz Dahlem wäre viel Unrecht geschehen. Er, H., hätte aber darauf hingewirkt, daß wenigstens zum achtzigsten Geburtstag Dahlems drei Bücher von dem herausgekommen wären, an denen er (H.) mitgearbeitet hätte, damit sie hätten herauskommen können. Spät, leider viel zu spät, wäre Dahlem Gerechtigkeit widerfahren.

Hager versprach mir, er wolle am nächsten Wochenende, denn nur dann könne er das, meinen Roman ein zweites Mal lesen. (Es war Montag, und die Woche, in der er nicht lesen konnte, lag noch vor uns!) Er wolle mir eine Liste machen mit Ausdrücken, die ich vielleicht mildern sollte, und ob es nötig wäre, die Vergewaltigung der Risse-Tochter dreimal zu beschreiben, wie das geschehen wäre.

Er mache aber nicht zur Bedingung, zu ändern, was er zu ändern für richtig halte. (Da wußte ich schon nicht mehr, ob das ehrlich war oder Taktik, Diplomatie. Die Partei-Oberfunktionäre *empfehlen*, dringen aber drauf, daß ihre Empfehlungen ausgeführt werden!)

Da war zum Beispiel das Wort *Parteisträfling*, das er nicht haben wollte. Ich bewies ihm, daß niemand im Roman die Bezeichnung auf den Helden anwendet, sondern daß er sich selber für einen Parteisträfling hält. H. akzeptierte. Ähnlich war es mit der Feststellung, *das Tier* wäre in den Vergewaltigern durchgebrochen. H. bezog das einzig auf die Tatsache, es habe sich doch um *Sowjetsoldaten* gehandelt, die vergewaltigten.

Ende März

Nun warte ich drauf, was da kommen wird. Heute ist Dienstag, eine Woche und einen Tag nach der Unterredung. Die Liste mit den Ausstellungen von H. ging noch nicht bei mir ein. Der Verlag ist noch nicht von der Erteilung der Druckgenehmigung verständigt. Schubiack H. reiste in die Sowjetunion. Reiste er nun, die dortigen Geheim-Dienststellen auf meinen antisowjetischen Roman aufmerksam machen? Wie wird er sich überhaupt aus der Affäre ziehen? In meiner Postlade liegt ein Brief vom Jahresanfang, mit der Zusicherung, daß er mich sogleich nach dem Lesen des WUNDERTÄTER-Manuskripts besuchen würde. Er kam nicht.

Eines aber ist geschehen. Die sogenannten Massenmedien wurden verständigt, daß der Roman gedruckt wird, und er wurde in ihnen als wichtiges Buch bezeichnet, das allerdings heftige Diskussionen zeitigen würde.

Die Kulturredaktion des NEUEN DEUTSCHLAND forderte ein sogenanntes Besprechungs-Exemplar an. Es wurde vom Verlagsleiter nicht herausgegeben. Der fuhr zunächst (für eine Woche), wie er mitteilte, zum Urlaub in die Tatra.

Ich warte.

1. April

Es ging ein Entschuldigungsbrief von Hager ein, er habe das Manuskript noch nicht wieder lesen können, um die Liste mit seinen Bemerkungen aufzustellen. Er müsse für eine Reise nach Italien rüsten und würde nach seiner Rückkehr das Versäumte nachholen. Keine Zeitangaben. Meine Geduld wird auf neue Proben gestellt.

Ob die Verlags-Leitung inzwischen Order bekam, den Druck einzuleiten, weiß ich nicht. Der Verlagsdirektor ist noch im Urlaub; bei seiner Vertreterin wollte ich nicht anfragen.

5. April

Der Verlagsdirektor ist aus dem Urlaub zurück. Er hat keinerlei Benachrichtigung in bezug auf die Druckgenehmigung des Romans erhalten.

Eine Mitarbeiterin im Hauptamt Literatur plauderte aus: Der Kulturminister und sein Stellvertreter, dieser H., beide hätten sie das WUNDERTÄTER-Manuskript gelesen. Doch sie hätten sich nicht dazu geäußert, ihr aber hätten sie den Auftrag erteilt, das Manuskript innerhalb von drei Tagen zu lesen und ein Gutachten anzufertigen. Das geschah. Man bedenke die Impertinenz! Wenn Hager nun im Politbüro nach der Lektüre gesagt hätte: Wie könnt ihr!, so hätte die Mitarbeiterin gehen müssen, jedenfalls keiner von den beiden Ministern.

Das Manuskript wurde ohne die Verlagsgutachten, nur mit dem Gutachten der Ministeriumsangestellten, ein zweites Mal Hager übergeben.

Soweit der Bericht der Ministeriumsangestellten (hinter der vorgehaltenen Hand) an die Lektorin P.

Ich schrieb am Sonnabend, dem 7. April, einen Brief an Hager, in dem ich ihm mitteilte, daß wohl die Presse und der Rundfunk von der erteilten Druckgenehmigung informiert wurden, nicht aber der Verlag. Und ich fragte H., wann nun endlich klare Verhältnisse geschaffen werden, und daß ich keinesfalls Lust hätte, die Ausstellungen, die er mit schicken würde, zu berücksichtigen.

8. April

Ein *Ungewaschener* belauerte uns heute wieder. Er berief sich auf eine Brief-Antwort, die ich ihm voriges Jahr gegeben hätte. Sein Name war Döring. Er wollte aus Sangerhausen kommen und wollte morgens um vier Uhr dort abgefahren sein. Merkwürdigerweise war sein Auto, obwohl wir nachts Regen hatten, wenig schmutzig. Ich wußte ihn nicht einzuordnen. Er war etwa fünfzig bis fünfundfünfzig Jahre alt, will früher Einzelbauer, dann Genossenschafts-Vorsitzender gewesen sein und ist heute Traktorist. Er wolle sich über Religion unterhalten und hätte ähnliche Gedanken, wie ich sie im WUNDERTÄTER II äußerte, behauptete er. Natürlich fragte er nach dem dritten WUNDERTÄTER und wollte wissen, wie der ginge, und das machte ihn wieder stark verdächtig. Also gibts keine Zusammenarbeit? fragte er.

Nein, sagte ich, aber jetzt muß ich Sie hinauswerfen!, und ich öffnete das Hoftor.

22. April

Ich bin noch immer unlustig, das Tagebuch in der Form wie bisher weiterzuführen, und wenn es nicht darum ginge, die Vorgeschichte des WUNDERTÄTER III ein wenig festzuhalten, würden auch die wenigen Aufzeichnungen, die ich seit Jahresanfang machte, noch ausbleiben.

In der Roman-Angelegenheit rührt und rüttelt sich übrigens nichts. Hager hat auf meinen Brief noch nicht reagiert. Nun ist es über einen Monat her, daß ich bei ihm war. Die Druckgenehmigung ist noch immer nicht erteilt. H. ist, nachdem er von Italien zurückkam, nach Ungarn gereist.

Die *Chefin* der Kulturabteilung ist zur Kur gereist, ebenso der Schubiack H. von der Hauptverwaltung Literatur. Laß Chef Hager man machen, denken sie. Es ist sein Arsch oder der vom unbequemen Strittmatter, der in die Brennesseln getunkt wird.

Es geht die Mär, der öberste General hätte das Manuskript inzwischen zur Einsichtnahme gekriegt. Ob es nun wahr ist oder nicht, einen Trost darf ich in meiner unklaren Lage haben: Ich zwinge die Herrschaften zum Nachdenken.

30. April

In Sachen WUNDERTÄTER III bewegt sich nichts.

Hermann Kant ist aus Moskau zurück und liegt mit einem eingegipsten Fuß daheim. Er hat ihn sich bei ärztlich verordneten Gehübungen zerbrochen. Wieder versichert er, er würde nicht auf dem Präsidentenschemel im Schriftsteller-Verband sitzen bleiben, wenn man meinen Roman nicht druckt.

Man darf neuerdings für sein Honorar aus westlichen Staaten, soweit es einem unsere Staatsleute überhaupt belassen, auf einen entsprechenden Antrag und dessen Genehmigung durch Beamte vom Urheberrechts-Büro, nur noch Bücher beziehen. Früher durfte man auch Diktiergeräte kaufen. Ich beschwerte mich an öberster Stelle und erkundigte mich gleichzeitig, wie es mit der Druckgenehmigung für den Roman stünde. Der persönliche Referent von H. erklärte betreten: Na, du wirst gewiß demnächst was hören. Du weißt doch, nach der Italienfahrt mußte der Chef gleich wieder nach Ungarn. Und dabei blieb es.

Wenn aber die Druckgenehmigung nun wirklich demnächst beim Verlag eintrifft, wird der Verlagsdirektor in Frankreich und seine Vertreterin in Kuba sein.

1. Mai

Der Roman gibt mir zu verstehen, daß sein spezifisches Gewicht maßgeblich ist und wirken wird, wenn die Konstellationen, die er braucht, um wirksam zu werden, günstig sind. Was hat meine Einmischung (mein Brief an H.), zu der ich mich, gegen besseres Wissen, doch wieder verstand, nun bewirkt?

Man kann es sich gar nicht häufig genug vor Augen halten: Sich nirgendwo und in nichts einmischen! Die Prozesse, die man mit seiner Arbeit in einer Art kosmischem Einvernehmen auslöst, wirken ohne ein persönliches Zutun weiter. Das Zutun kann ihre Wirkung nur abschrecken.

2. Mai

Vom WUNDERTÄTER III, bis auf Gerüchte, nichts Anpackbares zu hören.

Doktor P., der das erste Gutachten über den Roman schrieb, war hier. Er wirkte ein wenig ratlos. Er sei dem Minister zu liberal in der Kunstpolitik, sagte er, und müsse deshalb gehen. Man legt es ihm jedenfalls immer näher. Man bot ihm eine mechanistische Arbeit an einer Zeitschrift an. Er lehnte ab. Jetzt erwägt er, nach Rußland zu gehen, um dort als wissenschaftlicher Mitarbeiter zu fungieren. Ganz klug werde ich aus ihm nicht. Er hat einst in Rußland studiert. Eine Weile hielt ich ihn für einen KGB-Mitarbeiter; dann wieder hielt ich ihn nicht dafür. Ist er es vielleicht doch?

Am Telefon tat er sehr geheimnisvoll mit dem Grund seines Besuchs. Hier aber schmolz dieser Grund zur Nichtigkeit zusammen: Wir hatten einst verabredet, ich würde mich nach dem Erscheinen des WUNDERTÄTER III von ihm interviewen lassen. Er wollte wissen, ob es dabei bleiben würde.

Weshalb ist das für ihn wichtig? frage ich mich. Er hat vor Jahren ein Interview mit mir gemacht, das er später als sein geistiges Eigentum in einem Buch veröffentlichte.

Seine Besuchszeit bei uns wurde von einem terroristischen Kraftfahrer des Ministeriums beschnitten. Es hatte den Anschein, als wären selbst die Ministeriums-Fahrer gehalten, in Doktor P. ein *unpassendes Element* zu sehen.

13. Mai

In Sachen WUNDERTÄTER III hat sich nichts getan. Auch bei Hager im Politbüro scheint die Unschlüssigkeit zu wachsen.

Nicht eingreifen, nur nicht mehr eingreifen, sagt mir meine innere Stimme.

30. September

Vom 13. Mai an schrieb ich nichts mehr ins Tagebuch. Ich war zermürbt. Wir waren vier Wochen zur Kur in der Slowakei. Dort wurde ich gegen Schluß der Kur von heftigen Nierenkoliken geplagt. Nach der Rückkehr ergab eine Untersuchung, daß sich ein größerer Stein am Niereneingang festgeklemmt hat. Sobald er vorrückt, wälze ich mich vor Schmerzen. Dann geht er wieder zurück, es tritt eine Schmerzpause, sogar von mehreren Tagen, ein. Man setzte mir eine Frist: Wenn der Stein in dieser Frist nicht auf natürliche Weise abginge, müßte operiert werden. Die Frist lief ab; die Operation wurde festgesetzt.

Noch immer keine Druckgenehmigung für den WUNDERTÄTER III. Während der Wartezeit auf den natürlichen Abgang meines Nierensteines wurde ich ein zweites Mal zu einer Besprechung in dieser Angelegenheit ins Büro H. gebeten.

Die Besprechung fand am zwölften Juli statt. Hager war soeben aus Vietnam zurückgekehrt. Er erzählte mir über eine Stunde Vietnam-Erlebnisse. Ich sah mich gezwungen, ihn zu unterbrechen. Eigentlich sei ich wohl doch meines Romans wegen bestellt worden. Langsam und wie einer, der aus einem Traum zurückkehrt, ließ sich H. wieder auf das Thema ein. Es wurde fast eine Wiederholung des Gesprächs, das wir vor langer Zeit über den Roman führten. Wußte H. nichts mehr von dieser Unterredung, oder versuchte er Zeit zu gewinnen, um die Entscheidung wieder hinauszuschieben? Ich hielt H. vor, daß er beim vorigen Treffen versprochen hatte, mir eine Aufstellung über alle Passagen des Romans, die ihm mißfallen, zu schicken. Er ging nicht darauf ein. Wahrscheinlich hatte er sichs überdacht und wollte sich in keiner Weise festlegen. Da packte mich der Jähzorn. Ich erklärte ihm, ich würde den Roman nunmehr zurückziehen. Damit stand ich auf und wollte gehen, aber Hager schien die Warnung von Hermann Kant einzufallen: Wenn Strittmatters Roman nicht gedruckt wird, bist du hier nicht mehr lange auf deinem Sessel! oder ähnlich.

H. hielt mich zurück und sagte: Dir einen Roman nicht zu drucken, ist schlimmer, als ihn zu drucken und ihn dann unter starke Kritik zu nehmen.

Dann druckt und nehmt ihn unter starke Kritik!

H. fing wieder an zu wanken: Kannst du dir nicht denken, wer dann hier sofort erscheint und protestiert, wenn ich die Druckgenehmigung gegeben habe? Er sprach nicht aus, wer dann erscheinen würde, aber ich ahnte, daß er dabei an den sowjetischen Botschafter Abrassimow dachte, der sich überall einmischt.

Mein Jähzorn war noch nicht abgeklungen: Was laßt ihr euch von denen da dreinreden; ihr betont doch ständig, daß ihr souverän seid, sagte ich.

Da schien auch H. der Zorn zu packen: Ist auch wahr, sagte er und verdrehte die Augen, aber es ist eben so! Also, wenn du dich so fürchtest, sagte ich, ziehe ich den Roman doch zurück. Einmal wird er schon gedruckt werden.

Er sah wohl, wie ernst es mir war, und er sagte: Ich gebe die Druckgenehmigung.

Ich sagte: Das habe ich schon einmal gehört. Wieviel Jahre soll ich darauf warten?

1. September

Bis dahin versuchte ich meinen Nierenstein zu einem natürlichen Abgang zu zwingen. Ich galoppierte auf meinem Araber-Hengst querfeldein. Ich hüpfte treppauf und treppab. Ich fuhr mit dem Mofa über Waldsteige, die mit dicken Kiefernwurzeln durchsetzt waren. Der Stein rührte sich nicht. Die Frist zur Operation kam heran. Zweimal bezog ich das Krankenhaus, zweimal schickte man mich wieder weg, weil ich erkältet war und weil meine Bronchien nicht richtig funktionierten.

4. September

Die Druckgenehmigung für den WUNDERTÄTER III traf beim Verlag ein. Sie war schon etwas früher gegeben worden, aber vierzehn Tage drückte sich der *devil* H., trotz gegenteiliger Versicherungen, doch drum, das amtliche Papier dem Verlag auszuliefern.

9. September

Ich machte fürsorglich mein Testament und nahm vorsorglich Abschied von dem, was meine Welt war. Ein wenig Zuversicht bezog ich aus der Tatsache, daß die Druckgenehmigung gegeben war und daß der Roman erscheinen würde.

12. September

Ich wurde operiert und erfuhr, wie Narkose, dieses Probesterben, ist. Bevor ich operiert wurde, hatte ich mir vorgenommen, meine Eindrücke von dem, was mir nun zum ersten Male geschah (Narkose, Operation und Wundlager), mit meinem kleinen Tonbandgerät festzuhalten. Es gelang mir nicht; das heißt, ich nahm davon Abstand, weil ich spürte, daß ich nicht meine Eindrücke wiedergegeben hätte, sondern das, was allgemein von Krankenhausaufenthalten über

 Narkose und Operationen erzählt wird. Es gelang mir nicht, mich so über die Schmerzen zu erheben, daß es mir möglich wurde auszusagen, was ich wirklich empfand.

An dieser Stelle meines Naturells muß also Training einsetzen; das gewiß schmerzvolle Altern wird es erforderlich machen, daß man zu jeder Zeit und unter allen Umständen das Wirkliche auszusagen in der Lage ist.

26. Oktober

Mein Kunstverstand blüht langsam wieder auf. Ich bereite eine Lesestunde aus dem LADEN-Roman für den Rundfunk vor. Ende Oktober 1978 fing ich an den Roman auf Band zu diktieren. Die Nieren-Operation bewirkte eine Pause in der Arbeit von Anfang Mai bis heute. Das erste Drittel des Romans ist also ein Jahr alt. Ich erkenne, da ich dieses Drittel laut ins Mikrophon lese, Mängel, künstlerische Mängel, an der Arbeit. Längen und Umständlichkeiten. Sogleich will sich die künstlerische Unzufriedenheit wie ein Wurm in meinen gerade erst wiedergewonnenen Tages-Rhythmus fressen. Das darf nicht geschehen! Ich will gerade diesen Roman so ohne Zeitdruck schreiben, als ob die Ewigkeit vor mir läge.

16. November

Der *devil* H. war bei uns. Als er sich anmeldete, tat er so, als hätten wir irgendwann ausgemacht, über die Lage bei den Schriftstellern zu reden. Ich wußte nichts von dieser Verabredung, ging aber drauf ein. Gewiß war H. geschickt worden, unsere Meinung zu testen.

Unsere Meinung konnte er haben; im übrigen testeten wir ihn. Möglich, daß er beauftragt war, einen Stimmungsbericht für ein Plenum zu liefern, das die Oberen abhalten wollen.

H. deutete an, daß der Schriftsteller Schlesinger die Republik, ebenso wie mein alter Freund Erich Loest, befristet verlassen wolle.

Ich fände es schade, wenn Erich ausreisen würde. Wird er nicht drüben in der BRD, wenn das politische Interesse der *Macher* an ihm verpufft ist, wieder Kriminal-Romane schreiben müssen? Er hatte doch eben, nachdem sein Buch Es GEHT SEINEN GANG herauskam, den Seufzer ausgestoßen: Endlich brauche ich keine Kriminal-Romane mehr zu schreiben! Er fühlte sich wieder *eingereiht*, nachdem man ihm neunzehnhundertsechsundfünfzig einen politischen Prozeß gemacht und ihn ins Zuchthaus gesteckt hatte. Und wir alle waren noch viel zuviel Stalinisten und protestierten damals nicht. Ich habe Loest dafür um Verzeihung gebeten, weil ich mich heute, ob meines Schweigens damals, schäme.

Ich versuchte ihm zu helfen, als man seinen Roman Es GEHT SEINEN GANG einzog, nicht weiter auflegen wollte. Zumindest sorgte ich dafür, daß auch H. K., als Präsident des Verbandes, nicht aufhörte, gegen dieses Unrecht zu protestieren. Schließlich wurde erreicht, daß eine neue Auflage von einem anderen Verlag, (vorher war es der Verlag NEUES LEBEN) erschien.

Über so Dinge sagte ich dem *devil* H. meine Meinung. Schon wieder hatte er dem Buch keine weitere Auflage eingeräumt, und dann das Krokodilswundern, wenn ein Mann wie Loest sich *endlich* entschließt, die Republik zu verlassen. Erich Loest scheint müde geworden zu sein.

Und weiter mit dem *devil* H. Vielleicht wars ein Trick von ihm, eine Meinung herauszulocken, denn er fiel mit eins mächtig über seinen ehemaligen Chef beim NEUEN DEUTSCHLAND, Joachim Hermann, her: Er hat nichts gelesen, liest keinerlei schöngeistige

 Literatur (das hatte ich selber schon festgestellt!), hat keinen Sinn für Schönheit, jawohl, *Schönheit,* sagte H., nicht Ästhetik. Was er an Musik am liebsten höre, wären Platten vom *Schnulzensänger* Heino drüben. Hermann *schmiere* beim obersten Chef. Er, dem die Propaganda untersteht, treibe Fotokult mit dem Generalsekretär im Partei-Hauptblatt und mache ihn damit unmöglich, mache ihn zum Vertreter des Personenkults. Hermann wäre stolz, Mitglied des Politbüros zu sein, hätte keinerlei politisch *gesunde* Vorstellungen von dem Fach, das er vertrete. Kurzum, Hermann sei ein *Versager.*

Freilich sagte mir *devil* H. damit keine Neuigkeiten. Wer Augen hat zu sehen . . .

Aber weshalb erging er sich in solchen Beschuldigungen, der sonst so übervorsichtige H.? Reportierte er die Meinung einer Fraktion im Politbüro, oder provozierte er gemein im Dienste der Staatssicherheit?

Tatsächlich haben wir keine Kulturpolitik, sondern eine Kulturpfuscherei. Alle beteiligen sich daran (aber jeder für sich: die Propaganda-Abteilung, die Bezirks-Sekretäre jeweils, die Staatssicherheit, die sowjetische Botschaft und zuletzt die Kulturabteilung des Zentralkomitees).

Er blieb fünf Stunden, dieser *devil* H. Bald werden wir wohl erfahren, was er wirklich von uns wollte.

25. November

Ich fing noch einmal von vorn an, den WUNDERTÄTER III auf Tonband zu lesen. Ich will bei dieser Gelegenheit von den meisten Figuren des Romans Sprechporträts anfertigen. Vor allem will ich hie und da den Tonfall der Deutsch sprechenden Sorben literarisch verfestigen. Wer wird es sonst tun? Im LADEN-Roman soll das noch intensiver geschehen.

11. Dezember

Das wurde mir übermittelt: Es ist eine Schande, daß wir dieses Scheiß-Buch (WUNDERTÄTER III) drukken müssen, sagte mein ehemaliges Freundchen Professor Doktor Hänschenklein vor Literaturwissenschaftlern.

20. Januar

Unerwartet rief Hermann Kant an, druckste ein wenig und fragte dann, ob mirs recht wäre, wenn er in der Zeitschrift NEUE DEUTSCHE LITERATUR über den WUNDERTÄTER III schreiben würde.

Hermann kennt den Roman noch immer nicht, oder er verschweigts mir, daß er ihn kennt. Er murmelt was von Freundschaft und das muß man schon machen. Es hat mich gerührt, aber noch weiß ich nicht, handelt er auf Geheiß von H., oder ist es wirklich sein eigener Wunsch.

Der Verlagsdirektor erzählte mir am Telefon, er wäre zu einer Filmpremiere gewesen, und als er nach Schluß nach seiner Garderobe anstand, wäre Hager gekommen, habe ihn aus der Schlange gezogen und habe sich erkundigt, wie weit es mit dem WUNDERTÄTER III wäre, und H. hätte den Direktor gebeten, mich zu grüßen. Gutes Zeichen, finde ich, sagte der Direktor.

21. Januar

Die Post brachte ein Päckchen vom Verlag, das sich anfühlte, als ob es Druckfahnen enthalten würde. Es waren aber keine Druckfahnen. Ich war etwas enttäuscht, doch am Nachmittag kam ein Anruf der Lektorin H. P.: Der erste Schub Druckfahnen vom WUNDERTÄTER III wäre beim Verlag eingetroffen.

Was war das nun für ein Spielchen von Nachrichtenübermittlung ohne Apparate? Wieso brachte das

Päckchen am Vormittag bereits die Nachricht, die sich am Nachmittag erst bestätigte?

22. Januar

Cheflektor G. C. hat *gephont*, Zeitungsredaktionen und die Leitung des Kulturmagazins vom Fernsehen hätten ihn gebeten, ihnen Druckfahnen vom Roman zu überlassen. Wir kamen überein, zunächst keine Druckfahnen herauszugeben. Noch sinds sechs Monate hin bis zum Erscheinen des Romans. Die Neugier auf ihn aber scheint groß zu sein, oder man möchte sich brüsten können, man habe den Roman, dem soviel Wind vorausgeht, schon gelesen. Ich kann mir nicht denken, daß es den Anfragern wirklich um Besprechungen geht, denn in dieser Beziehung wartet man auf die Winke von *oben*.

24. Januar

Eine Stunde wohl bei Z. in der Redaktion von SINN UND FORM zugebracht. Er ist angetan vom Interview, das Doktor Plavius mit mir machte, aber den Passus mit Professor *Hänschenklein* würde er nicht ohne Zustimmung von Girnus abdrucken wollen, und Girnus wäre zur Zeit zur Kur, käme erst Anfang Februar zurück. Die Redereien von Z. hörten sich nach Zivilcourage an.

25. Januar

In Berlin. Ich guckte in die Umbruchfahnen vom WUNDERTÄTER III, und der berüchtigte Zweifler in mir stand auf, deshalb las ich mich in den Morgenstunden quer durch den Roman, las von jedem Bogen eine Seite, beobachtete mich und bemerkte, daß es Mühe kostete, je nach der Lektüre von einer Seite pro Bogen nicht auch die nächste Seite und auch die nächste zu lesen. So beruhigte ich mich einigermaßen.

 Es war für längere Zeit die letzte Möglichkeit, die Qualität des Romans wie ein halb Außenstehender zu prüfen, denn nun mach ich mich an die Korrektur der Fahnen und muß nach Kleinigkeiten, nach Druck- oder Denkfehlern fischen und werde frühestens wieder von halbhoher Warte auf die Arbeit sehen können, wenn das eingebundene Buch vor mir liegt.

A. R., von der Redaktion der NEUEN DEUTSCHEN LITERATUR, kam ein Umbruch-Exemplar abholen. Es ist das, was Hermann Kant haben soll, der den WUNDERTÄTER III besprechen will.

Man konnte R. ansehen, wie gespannt er war, die Fahnen zuerst selber zu lesen, und wie froh er darüber war, daß Hermann Kant zur Zeit nicht *aufgetrieben* werden konnte.

31. Januar

Die Umbruchfahnen redigiert. Nach mir geht Eva sogleich hinein und findet noch eine Menge Fehler, die ich übersah, und wenn ein dritter Korrektor hineingeht, wird auch er noch Fehler finden. Ein Buch ohne Druckfehler gibt es nicht, erklärte mir einst Lektor G. C.

4. Februar

Der Literaturkritiker von der JUNGEN WELT, Rulo Melchert, holte sich ein Exemplar der Druckfahnen. Er erzählte von seinen *Abenteuern* als Kulturjournalist und von wie vielen glücklichen Umständen es abhängt, bei der Redaktion eine Kritik gegen einen von den Parteiöberen gehätschelten Unterliteraten oder eine gute Besprechung eines Buches von einem amtlich für unwürdig Befundenen gedruckt zu kriegen. Er will sich einen *günstigen Wind* aussuchen, der ihm die Besprechung des WUNDERTÄTER III in die Zeitung wehen soll. Oftmals nimmt der Jugend-King

Egon Krenz alle für die Kulturseite der JUNGEN WELT bestimmten Manuskripte und geht erst im Politbüro anfragen, ob er *darf* und ob das Geschriebene *auf Linie* liegt.

5. Februar

Auch die Mitarbeiterin der WOCHENPOST nahm ein WUNDERTÄTER-Manuskript mit. Sie will es lesen, sagte sie, aber Professor K. J. werde den Roman in ihrer Zeitung besprechen.

Professor K. J. erhielt das Manuskript bereits vor einem Jahr oder länger, und da er es nach dieser Zeit immer noch nicht gelesen hatte, nahm ich es ihm wieder ab.

Jetzt aber will er den Roman rezensieren.

Merkwürdig!

7. Februar

Ungeheuerlich! Plötzlich fingen mir die Passagen des Romans, die in Berlin spielen, an zu mißfallen. Das Unbehagen steigerte sich bei jedem Kapitel, das ich las, bis zur Idiosynkrasie. Die Gründe können verschiedener Art sein: Erstens, der Roman taugt im dritten Teil (von der Komposition her) wirklich nichts, dann müßte aber auch bei Eva Unbehagen bestehen, oder sie verschweigt es mir, um mich zu schonen und um zu verhindern, daß es nach der fünfjährigen Beschäftigung mit dem Roman bei mir zu einem Zusammenbruch kommt. Dann müßten aber auch alle Außenstehenden, die den Roman bisher lasen, aus ähnlichen Gründen gelogen haben. Zweitens: Der Roman taugt doch was, und es ist der übliche Ekel, der sich beim Fahnenlesen fast immer anschleicht, diesmal verstärkt durch den Streit mit der Lektorin und den Korrektoren, weil ich bei bestimmten Wendungen ein S ohne Apostroph an das Verbum angesetzt haben will: wir habens. Und überhaupt, der Kampf gegen diese und andere Schulmeistereien.

Drittens: Ich lese den Roman plötzlich mit den Augen von Hermann Kant, der den Part in der Tiefbaugrube und die Figur des Friede Zaroba als besonders *wuchtig* empfindet. Natürlich kann der Berlin-Part nicht von der Wucht sein wie der Bergbau-Part, in den zudem noch ein wenig Atmosphäre von englischen Kriminalromanen hineinschimmert. (Vielleicht ganz nach Hermanns Geschmack.) Ich meine die Szenen in den Dorf-Kneipen mit dem von *Geheimnissen* umzitterten Risse.

Da Hermann Kant sich einige Tage nicht meldete, nachdem er zunächst zügig bis etwa Seite dreihundertzwanzig gelesen hatte, verstärkte sich bei mir die Einbildung, der Berlin-Part des Romans falle ab.

Inzwischen *phonte* Hermann Kant zu Evas Geburtstag, ihn hätte eine Grippe gepackt und er hätte den Roman deshalb zunächst beiseite gelegt. Mein Unbehagen verkleinerte sich, aber nur ein wenig.

Viertens: Ich mußte in Berlin (dort begann und verstärkte sich das Unbehagen) das Fahnenlesen durch Besuche und durch Einkaufsgetümmel häufig unterbrechen, und das Wieder-Hinein-Lesen begünstigte den Ekel vor einer Arbeit, vor der man fünf Jahre saß, von der man *übergenug* hat.

Eva versucht zu trösten: Denk dran, daß es dich beim Korrekturlesen häufig so packte!

Aber ich erinnerte mich leider nur schlecht.

Ich teile deine Aversion nicht, sagte Eva.

Ich bin ihr dankbar und warte (gespielt ruhig), aber mit verdeckeltem Ungestüm, auf die Stunde, da Eva nach den Strapazen, die ihr mit ihrem fünfzigsten Geburtstag auferlegt waren, wieder in den Roman hineingehen kann und mir (hoffentlich) einige Zweifel fortnimmt.

Ich blieb bei Seite fünfhundertfünfundsechzig stekken und rühre die Korrekturbogen zur Zeit nicht an. Es sind noch etwa achtzig Seiten durchzugehen.

13. Februar

Ich arbeite weiter am nächsten Roman, am LADEN. Ich darf den Text nicht zerschreiben, darf ihn nicht rhythmisieren. Die Neigung dazu ist stark, aber ich darf nicht! Das Stilisieren ist bei mir stets eine Arbeit, die an der Grenze des Irrsinns angesiedelt ist.

Eva steckt endlich wieder in den Umbruchfahnen. Sie *funkt* die ersten beruhigenden Nachrichten. Soweit sie bis jetzt sieht, ist mein Unbehagen unbegründet.

Hermann Kant läßt sich nicht mehr hören. Ist es wirklich die Grippe, die ihn abhält?

17. Februar

Am Abend rief endlich Hermann Kant an; er hat seine Grippe überwunden und war gerade mit der Lektüre des WUNDERTÄTER III fertig geworden. Er läßt sich allgemein so etwas schwer ankennen, doch er war, wie mir scheint, beeindruckt, sprach es sogar auch aus. Ich habe gelernt, sagte er. Du hast eine Menge Ereignisse, Erlebnisse und Zustände aufgegriffen und mit großer Gerechtigkeit behandelt, die ich bisher verdrängte. Kurzum, du hast ein Jahrhundert-Problem aufgegriffen und künstlerisch gelöst.

An manchem, was Hermann sonst noch zum Roman sagte, war zu erkennen, daß es da Fragen und Tatsachen gab, auf die er von sich aus bisher nicht gestoßen war.

Im übrigen meinte er, daß das Attentat auf Büdner etwas verdeutlicht werden müßte. Er kann recht haben. Ich suchte sogleich die Fassung heraus, in der der Mordversuch und die Notwehr deutlich geschildert sind. Ich ließ diese Schilderung in der Endfassung weg, weil ich fürchtete, zu naturalistisch zu werden.

19. Februar

Die Umbruchfahnen vom WUNDERTÄTER III sind durchgesehen. Hermann Kant hatte recht: Für Leser, die über literarische Gegebenheiten ungern nachdenken, war es nötig, die Ereignisse am Schluß des sechsundsechzigsten Kapitels noch etwas zu verdeutlichen. Ich machte ein Konzentrat aus der letzten Seite, die ich vor mehr als einem Jahr aus der Fassung letzter Hand herausgenommen hatte.

Die total vergrippte Eva sah es sich an. Sie war der Meinung, der Schluß des sechsundsechzigsten Kapitels hätte die Verdeutlichung wirklich gebraucht. Das Kapitel hätte durch die Wiederhinzugabe gewonnen.

23. Februar

Ich las auf Tonband und stoppte die Lesezeit der Passage, die ich vorhabe, in Leipzig auf der Messe zu lesen. Es sind die beiden Kapitel, in denen Büdners Partei-Ausschluß behandelt wird. Die Lesezeit – zweiundvierzig Minuten. Ein bißchen zu wenig. Ich gebe noch dreizehn Minuten hinzu und lese den größten Teil aus dem Begräbnis von Vater Gustav.

26. Februar

Hermann Kant las uns am Telefon die ersten zwei Seiten seiner Rezension vor. Ein wenig mit der Hand ums Haupt geschrieben, wie er das gern macht, aber eben erstaunlich, daß er es macht.

3. März

Hermann Kant bringt uns seine Rezension zum WUNDERTÄTER III *zur Ansicht*. Leider existieren für ihn die beiden WUNDERTÄTERBÄNDE I und II nicht. Sie werden, so fürchte ich schon jetzt, allerdings auch für andere Rezensenten nicht vorhanden sein.

Hermann hat aber mit politisch-taktischen Vorwegnahmen und Entschärfungen der Vorwürfe und Anfeindungen, die man von Dogmatikern und *Sonstigen* zu erwarten hat, das Seinige geleistet. Es lohnte sich, mit einem Glas Kognak darauf anzustoßen. Durch die Tür, die ich ihm glaubte aufgestoßen zu haben, ist Hermann nicht gegangen. Das kann aber noch geschehen, wenn er selber wieder etwas schreibt und veröffentlicht. Möglich auch, daß er erst sehen will, was mir hinter der aufgestoßenen Tür geschieht. (Möglich aber auch, daß meine Vermutungen ganz und gar unrichtig sind.)

7. März

Den WUNDERTÄTER-Part, den ich auf der Leipziger Messe lesen werde (Büdners Parteiausschluß), nochmals auf Band gelesen und abgehört und die Zeit gestoppt. Es bleibt bei fünfundfünfzig Minuten.

Ich muß vermeiden, die Lesestunde auf der Leipziger Messe wichtig zu nehmen. Ich darf sie nicht zu einem Ereignis anwachsen lassen, von dem irgend etwas in meinem Leben oder gar meiner Entwicklung abhängt. Es ist die reine Eitelkeit, die sich hinter dieser Maske versteckt und sich wichtig zu machen versucht.

Es ist viel wichtiger, alle Kraft in den LADEN zu stecken, damit er annähernd zu dem wird, was ich mir vorstelle. Dieser Vorsatz möge auch die ganze künftige Zeit gelten, wenn der WUNDERTÄTER III zu den Lesern kommen wird. Er muß, so gut ich kann, eine erledigte Sache für mich sein!

Das Interview, das ich mit Professor P. machte, kullert nun in der Akademie der Künste umher.

 Widersacher Girnus hat es endlich gelesen. Nun aber gab er es, wie mir mitgeteilt wurde, an den Präsidenten weiter. Plötzlich muß G. also, der stets mit seiner Zivilcourage protzte, Deckung bei Konrad Wolf suchen.

Ein paar Tage will ich mir das Verschiebe-Bahnhof-Spiel noch ansehen, dann ziehe ich das Interview zurück. Das Spiel ist einfach unwürdig.

Erst muß ich ohne Feindlichkeit gegen das alles sein, was ich jetzt nach und nach aus meinem Leben verabschiedete: den Parteigeist, die Ideologie, die Ideologisierten, die Sektiererei und die Sektierer, die Politik und die Politiker, solang ich in ihnen allen noch meine Widersacher sehe, habe ich sie nicht überwunden.

11. März

Mit Eva auf der Leipziger Messe im Alten Rathaus gelesen. Die Leseveranstaltung begann um zwanzig Uhr, aber um neunzehn Uhr stauten sich schon die Zuhörer, so daß wir durch einen Hintereingang in den Rathaussaal geschleust werden mußten. Eva hatte großen Erfolg. Man kann fast vermuten, jede Frau, die da war, war Evas wegen da. Aber auch die Männer schmelzen, selbst die Lyrik-Verächter, wenn sie eine Weile liest. Rundfunk und Fernsehen schnitten die Veranstaltung mit.

Ich ärgerte mich über die Kameras, die Beleuchtung überhaupt, über die Leute vom Fernsehen, und ich war fahrig, so daß ich mit meinen Druckfahnen durcheinanderkam. Trotz allem aber wurde der WUNDERTÄTER III von den Zuhörern begeistert aufgenommen, und der Verlagsdirektor konnte aufatmen. Er war sehr besorgt, die Veranstaltung könnte *angehalten* werden, weil ich die Szene las, in der Büdner aus der Partei ausgeschlossen wurde. Auch ich atmete auf, aber andersherum. Mir wurde bewußt, alles wird gut gehn mit dem Roman, wenn er wirklich in die Hände der Leser gelangt.

(Zusatz, 4. März 1990. Bis heute wurde mein Lese-Part von damals im Fernsehen nicht *ausgestrahlt!*)

31. März

Mit dem Interview, das ich mit Professor P. für SINN UND FORM machte, hatte man es damals sehr eilig. Es mußte Ende Januar geliefert werden, damit man es noch in die Juni-Nummer hineinkriegen konnte. Inzwischen wurde es vom Chefredakteur Girnus dem Akademiepräsidenten zugewiesen. Dort liegt es nun und liegt. Ich bin darin auch auf den WUNDERTÄTER III eingegangen, auf die Anfeindungen, denen er ausgesetzt ist, noch bevor er im Druck erschien.

Gestern rief mich Hermann Kant an, man habe ihm das Interview zugestellt, er möge sich äußern, ob er es befürworte, er als Präsident des Schriftsteller-Verbandes.

Überwiesen hat ihm das Interview der Präsident der Akademie der Künste. Man spricht also wieder nicht mit mir, wieder wandert ein Manuskript von Begutachter zu Begutachter, wie dennmals das Roman-Manuskript vom WUNDERTÄTER III. Überall Furcht, politische Verantwortung zu übernehmen, und die Entschuldigungen für feiges Fehlverhalten werden immer dümmer.

Hermann Kant sagte mir, er hätte das Interview-Manuskript befürwortet. Auch er fand es empörend, daß man sich in der Kunst-Akademie zu keiner Entscheidung bereit fand.

212 **3. April**

Jetzt ist das Manuskript meines Interviews mit Professor P. wieder in der Redaktion von SINN UND FORM gelandet. Man verlangt drei kleine Striche:

Erstens: Vom rüpligen Professor Hänschenklein soll nicht gesagt werden, daß er an einem ZK-Institut arbeitet.

Weshalb nicht?

Weil sich das nicht gut macht in der Öffentlichkeit.

Zweitens: Es soll nicht heißen: Mitglied des Politbüros, sondern *führender Genosse*.

Drittens: Eine Ausstellung von Chefredakteur Girnus zu einem Passus, in dem ich über die Mauer in Berlin spreche. Wir befänden uns eben doch *in einer besonderen Lage*: Das politisch gespaltene und geteilte Land.

Das billige ich ihm nicht zu. Auch Korea und Vietnam sind geteilte Länder; die einzige Besonderheit, über die wir *verfügen*, ist das geteilte Berlin. Da erkläre ich mich bereit, einen kurzen Satz einzufügen.

Damit gilt das Interview als *angenommen*. Man will es in die Nummer vom August/September bringen.

21. Mai

Im WUNDERTÄTER wird vor der *Schicksalskutsche* gewarnt. Der Held Stanislaus glaubt die Erfahrung gemacht zu haben, es sei besser, nach eigenem Willen und Bedünken zu Fuß zu gehen, als sich in jener Kutsche fahren zu lassen, und das war, als ich am dritten WUNDERTÄTER zu schreiben anfing, auch mein eigener Standpunkt. Während der langen Schreibzeit von fünf Jahren machte ich andere Erfahrungen, nämlich die, daß man sich seinem Schicksal einigermaßen ruhig überlassen kann, sofern es einem um die Selbstverwirklichung seines Wesens geht.

Weshalb ich diese Erfahrung nicht schon in den dritten WUNDERTÄTER einarbeitete?

Ich hatte sie noch nicht im eigenen Leben gut genug erprobt, und zweitens wäre sie meinem Helden Stanislaus, dem Reifegrad, den er hat, als der Roman endet, nicht angemessen gewesen. Ihm ging es noch nicht geradezu um Selbstverwirklichung, sondern mehr um die Klärung und die Herstellung einer Lebens-Situation, auf der eine Selbstverwirklichung möglich ist.

Im LADEN allerdings wird Großtante Maika die von Friede Zaroba im WUNDERTÄTER angeschlagene Melodie fortsetzen.

30. Mai

Der WUNDERTÄTER III ist als Buch erschienen, das ist das Hauptereignis an diesem Tag. Das ist das Hauptereignis der letzten fünf Jahre. Aber immer kommt oder geschieht das Wichtige unterderhand, kommt leise, auf Taubenfüßen und zwischen Umständen, die einem nicht erlauben, tief und ausgiebig genug über es nachzudenken oder sich genügend über es zu freuen.

Am Vormittag rief ich bei der Lektorin H. P. im Verlag an: Die *Aushänger* sind da, hieß es. Mit dem Buch wird es wohl noch bis Ende Juni dauern.

Schon am Nachmittag rief G. C. an: Rate mal, was ich hier habe?

Ich: Die Aushänger vom WUNDERTÄTER III, ich weiß schon.

Er: Nein, zwei *Signal-Exemplare* vom ausgedruckten Roman sind eingetroffen. H. P. bringt dir in etwa einer Stunde eines davon.

So war es und nicht anders. Und ich sprang keineswegs an die Decke vor Freude, sondern überlegte sogar, ob ich, weil ich noch Besorgungen zu machen hatte, die H. P. mit dem Buch zur vorgeschlagenen Zeit kommen lassen könnte.

Inzwischen kam Eva, und ihre Reaktion war: Wieder kommt dein Roman vor meinem Gedichtband heraus, wie wir es schon mal erlebten, obwohl mein Buch schon im Februar erscheinen sollte.

Das kühlte mich ab. Es tat mir leid, daß Eva so enttäuscht war. Später freute sie sich natürlich mit mir, freute sich, wie es den geschilderten Umständen nach möglich war.

Die H. P. hatte sich in eine bunt bestickte, ärmellose Weste geschmissen, ein Mitbringsel von ihrer Mittelasien-Reise. Sie hatte ihr Haar gut verschneiden lassen, war mit einer, nun schon grau-melierten, Windstoßfrisur ausgestattet, sah recht wohl und ansehnlich aus und trug einen Pompadour aus sorbischem Blau-Druck-Stoff. Auf dem Beutel waren sorbische Figuren zu sehen, denn H. kam soeben aus Bautzen, wo sie diesen Beutel erworben oder zum Geschenk erhalten hatte. Sie tippte mit dem Finger auf eine weibliche Blau-Druck-Figur und sagte: Das ist Lenka Meurer, und sie tippte auf die andere Figur und sagte: Das ist Otta Zaroba, und sie öffnete den Beutel und sagte: Und nun sieh nach, was dir die beiden bringen!

Das war freilich nicht besonders geschickt, einem Siebzigjährigen wie einem Siebenjährigen zu sagen: Hier kommt der Kasper Larifari, und nun schau nach, was er dir in seinem Sacke geschleppt bringt. Nein, das war nicht sehr geschickt, aber es sollte wohl poetisch sein, und H. hatte gewiß unterwegs an dieser Übergabe-Rede gearbeitet.

Ich nahm den WUNDERTÄTER-Roman aus dem Beutel, umarmte die H. zeremoniell und blätterte, weil man das so macht, ein wenig im Buch. Aber die Tatsache, daß es nun da war, überwältigte mich keineswegs. Nicht eine Sekunde wurde ich mir des Hoffens und Bangens der Verzweiflungsaugenblicke bewußt, die ich um dieses Buch ausgestanden hatte.

Und so blieb es bis heute. Die große tief-innerliche Freude, die der Vorgang hätte bei mir auslösen müssen, trat bis jetzt nicht ein. Vielleicht verhindert es die Tatsache, daß ich zu sehr bedenke: Bis jetzt ist das Buch erst in zwei Exemplaren da. Bisher ist es noch nicht unter den Menschen, bei den Menschen, die es haben sollen. Vielleicht ist aber auch die Nüchternheit, mit der ich das Erscheinen des Buches nun hinnehme, ganz natürlich. Die Kräfte, mich darüber zu freuen, sind mit Hoffen und mit Kämpfen verbraucht.

3. Juni

Noch immer ist keine Freude über den fertigen WUNDERTÄTER-Roman in mir eingezogen.

13. Juni

Die Beleg-Exemplare vom WUNDERTÄTER-Roman sind eingetroffen. Langsam dürfte auch der Verkauf in den Buchhandlungen einsetzen. Noch ist alles ruhig. Ich fange an, den Freunden und Bekannten, die ich mir vormerkte, je eines von den Beleg-Exemplaren zuzuschicken.

Hermann Kant fürchtet ein wenig, seine Besprechung des WUNDERTÄTER III könnte früher erscheinen als das Buch.

Girnus, der Chef-Redakteur von SINN UND FORM, verschickt Hinweise an die Beirats-Mitglieder der Redaktion, in denen er meine Antworten auf die Fragen von Professor P. als sehr kritisch avisiert. Er bittet die Mitglieder, das Manuskript unbedingt zu lesen.

 17. Juni

Vor siebenundzwanzig Jahren an diesem Tage fing ich, der ich bis dahin ein reiner Partei-Tor gewesen war, an manchem, was die Partei betraf, zu zweifeln an. Die Zweifel nahmen von Jahr zu Jahr zu, und es blieb wenig unangezweifelt an den Methoden und an der Taktik und an den Funktionären und an allem, womit diese Gesellschaftsordnung durchgesetzt werden soll. An der Gesellschaftsordnung, die sich auf dem Papier so ideal ausnimmt.

Nun sind alle Beleg-Exemplare des Romans eingetroffen. Eigentlich wollte ich nur wenige verschicken, aber es kommen immer mehr Freunde und Bekannte, die um ein Exemplar bitten, und ich komme mir zuweilen vor wie ein Versandbuchhändler.

18. Juni

Ein Signal-Exemplar der NEUEN DEUTSCHEN LITERATUR mit dem Vorabdruck vom 1. Teil des LADENS ist erschienen. Die Nummer enthält vorn, als ersten Beitrag, Hermann Kants Besprechung des WUNDERTÄTER III. Diese Besprechung wird einiges Gute bewirken, vielleicht einige Großmäuler zu Kleinmäulern machen, aber sie ist auch mit vielen, fast zu vielen Vorbehalten versehen. Passagen, die man so und so auslegen kann, und das ist wohl in voller Absicht so gemacht.

19. Juni

H. P., die Lektorin, geht strahlend umher. Sie ist auf WUNDERTÄTER-Leser gestoßen, die ihr Erstaunen darüber ausdrückten, daß ein solches Buch bei uns erscheinen konnte. Sie ist stolz, weil sie dieses Buch als Lektorin betreute. Das soll sie auch, und G. C. soll das auch. Beide waren die *Betreuer* des Buches im Verlag, wenngleich ich mich, als sie es zu betreuen hatten, oft und oft über sie ärgerte.

Die erste Besprechung des WUNDERTÄTER III erschien in der JUNGEN WELT. Rulo Melchert schrieb sie. Sein Name sei hier rot ausgeschrieben. Für die Gegend, in der wir leben, und in Anbetracht des herrschenden Partei-Katholizismus, ein mutiger Mann. Er ist für mich, und das ist noch wichtiger, ein Mann, der verstand, was ich mit dem Roman beabsichtigte, ein Mann, der ihm gerecht wurde.

24. Juni

Noch immer ist der WUNDERTÄTER-Roman nicht in den Buchläden. Nur in der kleinen Buchhandlung des Aufbau-Verlages, in der Französischen Straße, wurde er *frei* verkauft.

Der sogenannte *Verteilerschlüssel* war fertig. Man wollte mit der Auslieferung anfangen, da kamen Vertreter der Armee und verlangten, daß zuerst die Armee beliefert werden solle. (Ein Trick, um einen Teil der Auflage verschwinden zu lassen.) Der Verlagsdirektor erzählte es mir vorige Woche, obwohl es ihm untersagt war, darüber zu sprechen. Ich wollte wissen, wie viele Exemplare man von der Armee *aufgekauft* hatte. Der Verlagsdirektor sagte, er wüßte es nicht. Zu Eva aber sagte er: Fünftausend. Inzwischen verständigte mich ein Freund, der es wissen muß, telefonisch: Gib acht, die Armee kauft ganze Auflagen auf!

Was wird gespielt? Wieder bin ich skeptisch.

25. Juni

Lesermeinungen zum Roman kenne ich so gut wie keine. Die Leute (meist nähere Bekannte), denen ich ihn schickte, bedanken sich für die Zusendung, ohne ihn gelesen zu haben.

 Der Kreis-Redakteur H. aus Gransee rief an und teilte mit, er habe gelesen und unterschreibe jedes Wort, das im Buche steht, doch er verriet gleichzeitig, daß der Mut zu diesem Bekenntnis nicht ganz auf eigenem Mist gewachsen wäre, wie er sich ausdrückte. Kurzum, er stimme mit der Besprechung des Buches von Rulo Melchert in der JUNGEN WELT überein.

3. Juli

Viele, denen ich den Roman bisher zuschickte, bedanken sich schwenglich und überschwenglich, und was es nun immer ist, was sie abhält, ob sie sich vor dem dicken Buch oder davor fürchten, sich mit jedweder Aussage oder Zustimmung politisch in falscher Richtung zu exponieren, es bleibt beim Bedanken, und sie sagen auch nichts davon, daß sie es lesen werden. Nicht einmal das.

Doch es gibt auch Ausnahmen: Redakteur H., von der Lokalredaktion in Gransee, wollte gestern, als wir uns auf dem Schinkelplatz trafen, seinen Lobgesang kaum bremsen: Zweimal habe ich das Buch durchgeackert, sagte er. Und meiner Frau, die rasch noch einmal die beiden ersten Teile liest, habe ich gesagt: Nischt hat er ausgelassen zu erwähnen und zu bewerten im dritten Teil. Sogar die Staatssicherheit und die Westreisen nicht!

Mein Freund Bruno rief heute durch die Wälder: Mir gefällts gut, ich hab in Tag- und Nachtschicht gelesen. Was ich sagen möchte, ist nicht fürs Telefon geeignet, und wenn du noch Gewitter hinnehmen wirst müssen, dafür lohnt sichs schon.

Ach, wie lechzt man doch nach ein wenig Zustimmung von außerhalb der Familie. Ich hätte es eigentlich, nein, diesmal hätte ichs eigentlich nicht von mir gedacht!

5. Juli

Eva, die in Berlin in einer Gruppen-Versammlung war, bestellte mir einen Gruß von R. K. Er hätte den Roman in zwei Nächten gelesen und wäre nicht losgekommen.

Und L. R., verriet Eva am Telefon, daß sie und ihr Mann K. einer dem andren das Buch wegnehmen würden, um drin zu lesen. Ähnliches schrieb A. W., aber zu einer Abschlußbemerkung setzten beide Familien bisher nicht an.

Ein echter Leserbrief kam von Greiner-Mai, einem Verlagsmann der Weimarer Zentrale unseres Verlages. Eine Zustimmung ohne Abstriche.

Wenn der Roman des weiteren auf so verständnisvolle Leser trifft wie auf die, von denen ich bisher nur, wenn auch knappe, Zustimmungen hörte, werden es seine Gegner, die Partei-Dogmatiker und Dummköpfe, schwer haben, gegen ihn anzukommen.

11. Juli

B. N., von der WOCHENPOST, rief bei Eva an. Sie hätte positiv erfahren, der WUNDERTÄTER III würde in den Bezirken von *geheimen Kräften* aufgekauft. Ich gab nichts drauf.

Am Mittag erschien Hermann Kant: Muß dich dringend sprechen, unangenehme Sache. H. aus dem Politbüro hat mich und den Akademiepräsidenten wissen lassen, daß er, auch der Minister für Kultur und die Abteilungsleiterin R. ihre Funktionen loswerden würden, wenn das Interview, das Strittmatter mit Professor P. machte, wie geplant, im übernächsten Heft von SINN und FORM veröffentlicht würde. Strittmatter möge bedenken, daß der *Kurfürst von Berlin N.* auf die Funktion von H. im Politbüro hinziele. Das wäre, besonders jetzt, vor dem Parteitag, latent.

Man dürfe dem Stalinisten N. keine Chance geben. H. bäte mich auf den Umwegen Kulturabteilung-Akademie-Schriftsteller-Verband, dem Redakteur von Sinn und Form mitzuteilen, er möge mit der Veröffentlichung des Interviews bis nach dem Parteitag warten. (Der Parteitag ist für nächstes Jahr angesetzt!)

Diese Mitteilung also aus dem Munde des Verbands-Präsidenten, der vor Wochen, genau wie der Präsident der Akademie, sich für die Veröffentlichung dieses Interviews ausgesprochen hatte!

Ich ließ mich bewegen, um dem *Kurfürsten von Berlin N.,* der mehrmals öffentlich bekannt hatte, mein Feind zu sein, ein mögliches Einrücken in die Funktion des toleranteren H. zu verstellen.

Eva war mit meinem Entschluß nicht recht einverstanden. Vielleicht mit Recht. Das wird sich bald zeigen. Sie rief die N. von der Wochenpost mehrmals an: Stimmt es, daß das Buch in den Bezirken von Geheimkräften aufgekauft wird? Vom Bezirk Cottbus konnte es die N. mit Sicherheit bestätigen. Sie berief sich auf Aussagen ihrer Chef-Redakteurin Y. F., die Beziehungen zu gewissen Kreisen habe und es genau wüßte.

Mit der Botschaft von Hager, die mir Hermann Kant überbrachte, überbrachte er auch die Versicherung des H., alle Anfeindungen gegen den Wundertäter III zusammen mit der Kulturabteilung und dem Kulturminister zu neutralisieren, ebenso eventuelle Interventionen der Russen. Abrassimow, der russische Botschafter, wäre zwar noch nicht intervenierend vorstellig geworden, aber man müsse damit rechnen.

Aber, wie vertrug sich diese Zusicherung von H. mit dem, was angeblich in den Bezirken mit meinem Roman veranstaltet wurde?

Ich rief Hermann Kant an und sagte: Entweder hat

man uns beide gestern mit dem Interview-Alarm *verladen*, oder hat man nur mich, mit deiner Hilfe, *verladen*? Was soll ich denken?

Hermann Kant versicherte wiederum, wenn sich die Machenschaften geheimer Kräfte im Bezirk Cottbus als wahr herausstellen würden, würde er seine Präsidenten-Funktion im Schriftsteller-Verband aufgeben.

Am nächsten Tage nahm er sich der Sache an, und am Abend berichtete er, die Tatsache, daß man den Roman, zum Beispiel im Bezirk Cottbus, einzöge, wäre auch der Leiterin der Kulturabteilung im Zentralkomitee von anderer Seite *signalisiert* worden. Sie lud den Kulturverantwortlichen des Bezirkes Cottbus ein, der versicherte, er habe die Konfiszierung des Romans nicht veranlaßt. Es müßten Kräfte an der Arbeit sein, die nicht er kontrolliere. Daraufhin habe die Leiterin der Kulturabteilung des Zentralkomitees den Kulturverantwortlichen aller Bezirke auferlegt, den Roman wie ein *normales* Buch zu behandeln.

Die *geheimen Kräfte* schlugen eine neue Taktik ein. Man hörte von allenthalben, die Buchhändler hätten nicht die Anzahl Bücher erhalten, die sie bestellt hätten. Ihre Zulieferungen wären gekürzt, überall wäre der sogenannte *Verteilerschlüssel* gekürzt worden. Wiederum wurde die Armee als Großabnehmer des Romans ins Feld geführt.

Waren es vielleicht doch mehr als zwanzigtausend Exemplare, die die Armee aufkaufte? fragte ich Hermann Kant am Telefon. Darauf wurde er auf einmal belehrend, schlug sich ruckartig auf die Seite der Politiker und sagte mir in etwa: Freu dich doch, wenn die Armee so viele Exemplare kauft! Ist es nicht ein gutes Zeichen, wenn die Leiterin der Kulturabteilung die Kulturverantwortlichen der Bezirke zusammennimmt und dafür sorgt, daß dein Buch normal behandelt wird? Außerdem hast du gestern den Verdacht

222 geäußert, ich hätte dich eventuell *verladen*. Es ist nicht recht, daß du deine Freunde vor den Kopf stößt. Kurzum, ich hatte den Eindruck, Hermann fühlte sich aufgefordert zu erkunden, wie viele Exemplare des Buches die Armee nun wirklich aufgekauft habe, und das mochte er nicht. Das war ihm unangenehm, da versuchte er lieber, mich zurechtzuweisen. Ich verbat mir das natürlich. Plötzlich hielt er mir vor, ich könne doch zufrieden sein, sein letzter Roman IMPRESSUM wäre drei Jahre verboten gewesen. Mein Buch aber wäre gedruckt worden; man vertriebe es undsoweiter.

Ich mußte Hermann Kant antworten, daß er sich irre, mein Buch habe ebenfalls zwei Jahre ungedruckt umhergelegen. Er wiegelte ab: Wir wollen hier nicht abmessen, wielange und welches Manuskript länger umhergelegen hat.

Ein Wort gab das andere; ein Widersatz den anderen. Ich sagte ihm, ich könne nicht recht erkennen, weshalb er als Parlamentär in der Angelegenheit des Professor P.-Interviews zu mir gekommen wäre. Kurzum, ich wäre mißtrauisch. Er möge mir bestätigen, daß das Interview nach dem Parteitag wirklich veröffentlicht werden würde. Ich erinnerte ihn an einen anderen Fall, da er als Parlamentär zu mir gekommen wäre, nämlich, als ich mich geweigert hatte, meine Zustimmung zum Einmarsch unserer Truppen in die Tschechoslowakei zu unterschreiben. Schließlich hätte ich damals seinem Drängen nachgegeben unter der Bedingung, daß jene Schriftsteller, die nicht unterschreiben würden, keinerlei Nachteile zu erwarten hätten. Er versprach mir, dafür zu sorgen. Unter den Schriftstellern, die damals nicht unterschrieben, waren Eduard Claudius, auch Paul Wiens und Fühmann. Die wurden danach mit Mißtrauen behandelt, und ich konnte nie beobachten, daß Hermann Kant öffentlich für sie eingetreten wäre.

Ich stellte fest, daß Hermann Kant sich an diese Sache nicht mehr erinnern konnte, als ich sie ihm vorhielt. Er wurde jedenfalls kühl, sehr kühl. Ich bedankte mich entsprechend für seine *Mühewaltung*, und dabei blieb es. Die Spannung ist da, und ob Hermann unter dieser Spannung leidet, weiß ich nicht. Ich tue es, und ich bin entschlossen, mich zu entschuldigen für meine Unterstellung, wenn es eine sein sollte, doch ich werde es nur tun, weil ich spüre, daß unter dieser Spannung meine Arbeit leidet.

Was aber war der Hauptfehler, den ich machte, um diese Spannung zwischen Hermann und mir herbeizuführen? Es war mein Verstoß gegen das, was ich mir seit langem vornahm, gegen das, was ich mir immer wieder vornehme: Nicht eingreifen in die Prozesse, nicht in die Prozesse, die andere betreffen, aber auch nicht in die Prozesse, die mich betreffen. Das aber habe ich getan, also bin ich schuldig.

Ich rief Hermann Kant an. Er war in Prälangk, in seinem Sommerhaus. Ich entschuldigte mich bei ihm, und er nahm die Entschuldigung munter, geradezu begeistert auf. Er hatte wohl damit gerechnet, doch wieder auch nicht damit gerechnet, und das gewiß, weil auch er sich nicht für schuldlos hielt.

Ich jedenfalls fühle mich befreit. Es hat mich keine Überwindung gekostet. Ich habe es für meine Arbeit getan.

23. Juli

Mein Roman scheint in eine merkwürdige, fast unheimliche Lage geraten zu sein: Kaum jemand von den Freunden, den guten Bekannten und den sonst wohltuenden Lesern läßt sich, nachdem er den Empfang des Romans begeistert quittierte und versicherte, sich sogleich nach dem Lesen wieder hören zu lassen, nun wirklich hören. Auch jene Leute nicht, mit deren Zuspruch oder deren leiser Kritik ich sonst rechnen konnte.

Die Tatsache, daß ich *unverschleiert* über den Stalinkult schrieb, dem wir frönten, und über die Verbrechen, die damit zusammenhingen und -hängen, muß den Leuten wohl so ungeheuerlich sein, daß sie den Atem anhalten und abwarten, was mir *geschehen* wird. Dazu kommt, daß man sich in der Presse kaum über den Roman äußert. Ich scheine also die Zahl der Leute unterschätzt zu haben, die sich ihre Meinung vom Partei-Hauptblatt anfertigen lassen, die keine Meinung äußern, obwohl sie vielleicht eine haben. Sie verlautbaren aus Sicherheitsgründen nichts, bevor sie die Meinung von Partei-Oberfunktionären im Hauptblatt serviert kriegen.

Die Besprechung des Romans für die Zeitschrift WOCHENPOST ist, wie ich von Professor Jarmatz weiß, längst geschrieben. Allein, man veröffentlicht sie nicht. Man will erst gelesen haben, was im Partei-Hauptblatt über den Roman gedruckt wird.

Ein Brief von Irma Münch ging inzwischen ein. Ein mutiger Brief. Sie hat nicht auf die Meinung des Hauptblattes gewartet und bekannt, daß sie das Buch aufwühlte und traurig, sehr traurig machte.

Freilich könnte ich fragen, wo ich mich denn je verpflichtete, die Leser meiner Bücher nur zu erfreuen und nie traurig zu machen. Aber, wie auch immer, die Irma darf ich fernerhin auch zu meinen wirklichen Freunden rechnen. Der Roman zeigt mir also, daß der wirklichen Freunde immer weniger werden.

Vergessen darf ich vielleicht nicht die wohlwollende, wenn auch etwas eklektische Besprechung von Manfred Engelhart im Sender Radio Berlin.

Aber, was dürfen all diese Umstände für Anspruch auf meine Bedenken machen? Sie zeigen nur, wo es bei mir, trotz allen Bestrebens, mich *weise* zu verhalten, noch fehlt.

Ich habe von Anfang an gewußt, daß ich ein Buch schreibe, das für alle, die unsere Gesellschaftsform fürchten und lieben, ein heikles Buch sein wird. Vielleicht habe ich nicht damit gerechnet, daß die Anzahl derjenigen, die *fürchten*, so groß ist, wie sich jetzt erweist. Doch als damals fraglich war, ob man das Buch drucken würde oder nicht, habe ich des öfteren gedacht und im vertrauten Kreise gesagt: Wenns nur gedruckt und heraus ist – alles andere wird mich dann nicht stören und kümmern.

Und nun kümmert es mich doch, bekümmert mich sogar, und das ist falsch. Ich bin sogar zu ungeduldig, und das ist mehr als falsch. Was berechtigt mich, auf eine furchtlose, wohlwollende Reaktion bestimmter Leute zu rechnen? Das Buch wird hoffentlich allmählich von denen gefunden werden und zu denen gelangen, die es brauchen.

24. Juli

Professor P. hatte sich angemeldet. Ihm hatte man nichts davon gesagt, daß Hager aus dem Politbüro gebeten hatte, das bewußte Interview vorläufig nicht erscheinen zu lassen. Ihm hatte man gesagt, ich hätte mirs überlegt und ich hätte erwogen, ob man mit der Veröffentlichung nicht warten solle. Man *mauert* also, taktiert und lügt herum. Alles in bekannter Güte. Der Generaldirektor der Akademie gab Plavius das Auto, das er beantragt hatte, um zu mir zu fahren, nicht. Ich werde, was ich erwartete, wieder einmal als Verfemter behandelt.

Nach den mehreren zehntausend Exemplaren, die die Armee aufgekauft hat, erfahre ich, daß auch der Verlag die Anweisung kriegte, eine Reserve zurückzubehalten, und diese Reserve beträgt zehntausend Exemplare. Ein Trick nach dem anderen wird sichtbar.

Beim Partei-Hauptblatt liegt eine Rezension von Hermann Kähler. Sie wird nicht veröffentlicht; sie sei zu positiv, wird geflüstert. Mein Buch dürfe in Parteiorganen und deren Ablegern nicht rezensiert werden.

Im MORGEN, der Zeitung der Liberaldemokraten, erschien eine rundum positive Besprechung des Romans.

In den Buchhandlungen, in denen das Buch tatsächlich zu haben ist, kaufen manche Leute ein halbes Dutzend Exemplare. Wirkliche Leser oder beauftragte Aufkäufer? Direkt bösartige Anfeindungen wurden bis jetzt nicht bemerkbar.

Ich versuche mich auf das *spezifische Gewicht* des Romans zu verlassen. Hoffentlich gelingt es mir, ruhig zu bleiben.

27. Juli

Es wird erzählt, in der MÄRKISCHEN VOLKSSTIMME wäre eine positive Besprechung des Romans erschienen. Das ist für mich bis jetzt nur Gesage. Ich kann es nicht nachprüfen, unser Telefon ist entzwei.

Ein großes Aufatmen hatte ich gestern, als ein längerer Brief von Alfred Wellm eine Zustimmung zum Roman brachte. Ich hatte W. schon zu den Feiglingen und Parteiabhängigen gerechnet. Nun weiß ich, da ist doch ein Freund, den ich im Gegensatz zu anderen, die ich als Mißfreunde betrachten muß, zum festen Bestand rechnen darf. So schwer mir das Alfred auch machen mag.

Wie beim WUNDERTÄTER II schickte auch diesmal der Sohn eines unserer Geheimdienstchefs als Unterhändler einen Pferdehalter aus der Nähe, ein Roman-Exemplar mit Widmung bei mir zu holen.

Ich denke, sagte ich zu diesem Unterhändler, in

diesen Kreisen hält man nicht eben was von diesem Buch.

Doch, sagte der, es sind wirkliche *Fans* von Ihnen.

2. August

Ich will nicht ungerecht gegen das Leben sein (als ob es meine Gerechtigkeit nötig hätte!). Jedenfalls soll nach so mancher Klage, die hier stand, auch ein Ereignis Jubilate hier stehen: Am Anfang der Woche brachte das Partei-Hauptblatt eine Besprechung des Romans. Es handelt sich um die schon erwähnte Besprechung von Doktor Kähler. Ist es die List oder die Naivität eines Ästheten? K. empfiehlt den Funktionären, auch den sonstigen Lesern, vor allem aber den Funktionären, den Roman zu lesen, ohne Anspruch auf Realitätswert oder historische Treue zu erheben. Es wäre ein Schelmenroman, der in der Tradition von Cervantes, Hašek oder Thomas Manns FELIX KRULL stehe.

So unrichtig und einseitig diese Besprechung ist, sie reißt mich nicht nieder. Es werden keine Verdächtigungen oder politischen Unterstellungen ausgesprochen, und wenn es sich bei ihr um eine bewußte List handelt, dann hat Dr. Kähler meinen Respekt.

Vor allem wirds nun lebendig werden. Die Bezirksredakteure werden sich rühren und den Feiglingen unter den Freunden und Bekannten sind damit die Zungen gelöst.

Irmtraud Morgner schrieb mir einen Brief, stimmte dem Roman begeistert zu. Auch Charlotte Wasser schrieb begeistert; dann ein junger Schriftsteller, ein Dorflehrer wohl, der soeben sein erstes Buch veröffentlichte; Uwe Saeger heißt er. Außerdem schrieb der Kulturredakteur der thüringischen Bezirkszeitung DAS VOLK, Werner Voigt.

Das alles sind Zustimmungen, die einpassierten,

bevor etwas im Partei-Hauptblatt veröffentlicht wurde. Was jetzt an Zustimmungen eintreffen wird, muß ich kritischer und mit Vorbehalt betrachten.

Es ist traurig, festzustellen, wie vielen Menschen unseres Landes die Zivilcourage abhanden kam. Das Leben unter zwei Diktaturen hat sie ihnen genommen. Ob sie sich über ein Kunstwerk so freuen dürfen, daß ihre Nachbarn es hören, lassen sie sich erst von den Funktionären sagen, die es in der Hand haben, sie ab- und einzusetzen, deren Willkür sie ausgesetzt sind und auch ausgesetzt bleiben werden, wenn sie sich nicht auf ihre Menschenwürde besinnen.

Aber wozu die Polemik? Schrieb ich nicht einen Roman, in dem das alles abgehandelt wurde?

14. August

Unter der Geburtstagspost waren viele Zustimmungserklärungen zum WUNDERTÄTER III. Es lichtet sich, scheint es, um das Buch. Nun ist es schon so weit in die Bevölkerung gesickert und ist bei den Lesern im Bewußtsein, daß eine Rücknahme oder ein Verbot äußerst schwierig wären, auch wenn es den Sowjets doch noch einfallen sollte, zu intervenieren.

21. August

Buch-Premiere – ein gespreiztes Wort! Eva und ich signierten in der Spandauer Straße, in der Buchhandlung INTERNATIONALES BUCH, unsere Bücher ZWIEGESPRÄCH und WUNDERTÄTER III.

In den letzten Jahren nahm ich nicht mehr an BUCH-BASAREN teil. Es erschien mir eitel und immer eitler, dazusitzen und einen Namenszug in Bücher zu schreiben.

Aber die Menschen unseres überzivilisierten Zeitalters, an dem sie freilich selber in Schuld sind, möchten zeigen, daß sie manche ihrer Mitmenschen, ohne ein

politisches Muß im Hintergrund, verehren. Da 229
scheints mir angebrachter, sie erweisen ihren Respekt Menschen, von denen sie sich geistig beschenkt fühlen, als Schlager-, Sport- und Politstars.

Ich wollte auch diese Buch-Premiere zunächst nicht absolvieren, weil ich glaubte, daß man die Käufer mit staatlichen Machtmitteln fernzuhalten versuchen würde. Aber die Parteifunktionäre hatten ihre Taktik geändert. Sie wünschten, daß ich an der Buch-Premiere teilnehme; sie fürchteten, es könnte das Gemunkel entstehen, man hätte mir das öffentliche Signieren verboten. Die Funktionäre waren also auf sich bedacht, als sie mir zurieten. Gleichzeitig aber wurde den Fernseh- und Rundfunk-Reportern untersagt, von der Premiere zu berichten, selbst Fotoreporter wurden zurückgewiesen. Das ist die Schizophrenie, der man bei unseren Oberen immer wieder begegnet.

Von der Leitung des Schriftstellerverbandes, auch von der Bezirksleitung ließ sich niemand sehen. Sie schickten nur die Verbandskassiererin, und die sollte Bücher für die Leute in den Büros kaufen. Aber man gab ihr nur ein Buch, wie man allen anderen Kunden je ein Buch gab.

Die stellvertretende Verlagsleiterin kam, um sich den *Trubel* anzusehen. Sie war, als sie damals das Manuskript vom WUNDERTÄTER III gelesen hatte, der festen Meinung, man würde es drucken. Als nachher die Schwierigkeiten auftraten und man *höheren Ortes* viel und noch mehr gegen das Buch auszusetzen hatte, wurde sie wankelmütig. Nun versuchte sie gutzumachen und *verriet* mir, daß man sich von Westdeutschland her bemühe, die WUNDERTÄTER-TRILOGIE in Verlag zu nehmen. Die Tatsache verschaffte mir ein wenig Genugtuung, aber wirklich nur ganz wenig.

Die Teilnahme an der Buch-Premiere ließ mich

 erkennen, daß es einen Sinn hat, für die Leute hier und jetzt zu schreiben, und die gleiche Erfahrung machte auch Eva, deren Gedichte ja nicht weniger Tabus brechen als meine Prosa.

Ich weiß nunmehr, wie sehr es darauf ankommt, die Erkenntnisse, die ich im Laufe meines Lebens gewann, ohne Scheu, ohne Furcht in meinen Geschichten und Romanen abzuhandeln.

Das Überdauern-Wollen ist uns und allen Menschen eingeboren, und das Schreiben und Dichten ist eine tätige Weise, die dieser Möglichkeit nahesteht. Schreiben – als Vorform des Überdauerns – heißt: Den Nachfahren mitteilen, daß man als Mensch hier war und ahnte, wie ewig dieses Leben ist, und daß niemand etwas zu fürchten braucht.

Das erspüren die Leute auch aus Evas Gedichten, besonders aus dem neuen Buch ZWIEGESPRÄCH.

Es war ermutigend, sich davon zu überzeugen, daß beide Bücher gleichermaßen begehrt waren, und es gab wohl nur wenige von den tausend Menschen, die an unseren Schreibtischchen vorüberzogen, die nicht beide Bücher zugleich gekauft hatten.

Wir saßen im Schaufenster der Buchhandlung. Unsere Rücken waren der Spandauer Straße zugekehrt, und wir sahen uns von Zeit zu Zeit um, und sahen die Menschenschlange stehen, ihr Ende war nicht zu erkennen, und es strömten immer wieder Leute hinzu und sorgten dafür, daß uns das Ende der Schlange, auch am Abend nach der neunzehnten Stunde, noch nicht sichtbar wurde.

Die Buchhändler, die das Passieren der Käuferschlange regelten, die die Bücher verkauften und verpackten, waren sehr willig.

Als die polizeilich vorgeschriebene Laden-Schluß-Zeit heran war, verteilte man an die draußen noch immer wartenden Käufer Bons, die sie berechtigten, sich am nächsten Tag unsere Bücher abzuholen. Niemand sollte umsonst angestanden haben. Aber dreißig oder vierzig Kunden mit solchen Bons (vielleicht waren sie von außerhalb oder wo) murrten und harrten so lange, bis sie doch noch eingelassen wurden, und wir signierten hinter verschlossenen Ladentüren weiter.

Es war schon gut, daß ich die Signierstunde absolvierte, denn das dort Erlebte wird mir helfen, den LADEN ohne Rücksicht auf eng denkende Politiker, ohne selbst auferlegte Beschränkungen zu schreiben.

29. August

Freund Dieter Jäger machte heimlich geschickte Fotos von der Menschenschlange, die vor der Buchhandlung INTERNATIONALES BUCH, in Vierer- und Fünfer-Reihen, anstand. Und die *Schlange* erneuerte sich drei Stunden lang von hinten immer wieder, und sie wurde nicht kürzer, wie ich schon schrieb. Eine Demonstration – so der Eindruck, wenn man die Fotos ansieht.

Der westdeutsche Verlag AUTOREN-EDITION verhandelte telefonisch mit dem Direktor des Aufbau-Verlages um den Nachdruck von WUNDERTÄTER III. Man bot an, sechstausend WUNDERTÄTER III in Leinen herauszubringen und später eine Taschenbuch-Kassette mit allen drei Bänden. Für die Kassette wollten sie sich auf keinen Erscheinungstermin festlegen. Ich verlangte präzisere Angaben über dieses Kassetten-Vorhaben. Man muß sich Zeit lassen. Die Verleger in der Bundesrepublik sollen auf keinen Fall den Eindruck haben, man lechze danach, bei ihnen gedruckt zu werden.

Nach und nach kommen weitere Zustimmungen von Kollegen. Eine begeisterte Zustimmung, zum Beispiel, kam von Günter Deicke. Dieser Brief überraschte mich. Ich hatte Deicke in den letzten Jahren für einen *Angepaßten* gehalten. Auch zustimmende Leser-Zuschriften treffen ein, nicht in Massen, aber nach und nach.

Die Zeitungs- und Zeitschriftenredaktionen scheinen besondere Anweisungen erhalten zu haben. Danach sollen die Rezensionen zeitlich gestreut herausgelassen werden. Die WOCHENPOST brachte bisher nichts, obwohl die Rezension von Professor J. dort nun schon seit Monaten liegt. Ähnlich ist es bei der MÄRKISCHEN VOLKSSTIMME. Es regt mich nicht auf.

5. September

Jetzt kommen fast täglich mehrere Briefe von unbekannten Lesern des Romans, aus verschiedenen Teilen der Republik. (Hat man aufgehört, den Verkauf zu boykottieren?) Auch die MÄRKISCHE VOLKSSTIMME brachte eine verständnisvolle Rezension von Doktor Wuckel.

13. September

Meine Reife- und Schreibjahre fallen in die Zeit von zwei Diktaturen, die einander ablösten. Die zweite der Diktaturen war eine, die ich nach anfänglichem Zögern für einige Jahre bejahte, bis ich erkannte, daß sie nicht die Diktatur einer Klasse, sondern, wie die vorhergehende Diktatur, die Diktatur einer Clique, war. Sie zwang mich, nach dem Schema: Eins hin – zwei im Sinn – zu schreiben, und die *Zwei im Sinn* konnte ich noch nicht einmal mit voller Schärfe ins ganz und gar persönliche Tagebuch schreiben. Ich mußte an Haussuchungen und heimliche Schnüffler denken. Auch jetzt natürlich, da ich das hinschreibe.

Professor Jürgen Kuczynski, der sich bei jeder Gelegenheit *meinen Freund* nennt, will fünfzehn Seiten über den WUNDERTÄTER III geschrieben haben. Seine Besprechung ist mehr negativ als positiv.

Sie liegt schon hier bei uns im Hause. Er hat sie Eva geschickt und sie in einem Beibrief gebeten, ein gutes Wort bei mir für ihn einzulegen. Er schätze mich doch hoch, aber er habe im Auftrag schreiben müssen, und zwar überwiegend negativ. Ich las diese Besprechung von Kuczynski nicht, aber Eva erzählte mir, daß sie in bewährter Kuczynskischer Versteckspiel-Manier nicht gegen mich direkt gerichtet ist, sondern gegen Hermann Kants positive WUNDERTÄTER-Besprechung. Die Besprechung von Kuczynski soll in der NEUEN DEUTSCHEN LITERATUR gedruckt werden. Vorher aber traf ich Kuczynski im Eingangsflur des Aufbau-Verlages. Er fiel mir um den Hals und bat mich um Vergebung. Ich sagte ihm, ich hätte seine Kritik nicht gelesen und werde sie auch nicht lesen, da ich ja weiß, daß er sie im Auftrag geschrieben habe.

Eva sagte mir, Kuczynski tadele vor allem in seiner Besprechung, daß im Roman alles klein, klein, über die Kleinen und für die Kleinen geschrieben sei.

Ich hatte gedacht, man betreibe den Sozialismus wenigstens versuchsweise für die *Kleinen*. Auf keinen Fall doch wohl, um mit Menschen zu experimentieren, wie das kaltschnäuzige Intellektuelle und deren Anhänger wieder und immer wieder zu machen versuchen.

19. September

In der Akademie-Zeitschrift SINN UND FORM erschien eine WUNDERTÄTER-Besprechung der Professorin Eva Kaufmann; nicht ein abträgliches Wort; das Ganze eine Art Feststellungskatalog, eigentlich ein Gutachten, aber gegen manches Gesäusel eine Wohltat.

26. September

Schlag zwanzig Uhr, wenn er die Tagesnachrichten abgehört hat und sich informiert hat, mit was für einem Wetter er zu rechnen hat, geht mein Nachbar H. F. zu Bett. Es kümmert ihn nicht, ob Heissenbüttel neuerdings reimt, ob Neutsch und Noll in ihrem Umkreis gegen den WUNDERTÄTER III wüten oder ob Nina Hagen wirklich fromm geworden ist. Ein schönes, ausgeglichenes Abendleben führt dieser H. F., könnte man denken, wenn man nicht wüßte, daß er zu anderen Zeiten ganze Nächte am Fernseher verbringt, nämlich, wenn es um Boxkämpfe oder andere große Sportereignisse geht, obwohl er selber kein Sportler ist.

Die erste flüchtige Sicht auf meinen Nachbarn idealisiert sein Leben also. Man muß sich ernstlich aufmachen, auch die Gegenseite von Menschen, gesellschaftlichen Zuständen und von Dingen zu finden und zu erforschen.

Die bedenkenlosesten Idealisierer sind unsere Journalisten, sie berichten auftragsgemäß und beschreiben einseitig. Diese Kalamität ist schon in ihren Aufträgen enthalten. Sie berichten im Sinne eines Marxismus, wie ihn unsere Politiker, die an der Macht bleiben wollen, aufgefaßt haben möchten.

11. Oktober

Ein längeres Gespräch mit Rulo Melchert, dem mutigen Mann, der als erster eine um und um positive Besprechung zum WUNDERTÄTER III, für die Zeitung JUNGE WELT, schrieb. Er hat seinen Dienst dort in der Redaktion aufgegeben und will von nun an das tun, was man bei uns *frei arbeiten* nennt. Ich bot ihm materielle Unterstützung an; er lehnte sie ab. Das ehrt ihn ein weiteres Mal. Er wünschte sich, ab und zu Gespräche mit uns führen zu können.

Unser Auto wurde gratis gewaschen, auch die Hohlraumkonservierung war gratis. Das ist unser Blumenstrauß für den WUNDERTÄTER III, sagte der junge Chef der privaten Autowäscherei, und er war nicht zu bewegen, sich seine Arbeit bezahlen zu lassen.

Seit langem ist mir gewiß, daß Klassenhaß nicht besser ist als Rassenhaß, aber weder Klassenhetzer noch Rassenhetzer werden das gelten lassen. Es ist verständlich.

18. Oktober

Täglich treffen jetzt Leserbriefe zum WUNDERTÄTER III ein. Allerdings nicht in Massen wie damals bei der BIENKOPP-Veröffentlichung. Damals waren allerdings viele, viele Beschimpfungen unter den Leserbriefen, die vor allem Funktionäre über mich ausschütteten. Diesmal haben die Funktionäre Order, sich drauß zu halten. Sie treiben es anders. Es werden mir von Leserfreunden Meldungen geliefert, wie der Roman von den *Wummers* aller Färbungen, von den Stalinisten also, in einigen Bezirken und Kreisen unterdrückt wird. Die Mitglieder der Kreisleitung von Gräfenhainichen kauften acht von den zehn Exemplaren, die der Volksbuchhandel dort angeliefert bekam. Als man die Funktionäre auf die Unüblichkeit des Vorgangs hinwies, antworteten sie: Auch die Funktionäre einer Kreisleitung werden sich wohl mal ein Buch kaufen dürfen.

Die Kreisleitung einer anderen Stadt beauftragte die Angestellten ihres Hauses, zu bestimmten Tageszeiten in die Buchhandlung zu gehen, um den WUNDERTÄTER aufzukaufen.

Der Sieg der Produktionsarbeiter in Polen hat die Stalinisten in unseren Ländern aktiv werden lassen. Etwas dürfte in nächster Zeit geschehen. Entweder werden diese Stalinanhänger, die Allein-Herrscher-Cliquen in unseren Ländern, von den Anti-Stalinisten besiegt, oder sie siegen – was vorläufig noch wahrscheinlicher ist. Dann aber kommt die Zeit des eisernen Schweigens.

Bruder Heinjak berichtet, daß sein Freund, ein Baggerführer, den WUNDERTÄTER III in der Buchhandlung seines Ortes erwerben konnte, als er der Verkäuferin zehn Mark Draufgeld gab.

Daß die Buchhändler solche Sonderbezahlungen annehmen, wurde bisher bestritten. Aber weshalb sollen gerade sie, die schlecht bezahlt werden, gegen Korruption, die jetzt bei uns an der Tagesordnung ist, gefeit sein?

28. Oktober

Es traf der erste Brief eines Provokateurs von der Staatssicherheit zum WUNDERTÄTER III ein.

Da ich diese Art von Briefen lange kenne und weiß, wie es weitergeht, wenn ich mich darauf einlasse, antworte ich nicht.

Die Schauspielerin Mathilde D., die sich ewig als meine Freundin bezeichnet und mich mit bester, liebster Erwin anredet, erkundigte sich bei einer Literaturwissenschaftlerin, ob sie ihr bestätigen könne, daß ich mit dem WUNDERTÄTER III unsere Position verlassen hätte.

Sie hat vergessen, wie ihre Position war und was sie damals zu mir sagte, als man ihren Mann aus politischen Gründen verhaftet hatte.

Die Stalinisten wühlen weiter unterirdisch gegen das Buch. Ich nehme das nur noch beiläufig zur Kenntnis; ich muß arbeiten. Immer hat sich das in solchen finsteren Zeiten am besten ausgezahlt.

Langsam machen die sowjetischen Öberen Front gegen die gewerkschaftlichen Reformen in Polen, und die Honeckers machen die Grenze nach Polen hin wieder dicht.

31. Oktober

Nun endlich entschloß sich die Redaktion der WOCHENPOST, die Romanbesprechung von Professor Jarmatz herauszulassen. Sie opferte eine ganze Zeitungsseite für die Arbeit von Professor J. Ich hatte der Kulturredakteurin geschrieben, die Redaktion der WOCHENPOST, deren frühere Redakteure einst den WUNDERTÄTER I und den OLE BIENKOPP als Fortsetzungsroman vorabdruckten, sei nach diesem monatelangen Zögern, die Besprechung des WUNDERTÄTER III abzudrucken, nunmehr für mich erledigt.

Es kann aber auch sein, daß eine Intervention von Hermann Kant ihre Wirkung tat. Kant schrieb an J. Hermann, den Propagandachef im Politbüro, und beschwerte sich über die Ignoranz, mit der mein Roman von verschiedenen Zeitungs- und Zeitschriftenredaktionen behandelt wird.

1. November

Hermann Kant macht einen seiner üblichen Blitzbesuche. Zum ersten Male spricht er aus: Stalinisten seien am Werk. Ich höre das Wort und die Erkenntnis zum ersten Male von ihm.

4. November

Anna Seghers wird ihren achtzigsten Geburtstag feiern. Ich werde dieses Mal nicht gratulieren. Wie oft habe ich ihr gratuliert; sie mir nie. Ich weiß zum Beispiel, daß sie kürzlich den WUNDERTÄTER III gelesen hat. Man hat mir erzählt, daß sie sich das Buch ausgebeten hat. Weshalb sagt sie mir nicht ein paar Worte dazu, gleich, ob Worte des Zu- oder des Widerspruchs?

Nein, ich werde dieses Mal nicht gratulieren. Ich käme mir vor wie ein Spucklecker.

11. November

Als ich damals die Erzählung DIE CHOLERA geschrieben hatte, eine Erzählung, die bis heute nicht über ihren Vorabdruck hinauskam, zählten mich die Stalinisten zu den Leuten, die bei uns die Dubček-Reformen aus der Tschechoslowakei einzuführen gedächten.

Neuerdings schlagen mich dieselben Leute, des WUNDERTÄTER III wegen, zu jenen, die bei uns Wałęsa-Reformen aus Polen einführen möchten. So plump und demagogisch arbeiten sie. Sie finden immer gläubige Dumme. Wie oft war ich eigentlich schon das *Schwein*, das diese Clique für eine begrenzte Zeit zum Anspucken freigab?

16. November

Blitzbesuch von Hermann Kant; er teilt uns Proben seines Gesprächs mit dem Oberpropagandisten Hermann im Politbüro in Sachen WUNDERTÄTER III mit. Daß wir uns von so dummen Kerlen regieren lassen müssen, macht mich langsam ängstlich, sagt er.

21. November

Nach wie vor gehen fast täglich zustimmende Leserbriefe zum Roman ein. Eines Tages kam ein Brief, ein sehr zustimmender und Sohnesstolz verratender Brief zum WUNDERTÄTER III, von meinem Sohn Thomas, einem Sohn aus meiner zweiten Ehe. Thomas hatte sich, als er bei der Armee und von seiner Mutter verhetzt war, in einem Brief von mir losgesagt. Jetzt aber scheinen ihm Einsichten gewachsen zu sein. In einem Artikel, den er in der NEUEN DEUTSCHEN LITERATUR veröffentlichte, polemisierte er gegen die opportunistische WUNDERTÄTER-Besprechung von Professor Jürgen Kuczynski.

24. November

Aus dem Braunkohlenwerk Schwarze Pumpe schreibt mir eine Frau, die einem Zirkel schreibender Arbeiter angehört, den Zirkelmitgliedern wurde erklärt, mein Buch wäre in so kleiner Auflage gedruckt worden, daß nur die öffentlichen Bibliotheken je ein Exemplar hätten erhalten können. In der Betriebs-Bibliothek wurden die Namen der Leute, die nach dem Roman fragten, notiert, und später wurden sie von anderer Stelle peinlich befragt. Auch der Zirkelleiter wurde, von wem, durfte er nicht sagen, zur Rechenschaft gezogen.

Die Geheimdienstler arbeiten also weiter. Der Einspruch der Kultur-Abteilungs-Leiterin im Zentralkomitee bewirkte nichts. Zur Zeit begründen die Stalinisten ihre *Wachsamkeit* mit den Ereignissen in Polen.

Ich bin jedenfalls für den größten Teil der Funktionäre persona non grata.

2. Dezember

Im LADEN arbeitete ich eine ziemliche Weile an einem Satz, der, ohne daß die Zensur ihn streicht, zum Ausdruck bringen soll, daß ich bereits unter der zweiten Regierung lebe, in der Leute, die glauben, mich führen zu müssen, von mir verlangen, daß ich über ihre Verbrechen an der Menschheit nicht spreche.

Das Höllische dabei ist, erst waren es die Faschisten, die von den Bolschewiken im Namen der Menschlichkeit bekämpft und besiegt wurden, und dann waren es eben jene Bolschewiken, die sogar ihre politischen Genossen im Namen der Menschlichkeit umbrachten.

Ist das nicht ein bißchen viel für ein Menschenleben wie das meine?

240 **17. Dezember**

Die *Wummers* arbeiten weiter und holen weiterhin die Berechtigung für ihre schäbigen Geschäfte aus der Lage in Polen; sie sei bedrohlich, verkünden die Cliquen der Herrscher in unseren Ländern. Bedrohlich freilich für sie, aber wenn sie gehn müssen, reißen sie leider viele, viele unschuldige Menschen in den Abgrund. Ich würde das dann zum dritten Mal erleben.

Mein Name darf in Zeitungen, Zeitschriften, im Rundfunk und im Fernsehen zur Zeit nirgendwo genannt werden.

An meiner Lesestunde aus dem LADEN, Mitte September im Theater im Palast, nahmen sechs Presse-Vertreter teil. Keiner durfte seinen Bericht veröffentlichen.

Jemand hatte eine Anthologie mit Kleinbeiträgen veröffentlicht. Darunter waren einige von mir, aus den DREIVIERTELHUNDERT KLEINGESCHICHTEN. Bei der entsprechenden Redaktion hieß es: Der Name Strittmatter geht nicht über den Sender.

Die Bezirksleitung Cottbus rief die wichtigsten Funktionäre zusammen. Man las sogenannte politisch anstößige Stellen aus dem Roman vor und sagte ihnen: Also, ihr wißt Bescheid, wie ihr dieses Buch einzuordnen habt.

Der WUNDERTÄTER III hat, grob gezählt, an zwanzig Handlungsstränge, die ich bis zu einem Ende oder bis zu einer End-Frage führe, auf die ich Antwort heische, obwohl ich weiß, daß sie niemand öffentlich beantworten wird. Es ist mir wichtig, daß sich die Leser unseres Landes damit beschäftigen.

Bisher sind von den Besprechern, auch von den gutwilligsten und von denen, die sich bemühten, nur vier oder fünf solcher Handlungsstränge aufgefunden worden. Es scheint mir daran zu liegen, daß in unserem Landstrich die Fähigkeit zu philosophieren abhanden kam, nicht gelehrt wurde. Was bei uns an Universitäten und auf Parteischulen aller Schattierungen als Philosophie *ausgeschenkt* wird, ist vulgäre *Zweck-Philosophie*, gekoppelt mit von mir so genanntem *Scheiß-Optimismus*. Wer sich nicht von sich aus um wirkliche Philosophie bemühte, wird vorerst wenig Gewinn aus der Lektüre der WUNDERTÄTER-Trilogie, vornehmlich aus dem zweiten Band, ziehen. 241

Manche Leute, die leise Kenntnis von meiner derzeitigen Arbeit haben, mein Verlagsdirektor gehört dazu, meinen, ich käme nach dem Abschluß der WUNDERTÄTER-Trilogie nun mit etwas Leichtem, etwas Lustigem daher. Der Strittmatter wird die Schlappe, die er uns, *unserer Sache* und sich selber beibrachte, nunmehr *annullieren*. Jetzt bringt er uns einen Roman, der uns keine *ideologischen Sorgen* bereiten wird.

Freilich wird man den LADEN so lesen können, wie diese oberflächlich urteilenden Leute vermuten. Bisher ist nur der Anfang dieses Romans in der NEUEN DEUTSCHEN LITERATUR vorabgedruckt, und einige Ausschnitte, die ich öffentlich las, sind bekannt. Schon höre ich Bemerkungen wie: Aha, der Roman hat die Geißelung unechter Bedürfnisse zum Thema. Aha, der Autor will zeigen, wie die Beschäftigung mit dem Warenhandel den Menschen ethisch und moralisch verdirbt. Aha, der Autor erzählt seine Familiengeschichte, ein Stück Autobiographie, als Roman verkleidet. Alles, alles das ist einseitig gesehen.

Ich bin mit dem LADEN-Roman jetzt über die erste Hälfte hinaus. Wie stets ists auch bei diesem Buch so gewesen, daß ich zunächst im *dumpfen Drange* schrieb, ohne selber recht zu wissen, was ich da aufzeichnete. Jetzt erst weiß ich ungefähr, was ich tue. Zusammenfassend gesagt (was wieder ungenau, wenn nicht falsch ist): Ich werde – meine Kindheit und meine Entwicklung lieferten mir die Beweise – eine Menge vulgär-soziologischer und vulgär-materialistischer Doktrinen mit Anzweifelungen verdächtig machen, wenn nicht zu Fall bringen. Wieder wird, für jemand, der erkennen will, erkennbar werden, wie schematisch und sektiererisch wir mit dem Leben und mit dem, was wir Bewußtsein nennen, umgehen.

Der LADEN wird, so spür ich, hinter dem Gelächter, mit dem er die Leichten unter den Lesern in Empfang nehmen wird, mein ernstestes Buch sein, eine weitere Absage an alles Erstarrte, Dogmatische, was sich in mein Leben einschlich, weil ich nach dem großen Kriege gewillt war, die große Schuld der Deutschen mit abtragen zu helfen, und reinen Herzens für eine Zeit zum Blindgläubigen wurde.

20. Dezember

Die Erregung, in die mich die fünf Jahre lange Arbeit am Roman versetzte, der Kraftaufwand, ihn schließlich gedruckt zu bekommen, und die Hinterhältigkeit, mit der man seine Verbreitung bremste, scheinen nun in mir abzuklingen. Es wird mir wohl wieder gelingen, mich besser zusammenzufassen.

30. Dezember

Das ist die Lage in den Lüften, einen Tag, bevor das Jahr den von Menschen erdachten Eichstrich erreicht hat: Sechs Grad Wärme, lauwarmer Fallwind, Baumrauschen und Regenstaub.

Gestern abend erreichte ich einen Zustand, den ich nach meinen Vorstellungen als vollkommenes Glücklichsein bezeichnen konnte. Das, was ich schriftstellerisch noch zu machen gedenke, schien mir möglich zu sein. Alle Abhängigkeiten von der Umwelt schienen getilgt. Ich wähnte mich fähig, diesen Glückszustand an jedem Ort, an den es mich verschlagen würde, zu produzieren. Der Zustand hielt an, bis ins Einschlafen hinein. Er war nicht mehr zu erfühlen, als ich nach einer Stunde Schlaf aus Sauerstoffmangel erwachte, aufstand und die Stube lüftete. Käme er doch wieder!

Interview Heinz Plavius – Erwin Strittmatter im Januar 1980 für die Akademie-Zeitschrift Sinn und Form. *(Unveröffentlicht)*

Heinz Plavius: Nach rund fünfzig Jahren schreibenderExistenz mag vielleicht sogar das Wort Bilanz angebracht sein, ich will aber doch weniger gewichtig fragen: Welche Schreiberfahrungen würdest du nach Jahrzehnten intensiven und fruchtbaren Schaffens für erwiesen halten? Nun, worin siehst du die gesellschaftliche Notwendigkeit des Schreibens?

Erwin Strittmatter: Meine erste Erzählung wurde 1926 in einer Schülerzeitung gedruckt. Ich schrieb sie, als ich dreizehn Jahre alt war. Es hat dazu keine gesellschaftliche Notwendigkeit vorgelegen. Ich schrieb aus Lust und innerlichem Zwang nieder, was ich erlebt, gesehen und gefühlt hatte. Das blieb so meine ganze Lehrzeit über, die fast zwanzig Jahre dauerte, und auch meinen ersten Roman OCHSENKUTSCHER schrieb ich aus Lust und innerem Zwang. Niemand hatte mich damit beauftragt, hatte mir anempfohlen oder nahegelegt, ihn zu schreiben. Das war also ein Schreiben als selbstverständlicher Teil unserer Gesellschaft, wenn sich auch für mich dabei die Frage ergibt: Weshalb ist nur bei einem kleinen Teil der Gesellschaftsmitglieder Lust und Zwang vorhanden, z. B. in einem Kunstwerk wiederzgeben, was erlebt, gesehen und gefühlt wird?
Es gab bei mir für einige Zeit noch eine andere Art des Schreibens, ein Schreiben aus aufgezäumter, so will ich sie mal nennen, gesellschaftlicher Notwendig-

 keit. Unter ihr beschrieb ich Vorgänge, die ich nicht genau kannte, erlebt oder gesehen und demzufolge auch nicht, na, nennen wir es, durchfühlt hatte. Die Zeit, in der ich so schrieb, war verhältnismäßig kurz, und wenn ich die damaligen Schreibereien von heute aus betrachte, sind sie überholt, verjährt, einfach naiv!

Als Beispiel: Zwei Zeilen aus dem Epilog meiner Komödie KATZGRABEN: ». . . Wer wird uns hindern,

Reis und Sojabohnen, im Waldschutz Baumwollpflanzen anzusiedeln?«

Also: Mitschurin-, Lyssenko-, Stalin-Theorien!

Und noch zwei Zeilen aus dem KATZGRABEN-Epilog:

». . . Kein Brocken Brachland, alle Öden grün. Der Weizen wächst auf Lüneburger Heide . . .«

Also: Die Einheit Deutschlands und Sand wird zu Ackerland gemacht. Da spielten die Wünsche, die Utopien unserer damaligen Politiker und Wirtschaftler hinein, die ich zu den meinen gemacht hatte; als Kollektivschuldiger am Kriege war ich sehr bereit, ihnen zu trauen, an sie zu glauben, und ich glaubte, mit meiner schriftstellerischen Arbeit das Umdenken der Menschen, wenigstens in unserem Teil Deutschlands, beschleunigen zu helfen. Jeder wird aber heute zugeben, daß das mit dem Reis und den Sojabohnen im Waldschutz lächerlich klingt, besonders für die Jungen, die die Zeit und die psychologische Situation, aus der heraus dieser Wunschtraum entstand, nicht kennen.

Übrigens befinde ich mich mit dem Epilog von KATZGRABEN in der guten Gesellschaft von Majakowski. Als ich KATZGRABEN schrieb, kannte ich sein SCHWITZBAD noch nicht. Vor etwa fünfzehn Jahren wurde es bei uns in der VOLKSBÜHNE zum ersten Male (?) aufgeführt. Ein Regisseur aus der

Sowjetunion hatte es eingerichtet. Ich sah es mir damals an, hörte mir an, wie Majakowski die Bürokratie im allgemeinen, die Korruption und den Dogmatismus geißelte, und war empört, weil ich von unseren Verhältnissen ausging und weil ich mir nicht erklären konnte, wie Majakowski unter den von ihm geschilderten Verhältnissen in dreißig Jahren – so glaube ich, prophezeite er – zu dem perfekten Sozialismus kommen wollte, den er im Epilog seines Stückes schildert. Ich verließ das Theater noch vor dem Schluß-Applaus. Unsere damalige *Landesmutter*, die mich aus ihrer Loge heraus beobachtet hatte, stellte mich im Foyer und befragte mich. Das Stück richtet sich gegen uns, sagte ich damals. Bekanntlich wurde DAS SCHWITZBAD nach einigen Aufführungen abgesetzt. Ich hoffe nicht, weil es mir nicht gefiel.

Nun sah ich das Stück nach fünfzehn Jahren wieder, und ich lachte mit den Lachern. Die sowjetische Revolution wurde in die unterm Zaren herrschende Korruption und Bürokratie hineingeboren, und man kann vermuten, daß es sich außer der Parteidogmatik, die Majakowski in seinem Stück vorführt, um *Übergangserscheinungen* handelte, die er festhielt. Wie es jetzt in der Sowjetunion damit steht, darüber kann ich mir kein Urteil erlauben, aber mir schien das Stück nicht wenig auf unsere augenblicklichen Verhältnisse zuzutreffen. Der Epilog wirkte süßlich, unerträglich. Woher das? Habe ich mich zum *Unguten* verändert, oder veränderten sich unsere Verhältnisse? Das Erlebnis machte mich nachdenklich. Ich bin noch nicht fertig damit, muß beobachten.

Die gesellschaftliche Notwendigkeit meines Schreibens sehe ich nach vierzigjähriger Erfahrung so: Allen zivilen Mut zusammennehmen, das Hohngelächter der Dummköpfe, den Spott der Besserwisser und das Drohgezeter der Dogmatiker für nichts achten und das schreiben, was ich sehe, erlebe, fühle und denke, und nicht über das, was ich hätte beim Erleben fühlen und denken sollen!

Plavius: Wir werden wohl hauptsächlich von Prosa sprechen, wobei vielleicht gleich klargestellt werden sollte, daß wir einvernehmlich nicht über einzelne deiner Bücher reden werden, da es immer mißlich ist, wenn der Autor gezwungen wird, sich selbst zu kommentieren. Die Prosa also, Ende der siebziger, Anfang der achtziger Jahre, was kann, was sollte sie leisten im Vergleich zur Wissenschaft, zur Philosophie, zur Politik und vielleicht gar zur Religion?

Strittmatter: Die siebziger und achtziger Jahre sind für mich Begriffe von Etappen-Entdeckern. Da wird von den goldenen zwanziger Jahren gesprochen, in denen es auch Blech und Rost gab, und bei uns von den *Ankunftsjahren*, in denen nicht alles Ankunft, manches mehr *Abkunft* war. Sperrt man, wenn man solche Begriffe benutzt, nicht von vornherein die Dialektik aus? Für mich fließt der Strom der Literatur dahin wie der Strom des Lebens, und das Leben anerkennt keine Spalten auf Büropapier.

Was also soll Prosa allgemein (ich schließe Poesie und Lyrik nicht aus) leisten?

Ich stehe nicht an, Dichtern genauso zu traun wie Wissenschaftlern, weil ich erfuhr, daß in jedem echten Wissenschaftler ein Poet und in jedem echten Poeten ein Wissenschaftler steckt, und die echten Wissenschaftler wissen, daß ihre Hypothesen dichterische Ahnungen sind, und die echten Dichter wissen, daß ihre Ahnungen unbewiesene Hypothesen sind, und weder die einen noch die anderen lassen sich von der

Mannigfaltigkeit der Erscheinungen verwirren oder halten einander für Kontrahenten. Und die Philosophie, nach der du fragst, ist sie nicht auch Wissenschaft? Gute Prosa hat Philosophie, Politik und Religion immer einbezogen und wird sie immer einbeziehen. Wie du dir denken kannst, habe ich dabei nicht dogmatische Philosophie und Politik oder die Dogmatik von religiösen Glaubensgemeinschaften im Auge.

Plavius: Sehen wir uns – in größeren Dimensionen gedacht – einem Funktionswandel von Literatur gegenüber?

Strittmatter: Nein. Der Funktionswandel in größeren Dimensionen ist eine Fiktion. Gäbe es ihn, könnten wir auf das TAO-TE-KING, auf den TALMUD, die BIBEL, die antike Literatur, auf Goethe, überhaupt auf alle Klassik verzichten. Ich weiß, daß Hyper-Intellektuelle, auch andere, das können, aber das beweist die Notwendigkeit eines Funktionswandels der Literatur nicht.

Ich habe ein Paar schwarze Halbschuhe, die ich mir vor zwanzig Jahren zu einer feierlichen Angelegenheit kaufte. Sie wurden unmodern, als die spitze Halbschuhform auf uns kam, doch ich konnte mich nicht entschließen, sie wegzuwerfen. Nach zwanzig Jahren schloß sich der Modekreis. Ich zog meine zwanzigjährigen Schuhe wieder zu einer feierlichen Gelegenheit an, und ein Freund fragte mich: Wo hast du die modernen Schuhe her?

So verläuft für mich ungefähr der *Funktionswandel* in der Literatur. Es hat, solange ich es verfolgen kann, aller paar Jahre Moden beim Literaturmachen gegeben, die von den Verfechtern dieser Moden als Funktionswandel deklariert wurden. Vor einer Reihe von Jahren war zum Beispiel bei uns in der DDR der Fernsehfimmel ausgebrochen, danach sollte in der

Literatur nur noch »bestehen«, wer bereit war, für das Fernsehen zu schreiben. Ich erinnere mich noch der Versammlung, die vom Schriftstellerverband und von den Fernsehleuten einberufen wurde. Die Fernseh-Autoren, die Verfasser von Vierteilern, saßen wie Richter im Präsidium, und wir, die wir noch nichts für das Fernsehen geschrieben hatten, saßen wie Angeklagte unten im Saal. Vergessen. Dann war die Dokumentar-Literatur an der Reihe. Eine ungarische literarische Monatszeitschrift rief zur Diskussion drüber auf. Mein Beitrag war fast der einzige, der sich gegen das Allein-Seligmachende dieser Literatur wandte. Vergessen. Dann die Angst, die Literatur könne im *Wissenschaftlichen Jahrhundert* nicht mehr genügend Informationen liefern, das Geschrei um diesen »Notstand«. Vergessen. Dann wieder, hauptsächlich bei uns, die Parole, nur wer die moderne Technik beherrsche und verstünde, könne überhaupt noch befriedigend schreiben. Einige Kollegen fingen sogar an, sich in Computer-Technik unterweisen zu lassen. Vergessen. Ein andermal wieder: Es könne nur Schriftsteller sein, wer »Kumpel« war und zur Feder gegriffen hätte. Brigade-Tagebücher wären die Literatur der Zukunft. Vergessen. Auch der *Funktionswechsel* des *Von-Hinten-Nach-Vorn-Erzählens* ging vorüber. Und etwas weiter zurück *Dadaismus* (er war, glaube ich, schon wieder mal an der Reihe), *Expressionismus, Surrealismus* usw. Stets gabs Gruppen und Grüppchen, die die *Ismen* verfochten und den *konventionell Schreibenden* das Leben schwermachten. Alsbald aber sind oder werden all diese *Ismen* nur noch für Literaturgeschichtler interessant. Ich gebe zu, daß der breite Strom der *konventionellen Literatur*, der *Sinn* und nicht *Formenspiel* von einer Lesergeneration zur anderen trägt, zu seinem Vorteil ein bißchen von jedem *Ismus*, der in ihn getaucht wurde, annimmt.

Plavius: Wie steht es heute mit dem Verhältnis von Politik und Poesie, von Geist und Macht, evtl. auch von *OBEN* und *UNTEN*?

Strittmatter: Ich sehe da keine Gegensätze. Man kann die Politik poetisieren, auch wenn die Politiker nicht damit einverstanden sind. Man kann über den Mißbrauch von Macht schreiben, ihn verdammen, darf nur nicht damit rechnen, daß das unverzüglich gedruckt wird. Woher überhaupt die Illusion, daß alles, was geschrieben wird, auch gleich gedruckt werden muß? Wenn man der festen Überzeugung ist, daß das, was man für die Wahrheit hält, auch die Wahrheit ist (sie ist ja variabel – die Wahrheit wie der Glücksbegriff), kann man auch warten. Mich hat befriedigt, als ein Politbüro-Mitglied vor Jahresfrist erklärte: Du, vor zehn Jahren habe ich deinen OLE BIENKOPP nicht verstanden, jetzt ja. Also, Prozesse, die man abwarten können muß. Ein Mitglied des Zentralkomitees ist hingegen heute noch der Meinung und gibt ihr auch im Ausland Ausdruck, daß ich mit diesem OLE-Roman mein »Talent mißbraucht« hätte, so drückt es sich aus. – Man muß warten können! Allerdings, wenn ich von oben herab behandelt werde, reagiere ich von unten herauf. Das muß ich aber verhältnismäßig selten tun. In der Regel werde ich von mitten herab behandelt, und da reagiere ich im Tagesgeschehen mit dem, was ich in diesem Augenblick für die Wahrheit halte.

Plavius: Besteht nicht zwischen Kunst und Demokratie ein innerer Zusammenhang, dergestalt, daß Kunst, genauer: der Kunstprozeß ein zutiefst demokratischer Vorgang ist, vielleicht kann man sogar sagen, er ist eine Einübung von Demokratie, ein Prozeß, der für die Gesellschaft immer neue geistige u. a. Potenzen bereitstellt.

Strittmatter: Der Sinn dieser Frage ist mir dunkel. Ists nicht eine Literatenfrage? Auf das, was ich glaube herausgehört zu haben, kann ich nur sagen: Wenn ich etwas schreibe, und es gelingt mir, auszusagen, was ich beabsichtige, so vollzieht sich das in anderen Bereichen als in denen, die man demokratisch oder undemokratisch nennt. Wenn du was anderes gemeint hast, muß ich passen.

Plavius: Betrachtet und vergleicht man Werke der letzten Jahre (wir könnten sie nennen, oder ich könnte es tun), so läßt sich dies praktisch nachweisen: Viele von ihnen enthalten ein Sozialismus-Bild, das von aktiver geistiger Partnerschaft am Bau der Zukunft zeugt. Muß solche Literatur von der Gesellschaft, von ihrer Leitung nicht begeistert als eine Art Spontan-Soziologie begrüßt werden?

Strittmatter: Wieder weiß ich nicht genau, was du meinst; es hülfe auch nicht, wenn du erläuterst; ich bin wahrscheinlich literaturwissenschaftlich nicht gebildet genug. Ich antworte, wie ich meine, daß man deine Frage verstehen könnte: Die Wirkung von Literatur und Kunst läßt sich nicht messen. Es gibt zwar Leute, die vorgeben, das zu können, aber ich gehöre nicht zu ihnen. Hat ein Schriftsteller einen Roman über Wirtschaftsprozesse, die unsere Regierung eingeleitet hat, mit einer Art von gehobener Agitation unterstützt, nehmen wir an mit einem Roman, der die Herstellung von Exportgütern und den Erwerb von Devisen zu ethischen Forderungen erhebt, so kanns geschehen, daß er aus einem Betrieb, in dem diese Forderungen obwalten, spontane Zustimmungen bekommt. Solche Zustimmungen bekommen aber auch Schriftsteller, die nicht über Devisenerwerb und Exportproduktion als höchste ethische Forderungen schreiben. Aber kann man sich auf diese spontanen Zustimmungen was einbilden? Kann man das Gefühl haben, wirklich geholfen zu haben? Ich meine, es muß Zeit vergehen, einige Jahre mindestens. Wirtschaftliche Forderungen wechseln rasch und damit auch die Themenvorschläge der Wirtschaftler an die Schriftsteller. Was heute eine wirtschaftliche Tugend ist, kann morgen Sünde sein. Ein Buch also, in dem wirtschaftliche oder tagespolitische Forderungen zu ethischen Maximen erhoben wurden, ist damit nicht nur veraltet, sondern erledigt. Wenn dem Verfasser eines solchen Buches der spontane Erfolg genügt, und er die Schuld, wenn die Leser sein Buch nicht mehr mögen, weder auf Buchhändler und Verleger, noch auf *bevorzugte* Kollegen schiebt, dann ist alles in Ordnung. Ich mißtraue den spontanen Zustimmungserklärungen, die auch ich erhalte: Ihr Buch hat mir mächtig was gegeben oder so. Wenn sich allerdings die Zustimmungen auch bei der zehnten Auflage eines Buches, das heißt also nach Jahren, wiederholen und vielleicht schon von einer neuen Generation abgegeben werden, verspüre ich leise Zufriedenheit. Ich habe nichts gegen Bücher oder Geschichten, die wirtschaftliche Forderungen unserer Regierung agitatorisch oder propagandistisch unterstützen. Ich habe selber solche Sachen z. B. für die Landwirtschaft geschrieben, nur halte ich sie heute nicht mehr für Literatur. Sie waren eine gehobene Art von Journalistik, und ich kann mir kein Urteil über ihre tatsächliche Wirkung erlauben. Daß manche Leute so Sachen als Hilfe betrachten und an sie glauben, ist für mich kein Wirkungsbeweis.

 Plavius: Wie steht es mit dem Verhältnis von Ideal und Wirklichkeit? Und brauchen wir – bei aller Wissenschaftlichkeit und bei aller Überzeugung, daß es zum Kommunismus keine vernünftige Alternative gibt – nicht doch auch eine (jeder seine) Utopie, die als eine Art Schwungrad unsere Phantasie zur Veränderung des Gegenwärtigen in Bewegung hält?

Strittmatter: Wirklich, zum Kommunismus scheints, wenn sich die Menschheit auf unserem Planeten so rapid weiter vermehrt wie zur Zeit, keine vernünftige Alternative zu geben. Selbst die Verfechter des freien Wirtschaftswachstums und des nimmer endenden Wohlstands scheinen das zu ahnen, wenn sie predigen, man müßte den Menschen der wirtschaftlich unterentwickelten Länder geben, was sie in etwa brauchen (natürlich immer dabei das Geschäftliche im Auge), ehe sie es sich selber nehmen oder holen kommen.

Aber gegen Utopien habe ich ganz mächtig was. Ich bin mit ihnen reingefallen. Denk an das, was ich über den Epilog meiner Komödie KATZGRABEN sagte. Die Lyssenko-Utopien sind nicht die einzigen, auf die ich hereinfiel, deshalb halte ich es nunmehr für verantwortungslos, in dem Bereich, den *wir* die Wirklichkeit nennen, Utopien nachzuhängen. Für mich gilt nur noch das Jetzt. Der Augenblick zum Beispiel, in dem wir hier beide reden. Schwätze ich dir *jetzt* was vor, und das wird verfestigt, also gedruckt, so wirds auch in der Zukunft ein Geschwätz sein, dessen ich mich schämen muß. Wir reden so häufig davon, daß es unsere Kinder »einmal besser haben sollen«, daß sie es nicht mehr mit diesem oder jenem Zustand, den wir als Last betrachten, zu tun haben sollen. Was für eine Unvernunft! Man weiß doch, daß ein Mensch, der sich keinen Lasten mehr gewachsen zu zeigen braucht, ein »Versager« werden muß. Ein Teil der Jugend, und ich meine, es ist der beste Teil, lehnt dieses spießige Wohlbehütetsein denn auch ab und dreht uns eine Nase. Nach dem Kriege handelten wir nach der Losung: Wie wir heute arbeiten, werden wir morgen leben. Die Losung hat sich als recht erwiesen. Wir leben jetzt nicht schlecht, aber seit einigen Jahren ists üblich geworden, mehr von der Zukunft zu *reden*, als was für sie zu tun. Wir reden davon, was wir haben und wie wir sein werden, ohne dabei so zu handeln und zu arbeiten, daß die Zukunft notwendig gut sein muß. Wir reden von *Objektiven Schwierigkeiten*, die uns dies oder das nicht erlauben, aber die sind häufig ein Ergebnis der Tatsache, daß wir das Jetzt und Nanu nicht richtig nutzen. Wenn wir das, was wir jetzt tun, nicht wie schlechte Feuerwehrleute tun, sondern nach allen Möglichkeiten, die daraus entstehen können, bedenken und nicht hoffen, irgendwie wird sich das dann schon machen und richten, kommts nicht zu diesen *Objektiven Schwierigkeiten*. Deshalb bin ich, und nicht nur in der Wirtschaft, sondern auch in der Kulturarbeit, für die beste Ausnutzung des JETZT und sehe scheel auf das, was wir Utopien nennen, sowohl auf die, von denen wir zugeben, daß sie solche sind, als auch auf jene, bei denen wir nicht und nicht zugeben wollen, daß es sich um solche handelt.

Plavius: Welche Probleme unserer gegenwärtigen gesellschaftlichen Situation beschäftigen dich? Gibt es Tabus? (Wem das eine unübliche Frage scheint, der verkennt, daß Schriftsteller sein heißt, ein öffentliches Amt innehaben.)

Strittmatter: Ein Kind, das noch keine Bekanntschaft mit der Schule gemacht hat, sieht nur das Leben. Ich liebe es in diesem Falle, »unreif« wie ein Vorschulkind zu sein, und pirsche nicht auf Probleme. Genau beobachten und poetisieren sind zwei starke Triebe in mir. Ihnen muß ich gehorchen, ob ich will oder nicht. Man kann mir untersagen, meine Beobachtungen drucken zu lassen, zu vervielfältigen, aber man kann mir nicht verbieten, sie zu machen und am Leben zu überprüfen. Es kann vorkommen, daß ich meine Beobachtungen auf bestimmten Lebensgebieten ausspreche, ehe sie andere gemacht haben, dann werde ich in der Regel kritisiert, auch beschimpft. Wenn sie sich später doch als richtig erweisen oder erwiesen haben, so kommen die, die mich kritisierten, nicht und entschuldigen sich. Nein, dann haben sie es auch schon immer gewußt, nur, sie haben es nicht gesagt. Das ist das Los eines Schriftstellers, der versucht, so ehrlich zu sein, wie er kann. Das trägt man. Manchmal freilich fluchend und ächzend.

Tabus? Ja, es gibt Tabus, obwohl unser Staatsratsvorsitzender versicherte, ich zitiere frei: es sollte keine Tabus geben, wenn man parteilich auf sie losgeht. Parteilich sein heißt – fürs Leben sein, dialektisch denken: Wo ein Plus ist, ist ein Minus und umgekehrt. Freilich gibts Zeitgenossen, die Tabus geradezu pflegen und böse werden, selbst wenn man sie dialektisch behandelt. Ich habe einen neuen Roman geschrieben, der demnächst erscheinen soll. In diesem Roman versuchte ich, einige solcher Tabus in jener dialektisch-parteilichen Weise zu berühren. Ich werde also sehr bald erfahren, wie das von den Tabuisten, erlaube mir die kleine Ironie, aufgenommen werden wird.

Der Startschuß ist eigentlich schon gefallen: Ein Professor, Doktor, der das Manuskript gelesen hat, sagte in einer öffentlichen Sitzung: »Nun müssen wir auch dieses Scheiß-Buch noch drucken!« Man kann sich vorstellen, daß willfährige Kritiker diesen »Hinweis« aufnehmen werden; glücklicherweise gibts nicht mehr allzuviel willfährige. Aber die *feine sozialistische Art*, über ein Buch zu sprechen, an dem ein Schriftsteller fünf Jahre arbeitete, ist die des Professors, glaube ich, nicht. Wenn ein Schriftsteller über ein Elaborat jenes Professors, Doktors, der Lehrstuhlleiter an einem ZK-Institut ist, ein so verächtliches Urteil in der Öffentlichkeit abgeben würde, würde man dem das als Parteifeindlichkeit auslegen. Dieser Professor bedient sich also willkürlich eines parteilichen Tabus, der Schriftsteller aber darf keinen solchen Anspruch erheben.

Plavius: Welche Probleme siehst du, die den öffentlichen Umgang mit Literatur betreffen?

Strittmatter: Schon wieder Probleme. Probleme kann man anfertigen, um sie zu haben und dann vor ihnen zu stehen, als wären sie was Wirkliches. Das Leben! Das Leben! Öffentlicher Umgang mit Literatur? Soll ich ein weiteres Mal das Hohelied auf unsere eifrigen, klugen Leser singen? Ich fürchte, auch das kann langweilen. Soll ich von den vielen Leserbriefen sprechen, die Eva Strittmatter und mich oder uns beide jahrsüber erreichen? Auch das habe ich schon mehrmals getan. Wir fühlen uns in die große Lesergemeinde eingebettet, die wir nicht nur hier in der DDR, in der Sowjetunion, in anderen uns befreundeten Ländern, aber auch in jenen Ländern haben, die wir die westlichen nennen. Sie leben mit uns, wir leben mit ihnen. Wir suchen sie zu überraschen, enttäuschen sie vielleicht auch unwissentlich, wenn wir uns einem neuen, ihnen fremden Thema zuwenden, doch sie verlassen uns nicht, wir verlassen sie nicht. Wenn wir in unseren Arbeiten gewachsen sein sollten, so sinds unsere Leser mit uns, oder ihre wachsenden Ansprüche ließen uns wachsen. Wie gesagt, in der Kunst versagen Höhen-, Mengen-, Tiefenmaße, Gewichte, sogar Wasserwaagen und Schieblehren. Was mir zu denken gibt: Seit dreißig Jahren lese ich öffentlich aus meinen Büchern, aus meinen Manuskripten, um sie Auge in Auge mit den Lesern auszuprobieren. Ich habe in vielen, vielen Städten, kleinen und größeren, der Republik gelesen und mich mit den Zuhörern unterhalten, mich auch stets angelegentlich erkundigt, ob ein Mitglied des Kreis- oder des jeweiligen Bezirkssekretariates der SED anwesend wäre, und hatte nur einmal in den vielen, vielen Jahren mit meiner Anfrage Glück. Das war in Senftenberg, und der zweite Kreissekretär hatte unsere Lesestunde besucht. Es war eine große Veranstaltung in der Halle der Bergbau-Ingenieurschule, und das Urteil des Kreissekretärs hinterher: So etwas müßte man öfter machen. Das könnte uns in unserer Arbeit helfen.

Dieses Verhalten unserer Sekretariats-Funktionäre aber beim Namen zu nennen, gehört zu der Verletzung von Tabus. Ich weiß nicht, wie es kommt, daß viele Funktionäre derartige Veranstaltungen aussparen. Lesen sie heimlich? Zur Zeit halten sie sich aus etwas verständlicheren Gründen fern. Soll man sich mit einem Schriftsteller sehen lassen, von dem man nicht weiß, was morgen mit dem los sein wird?

Es bleibt mir nur zu hoffen, daß andere Kollegen bessere Erfahrungen in dieser Hinsicht machten. Wenns so wäre, müßte ich mich natürlich fragen, weshalb ich so unsympathisch auf diese Genossen wirke.

Plavius: Ist unsere vielberufene besondere Situation wirklich so besonders? Ist es nicht inzwischen so, daß manche Berufung darauf der geistigen Entwicklung Hemmnisse in den Weg legt?

Strittmatter: Ich habe von keinem Staatsmann gehört oder gelesen, der sich nicht auf die Besonderheit der Situation des Landes berufen würde, das er vertritt. Wir, du hörst, daß ich *wir* sage, daß ich mich nicht ausschließe, wir sprechen gern von der Nahtstelle, an der wir liegen, von der besonderen Wachsamkeit, die uns auferlegt ist. Das kommt mir zuweilen vor wie auf dem Theater: Zwei Personen unterhalten sich intim über eine dritte, über deren Schuftigkeit, Gefährlichkeit etc. und wie man sich am besten gegen sie schützen, wie man gegen sie vorgehen könnte, und jene dritte Person steht hinter den Kulissen, hört und weiß alles, was die anderen *geheim* verhandelten, und wenn sie auf die Bühne und zu den zwei Personen hinzutritt, beginnt die Diplomatie: Die zwei, die etwas beschlossen haben, sind der Meinung, der dritte wisse nichts davon, und der dritte tut so, als hätte er nicht zugehört.

Wir schüchtern uns zuweilen mit unserer Überwachsamkeit ein, um einander nach Belieben mundtot zu machen, und wir tun so, als gäbe es keine Nachrichten-Satelliten, keine Abhörgeräte und keine »diplomatischen Vertretungen« des Auslands hier bei uns.

Plavius: Um zu verhindern, daß du deinem Zorn über die Literaturkritik freien Lauf läßt, möchte ich fragen, was du von einer partnerschaftlichen Kritik erwartest.

Ist es überhaupt denkbar, die Literaturkritik als eine isolierte Sparte zu entwickeln, wenn die allgemeine Atmosphäre in der Gesellschaft für Kritik nicht besonders günstig ist?

Strittmatter: Partnerschaftliche Kritik gehört zu den Utopien, von denen ich mich gelöst habe. Ich kritisiere ja selber die Werke meiner zeitgenössischen Kollegen, wenn nicht öffentlich, dann in meinen Tagebüchern. Fast in jedem Buch meiner Kollegen gibt es was, von dem ich mir einbilde, ich hätte das besser gemacht. Wenn ich meine Kritik veröffentlichen würde, könnte man von mir billig verlangen, daß ichs als Praktiker in meiner Arbeit besser mache oder versuchen müßte, es besser zu machen. Von einem Berufskritiker erwartet man das nicht. Der kann ein Buch zerkritisieren, ohne daß jemand von ihm verlangt, er müsse ein besseres schreiben, auch der Kritisierte verlangt es vom Kritiker nicht, so sehr haben wir uns an diese Spezialisierung der Kunst-Kritik gewöhnt, so sehr sehen wir sie als etwas Gegebenes an, und Gegebenes riecht ja immer nach *höheren Mächten*. Dem Berufsstand der Künstler steht der Berufsstand der Kunstkritiker gegenüber. Stell dir das mal in der Wirtschaft und in anderen gesellschaftlichen Bereichen vor! Um gleich auf den letzten Teil deiner Frage einzugehen: Kunstkritiker und Kunstwissenschaftler hören es zwar nicht gern, aber was Wahres ist schon dran: Ein Teil von ihnen verspürte in jüngeren Jahren den Drang, selber »in Kunst zu machen«. Ihre Liebe zur Kunst war groß, ihr Talent zu klein. Dafür können sie nicht. Auch der Künstler weiß nicht, woher und weshalb er mit seinem Talent beflucht oder besegnet ist. Auch er kann für seinen Drang, dieses Talent zu betätigen, sich künstlerisch auszudrücken, nichts. Wie also Partner sein? Jene Kritiker, die ich im Auge habe, werden von ihrer Liebe zur Kunst gepiesackt, und sie kritisieren die Künstler, wenn sie glauben, daß die etwas hätten so machen sollen, wie sie, die Kritiker, es sich vorstellten, doch sie können ihre Liebe zur Kunst nicht durch Selber-Besser-Machen beweisen.

Ausnahmen gibts natürlich wie überall im Leben. Ich möchte nicht, daß dies und das, was ich hier sage, generalisiert wird; ich möchte meine kritischen Sätze aber auch nicht fortwährend mit einschränkenden Vokabeln wie *einige, hin und wieder, in manchen Fällen* undsoweiter *absichern*, wie das Modewort heißt. Wer mir nicht bös unbedingt etwas unterstellen will, versteht schon, wie ich es meine.

Eine andere Art von Kritikern und Kunstwissenschaftlern ist mir sympathisch: Diese Kritiker fühlen sich dem oder dem Künstler verwandt, verfolgen dessen Schaffen eingehend und nehmen neue Regungen in dessen Werken wahr. Sie gehen nicht davon aus, wie sie es gern hätten oder wie sie es gemacht hätten, wenn sie es vermocht hätten, sondern von dem, wie sie spüren, was sich der Künstler vornahm. Von diesen Kritikern lasse ich mir gern sagen, ob ich das, was ich vorhatte, erreichte oder nicht. Leider wird solchen Kritikern oder Literaturwissenschaftlern ihr einfühlsames Verhalten nicht selten erschwert. Ganz vor kurzem erlebte ich es: Die Expertise des ersten literarischen Gutachters zu meinem neuen Roman traf das, was ich mit der Arbeit beabsichtigte; sie wurde jedoch von Unbekannt abgelehnt, weil sie angeblich zu positiv war. Es muß doch was zu kritisieren geben, hieß es. Ein zweiter Gutachter wurde *betraut*, der schrieb zum selben Roman ein negatives Gutachten. Es muß doch, zum Himmel, auch was Positives im Roman stecken, hieß es. Der Gutachter arbeitete sogar ein bißchen nach positiv zu um, aber noch immer wars nicht recht, der Roman wurde weitergereicht zum nächsten Gutachter. Kann ich die öffentliche Literaturbeurteilung, die soviel Unsicherheit an den Tag legt, ernst nehmen?

Wenn man vierzig Jahre schreibt und sich gleichende Erfahrungen mit der amtlichen Literaturbeurteilung macht, wenn die strapaziöse Vorgeschichte bis zur Drucklegung meines Romans OLE BIENKOPP

(1964) und die strapaziöse Drucklegungsvorgeschichte des WUNDERTÄTER III (1978) sich fast gleichen, wenn erst verantwortliche Genossen im Politbüro die Drucklegung (in beiden Fällen) möglich machen mußten, kann man doch an die Realisierung einer »partnerschaftlichen Kritik«, wie du sie nennst, nicht mehr glauben.

Eine wirklich »partnerschaftliche Kritik«, unbeeinflußt von politischer Übervorsicht und ideologischen Verdächtigungen, finde ich bei Eva Strittmatter, und sie hat ihren Kritiker in mir. Wir kritisieren einander scharf, weil wir durch tägliche Gespräche wissen, wo wir künstlerisch stehen und was wir erreichen wollen. Das ist dir, als Literaturwissenschaftler, gewiß zu privat, aber zeig mir, angesichts der Umstände, die ich eben schilderte, eine andere Möglichkeit, die mich in meinem Schaffen voranbringt, und voran will ich ja immer noch.

Plavius: Da du zur SU, zur sowjetischen Literatur besondere Beziehungen hast – möchtest du etwas zu einzelnen Werken, zu wichtigen Tendenzen o. ä. sagen? In jüngsten Äußerungen sowjetischer Autoren taucht immer häufiger der Gedanke auf, Literatur habe zu beunruhigen. Was hältst du davon?

Strittmatter: Wenn ich überschlage, so kannte und kenne ich eine Anzahl sowjetischer Schriftsteller, mit einigen war und bin ich, wie ich wohl sagen darf, befreundet. Andere, wie Babel, Paustowski, Pasternak und Prischwin, deren Werke ich sehr schätze, hatte ich leider nie Gelegenheit zu treffen, Babel aus anderen Gründen nicht als Pasternak, Paustowski und Prischwin.

Brüderlich nahe stehen mir eine Reihe jüngerer sowjetischer Schriftsteller, die ich ebenfalls persönlich nicht kenne: Rasputin, Trifonow, Aitmatow, Solouchin, Below, Iskander, Matewossjan. Tendrjakow lernte ich vor Jahresfrist kennen. Antonow und Granin kenne ich seit Jahren. Schukschin ist leider schon gestorben. Die meisten von ihnen haben später angefangen zu veröffentlichen als ich, aber alle haben die gleichen politischen Nachkriegs-Erlebnisse gehabt wie ich. Sie haben die gleiche Vorstellung von Parteilichkeit wie ich, verhelfen der Dialektik in der Literatur wieder zu ihrem Recht, sind keine Süßholzraspler und Schönfärber, sind keine literarischen Befehlsempfänger, sehen in der Parteilichkeit nicht unausgesetztes Zustimmen und Funktionieren, sind Verfechter des Lebens, sind vom gleichen literarischen *Helfenwollen* beseelt wie ich und kümmern sich wenig um die von Dogmatikern aufgestellten Tabus, sind den Dogmatikern unbequem.

Ich kenne die Maxime, Literatur habe zu beunruhigen, die du jüngeren sowjetischen Autoren zuschreibst, nicht, würde ihr in dieser Eingleisigkeit auch nicht zustimmen. Die Funktion der Literatur besteht für mich nicht allein im Beunruhigen, sondern auch im Harmonisieren, Poetisieren und im Anreizen zum Nachdenken und Philosophieren. Bei allen sowjetischen jüngeren Autoren, die ich zuletzt aufzählte, finde ich das. Deshalb fühle ich mich ihnen verbunden, ohne daß ich sie persönlich kenne. Ein verständnisvoller Politiker sprach im Hinblick auf die interessanten Werke jüngerer sowjetischer Autoren vom Nachholebedarf in der DDR-Literatur. Dem stimme ich eifrig zu.

Plavius: Jetzt durchbreche ich scheinbar das eingangs erwähnte Einvernehmen. Aber ich will nichts zu Ole Bienkopp fragen, sondern den Roman nur als eines von vielen möglichen Beispielen anführen und fragen, warum wichtige Werke häufig auf Ablehnung oder Gegenwehr stoßen und sich nur langsam durchsetzen. Vielleicht kann man gerade in Erinnerung an die vielen Diskussionen und Meinungen zu OLE auch einmal die Frage stellen, ob es mit Blick auf die Literatur und nicht nur auf sie nicht angebracht erscheint, ein Plädoyer für das Recht auf Irrtum zu halten?

Erwin Strittmatter: Weshalb soll *ich* untersuchen, warum Werke, die du als *wichtig* bezeichnest, häufig auf Abwehr oder Gegenwehr stoßen? Das wäre die Arbeit eines Literaturwissenschaftlers, eine *Doktorarbeit*. Ich habe sie des öfteren angeregt, aber es wagt sich keiner ran. Ich kann nur meine praktischen Erfahrungen dazu liefern. Außerdem würde ich nicht von allgemeiner Ablehnung sprechen. Meine Erfahrung: Bei der Mehrzahl der Leser stießen meine Arbeiten durchaus nicht auf Ablehnung. Im Gegenteil. Auf Gegenwehr stießen sie in der Hauptsache bei der offiziellen *Literatureinschätzung*. Fast immer hatte ich nicht das Buch geschrieben, das ich hätte schreiben sollen, das Buch, das offizielle Stellen von mir erwarteten. Als mein erster Roman OCHSENKUTSCHER herauskam, wurde mir ein Roman mit dem Titel STAHL vorgehalten, weil wir gerade *Stalinstadt* aufbauten. Als mein Roman TINKO erschien, sagte mir der damalige Ministerpräsident: Ich hätte lieber ein Buch von dir gelesen, das aus der Sicht eines Erwachsenen auf unsere sozialistischen Verhältnisse geschrieben ist.

Als der erste Band meines Romans DER WUNDERTÄTER erschien, wußten die Leute von der offiziellen Literatureinteilung lange Zeit nicht, wo sie ihn einreihen sollten. Er blieb vorläufig draußen, weil in ihm so gar keines von den offiziell verlangten Themen angeschlagen wurde. So ging es weiter. Ich will nicht langweilen. Gerechterweise muß ich hinzufügen, daß sich jedesmal eine Zeit später eine vernünftige offizielle Sicht auf meine zunächst mit Befremden aufgenommenen Arbeiten einstellte und daß sie dann mit Auszeichnungen und Preisen bedacht wurden. Was den OLE BIENKOPP und das Recht auf Irrtum betrifft, so sagte ich schon, daß ein Politbüro-Mitglied nach mehr als zehn Jahren seine negative Beurteilung des Romans korrigierte. Einige Mitglieder des Landwirtschaftsministeriums beharren hingegen auf ihrem Recht zum Irrtum. Die Redaktion der Zeitschrift SONNTAG korrigierte sich unter der vorigen Leitung.

Was meint also Recht auf Irrtum? Ob der Verfasser eines Buches sich geirrt hat oder nicht, bestimmen die Leser in Verein mit der Zeit. Das Recht der Kritiker auf Irrtum ist verbrieft, ist ein historischer Zustand. Es durchzieht die Literaturgeschichte. Du weißt, Pastor Götze! An Goethes Werken hat sich der Irrtum der Kritiker schadlos gehalten. Tolstois KRIEG UND FRIEDEN, seine ANNA KARENINA fanden ihre irrenden Kritiker undsoweiter. Was mich ein wenig in Erstaunen setzt, daß auch manche unserer Kritiker, die die Irrtümer der *bürgerlichen Kritik* doch aus der Literaturgeschichte kennen müßten, sich wacker weiter irren, sobald sie tages-taktische Rückendeckung verspüren. Wie schön wärs und wie schön würde es ausdrücken, daß wir was Neues beginnen, wenn in ihren Kritiken der Ton mitschwingen würde: Vorausgesetzt, daß ich mich nicht irre. Eine andere Möglichkeit, sich wieder ins Recht zu setzen, beobachte ich bei einem Kritiker aus unseren nördlichen Ländern. Er bellt grundsätzlich jede neue Arbeit, die von mir erscheint, an, doch wenn er mein nächstes Buch kritisiert, lobt er das vorige, das er anbellte. Das heißt, er korrigiert sich heimlich oder aus Versehen. Wers nicht glaubt, kann es nachlesen.

Plavius: Kennst du übrigens Krisen in deinem Schaffen?

Strittmatter: Krisen zwischen zwei Arbeiten, weil mir nichts einfällt, kenne ich nicht, im Gegenteil, oftmals überfällt mich eine neue Arbeit und die Art und Weise, in der sie geschrieben sein will, wenn ich mit der vorhergehenden noch nicht fertig bin. Dann muß Kraft her, dann kämpf ich wie der Märchenheld gegen unbekannte Geister, die mir nicht erlauben wollen, eine Arbeit zu Ende zu schreiben. Und gerade die Schlüsse sind so wichtig! Manchmal gehe ich zwei, drei Schritte zu weit, dann kommt meine Hauptkritikerin, Eva Strittmatter, und kappt. Andere Krisen, dicke Krisen, gibts fast *zyklisch* und sozusagen von heute auf morgen, während ich anscheinend gut in der Arbeit bin. Da will sich zum Beispiel das Geschriebene der Vorstellung vom Ganzen, das ich vor mir sehe, nicht einpassen. Da schreibe ich um und immer wieder um, manchmal bis zur Rhythmisierung, das heißt, ich zerschreibe. Da bin ich mißtrauisch, da belaure ich mich, mein Selbstbewußtsein schwindet, ich rutsche unter den Tisch. Wehe, wenn mir dann ein Text unter die Hände kommt, den ich früher schrieb. Ja, da konnt ich noch schreiben! heißts dann, aber heute: aus – nichts mehr! Depressionen, Selbstmordgedanken. Also Krisen von da her – genug.

Plavius: Welche Forderungen stellst du an deinen Realismus, an deine Art zu schreiben?

Strittmatter: Ich meine, das hatte ich während unseres Gesprächs schon gesagt. Wenn es nicht deutlich genug war, möchte ich mich lieber auf diese direkte Frage ausschweigen. Von Elefanten reden und Mäuse züchten – nein, das ist nicht meine Sache. Ich bin kein guter Interpret meiner selbst. Manchmal, wenn ich kluge Interpretationen höre, die andere von sich selber geben, denke ich: Ach, könntest du das doch auch!

Im Zusammenhang damit muß ich etwas gestehen, was dieses Interview betrifft: Es war mir peinlich, wenn du mir Fragen stelltest, die ich in meinen Arbeiten längst beantwortet hatte. Das brachte mich auf die Vermutung, daß Interviews, von Schriftstellern jedenfalls, für Leute gemacht werden, die keine Lust oder keine Zeit haben, Bücher zu lesen, und ich selber fühlte mich herausgefordert, das, was ich in meinen Arbeiten bereits formuliert habe, im Gespräch ein wenig zu modifizieren oder schlechter zu formulieren. Diese Doppelei erschien mir eitel und verursachte mir Pein.

Und jetzt komme ich auf eine Behauptung zurück, die deine erste Frage enthält, nämlich die, daß Jahrzehnte fruchtbaren Schaffens hinter mir lägen. Ob mein Schaffen fruchtbar war, wird erst die Zeit erweisen. Der Erfolg, den man hin und wieder hatte, schmeichelte zwar der Eitelkeit, aber bei zunehmendem Alter wird einem, was wichtig war, sachter und unwichtiger, glücklicherweise auch die Beleidigungen, denen man als Schreibschaffender und Dichtereiarbeiter unaufhörlich ausgesetzt ist. Man bescheidet sich, und das Hochgefühl, das man während der Arbeit hat, wenn man glaubt, daß man trifft, was man sagen wollte, ist einem schönste Lebensfreude.

AtV

Band 5417 **Erwin Strittmatter**

Als ich noch ein Pferderäuber war

Ein Sommerbuch

189 Seiten
12,00 DM
ISBN 3-7466-5417-3

Ob Sommer, ob Winter, ob Krieg, ob Frieden – das Merkwürdige ist stets unterwegs, heißt es in Strittmatters »Laden«-Trilogie. Und es ist natürlich auch in diesen Geschichten präsent: das Merk-würdige, das Kuriose, das Sonderbare und Erstaunliche. Denn Erwin Strittmatter, Poet und Philosoph, der »uns den Himmel gezeigt hat überm Tellerrand« (DIE ZEIT), richtete, wie kein zweiter, alle Sinne auf den wirklichen Grund der Dinge. Hier erzählt er von den Wundern der sommerlichen Natur, von Hasen, Störchen und Staren, vom kauzigen Großvater, der eigentlich ein Dichter gewesen ist, von nicht alltäglichen Erlebnissen mit seinem Freund Brecht und von seltsamen Vorgängen bei Abels, Bebels und anderen Zeitgenossen.

AtV

Band 5404

Erwin Strittmatter
Ole Bienkopp

Roman

404 Seiten
19,90 DM
ISBN 3-7466-5404-1

»Was ist ein Dorf auf dieser Erde? Es kann eine Spore auf der Schale einer faulenden Kartoffel oder ein Pünktchen Rot an der besonnten Seite eines reifenden Apfels sein.«
Zwischen diesen Sätzen am Anfang und am Ende eines der wichtigsten und eindrucksvollsten Romane aus dem Osten Deutschlands erzählt Strittmatter das Leben des Bauern Ole Bienkopp, der den schönsten aller Träume, den von der Gerechtigkeit, träumt, der enttäuscht wird, am Ende tot ist und der den Leser klüger als zuvor und überhaupt nicht traurig zurückläßt.

AtV

Band 5410

Erwin Strittmatter
Der Laden

Romantrilogie

3 Bände in Kassette

1504 Seiten
42,00 DM
ISBN 3-7466-5410-6

Der Laden ist der magische Punkt in Erwin Strittmatters Romantrilogie. Hier treffen sich die Bossdomer, die Einwohner des kleinen Heidedorfes in der sorbischen Niederlausitz. Sie kaufen ein und erzählen sich Neuigkeiten.
Esau Matt, gelernter Bäcker und heimlicher Schriftsteller, beobachtet und sammelt menschliche Eigenarten. Er erzählt von seiner Familie, den Zerwürfnissen und Versöhnungen. Dorfalltag und Weltgeschehen vermischen sich auf amüsante und skurrile Weise: »Ob Sommer, ob Winter, ob Krieg, ob Frieden – das Merkwürdige ist stets unterwegs.«